DAS BEICHTSTUHL-SYNDROM

Die Fälle des Major Joschi Bernauer
Band 7

Autorin:
Ingeborg Mistlberger ist Verfassungsjuristin und begeisterte Bridgespielerin. Sie studierte Rechtswissenschaft und Katholische Theologie in Linz/Donau. Bekannt wurde sie mit der Vorstellung ihres ersten Romans „Mörderischer Kontrakt, Die Fälle des Major Joschi Bernauer" auf der Leipziger Buchmesse 2016, die das Interesse von Fernsehen und Presse nach sich zog.

Ingeborg Mistlberger

DAS BEICHTSTUHL-SYNDROM

Die Fälle des Major Joschi Bernauer
Band 7

Kriminalroman

Bibliographische Information der Deutschen Nationalbibliothek
Die Deutsche Nationalbibliothek verzeichnet diese Publikation in
der Deutschen Nationalbibliografie, detaillierte bibliografische
Daten sind im Internet über http://dnb.dnb.de abrufbar.

© 2021 Ingeborg Mistlberger
Herstellung und Verlag
BoD - Books on Demand, Norderstedt
ISBN 978-3-7543-4848-2

Personen der Handlung

Major Dr. Joschi Bernauer, Leiter der
 Mordkommission Salzburg
Hofrat Dr. Sassmann, Polizeidirektor Salzburg
Dr. Iris Adler, Primaria im LKH Salzburg,
 Bernauers Freundin
Dr. Armand Lombard, Psychiater
Ronald Kranach, alias Ron, Pfarrer
Dietrich Moosbrugger, alias Didi, Starfotograf, Journalist
Walter Altgraf zu Stetten, Schlossherr und
 Immobilienhändler
Lothar zu Stetten, Bruder des Altgrafen
Frigga zu Stetten, seine Tochter (Nichte des Altgrafen)
Ernest Sacher, alias Ernie, Golfprofi,
Josef Mölzer, alias Beppo, Starcoiffeur
Nina Herbst, Model, Gesellschaftsdame
Anton Eigner, alias Toni, Stadtrat
Risa Walther, Chefredakteurin und Eigentümerin
 des Magazins CLOU
Jakob Berner, Journalist
Albert Kellner, Wirtschaftstreuhänder und
 Steuerberater aus Linz

Die Luft im geräumigen, eleganten Wohnzimmer war grau von Zigarren- und Zigarettenrauch.

Dies schien aber niemanden zu stören, denn die acht Menschen, die um den großen runden Tisch in der Mitte des geräumigen Salons saßen, hatten nur Augen für die Karten auf dem grünen Filztuch.

Die Aschenbecher gingen über, eine Whiskyflasche war in die Mitte geschoben worden, auf einem fahrbaren Tischchen standen Gläser und weiteres Hochprozentiges zur Selbstbedienung.

Dr. Armand Lombard, in dessen Villa am Stadtrand die wöchentliche Pokerrunde stattfand, war eben wieder in den Raum gekommen und hatte Pizzastücke auf einem Tablett vor sich her balanciert. Er zog den schweren rohseidenen Vorhang zurück und schob die Glastür zur Terrasse auf. Augenblicklich drang laute Musik den Hang herauf in den Raum.

Risa Walther, Chefredakteurin des Hochglanzmagazins CLOU, legte zweihundert Euro in die Mitte des Tisches.

„Ich will sehen", sagte sie und hatte damit für diesen Abend das letzte Bargeld gesetzt und verspielt.

Sie stand auf und lockerte die verspannten Schultern.

„Faschingsdienstag", bedeutete sie abschätzig und legte die Handflächen an ihre Ohren, „und die Plebs vergnügt sich unüberhörbar."

„Ja, leider, wird wohl wieder schwierig sein, mit dem Wagen durch die entfesselte Meute zu kommen."

Ernie Sacher, professioneller Golfspieler und Liebling der Society, straffte die Bügelfalten seiner dunkelgrauen Kaschmirhose und angelte nach dem Sakko von Burberry.

„Vermutlich sogar unmöglich", stellte Risa fest, „wir könnten aber weitermachen, wenn Ihr einen Schuldschein akzeptiert?"

„Aber natürlich, schöne Schwester", antwortete Ron Kranach, der allgegenwärtige Pfarrer der nahen Pilgerkirche, „fünftes Buch Mose 15/7: Du sollst deinem armen Bruder deine Hand weit auftun und ihm willig auf Pfand leihen."

„Zu Wucherzinsen oder mit Pfandverfall?", fragte der Fotograf Didi Moosbrugger ironisch.

„Weder noch. Es steht auch geschrieben, dass Du, wenn Du einem Armen Geld leihst, keinen Wucher an ihm treiben sollst", näselte der Pfarrer.

„Nun ja", konterte Didi, „ich denke da eher an den Evangelisten Lukas. Zum Beispiel die Aufforderung des Königsanwärters an die Knechte, mit seinen Talenten zu wuchern und dann belohnt der Mann die Wucherer sogar noch."

„Es geht nichts über gesunde Halbbildung", giftete der Pfarrer, entgegen seiner sonstigen salbungsvollen Art, unbeherrscht.

Die Musik von draußen wurde lauter, vermutlich marschierte eine Gruppe Maskierter durch die Straßen unter der Felswand.

„Also, ich genieße das enthemmte Volk", grinste Didi spöttisch. „Die Mädchen sind dann williger und das

Vergnügen plötzlich billiger. Sie drängen sich förmlich vor meine Linse und was mir vor das Rohr kommt, wird grundsätzlich abgeschossen. Bums-Trallala."

„Diese einfältigen Wesen verkaufen sich also für weniger als ein Linsengericht?", brachte es der Pfarrer ungerührt auf den Punkt.

„Das nicht, aber für wesentlich weniger als eine Titelseite in meinem Magazin", berichtigte Risa, „unglaublich wie die Gänse auf Fotografen fliegen und nicht sehen wollen, dass ihre Karriere von Anfang an eine Totgeburt ist."

„Was Pfäffchen Ron meint ist, dass Menschen, die sich nicht an die Weisungen der Kirche halten, in Gefahr sind, Linsen fressen zu müssen, oder so ähnlich", grinste Beppo Mölzer.

„Ganz und gar nicht. Jeder ist für sich selbst verantwortlich", stellte Pfarrer Kranach verstimmt fest, „die Kirche hat nur den Auftrag der diakonischen Begleitung, nicht aber der Verurteilung."

„Seit wann denn so was?", fragte Nina. „Ihr geißelt doch alles und jeden von der Kanzel her gnadenlos ab."

„Gab es da nicht einen Fall, wo Du sogar einen Glaubensbruder vernichtet hast?", fragte Didi grinsend.

„Ich habe ihn nicht vernichtet, er wurde nur abgezogen."

„In den Orden zurück versetzt, weit weg von den Jugendlichen", ließ Didi nicht locker.

„Welchen Jugendlichen?", Nina hob gespannt den Kopf.

„Ich habe immer nur meine Pflicht getan", sagte Kranach säuerlich, „und es ging nicht nur um die Schüler der Mittelschule, der Mann wurde damals auch auf verwahrloste Jugendliche aus einer Sozialeinrichtung losgelassen."

„Völlig richtig", kam Albert, Steuerberater aus Linz, seinem Cousin zu Hilfe, „das ganze ungesunde Gesindel müsste ausgemerzt werden. Verdirbt unsere Jugend, besonders ein schwarzes Schaf unter dem Schutz der Kutte. Für mich hast Du sehr ehrenwert gehandelt."

„Natürlich", pflichtete Ernie Sacher bei, „obwohl bei dem Pack aus den Sozialeinrichtungen spielt auch das wenig Rolle, lauter kriminelles Potenzial, mit dem ich kurzen Prozess machen würde."

„Ist das wirklich jetzt ein Thema?", fragte Beppo beschwichtigend, „sicherlich ist das lange her."

„Fünfundzwanzig Jahre", sagte der Pfarrer, „es war notwendig zum Schutz von Kindern, die sonst keiner schützt."

„Wie edel", spöttelte Nina, „Ron Kranach, der zornige Erzengel mit dem Flammenschwert."

„Also zumindest ich verlasse Euch jetzt."

Stadtrat Toni Eigner nahm das letzte Pizzastück vom Teller.

„Mein Chauffeur wartet sicherlich schon seit einer Stunde im Wagen auf mich."

Er wandte sich an Beppo Möller, den Starfriseur einer Klientel, die es sich leisten konnte für die einmalige

Verschönerung ihrer Haarpracht mindestens sechshundert Euro hinzulegen.

„Elsa braucht morgen nicht zu erfahren wie viel ich heute verloren habe."

Ärgerlich fügte er hinzu: „Glaub aber deswegen nicht, es wäre mir entgangen, dass Ihr wieder einmal alle gegen mich gespielt habt. Auch wenn ich gutmütig bin, es war ein bisschen zu auffällig."

„Von mir kein Wort zu Elsa", versicherte Beppo, „obwohl morgen Haarschnitt und Haarfarbe Deiner Eheliebsten fällig sind und sie daher ausreichend Zeit haben wird, mich zu löchern."

Wie immer ertrugen alle stoisch das ewige Gejammer, mit dem der Stadtrat allem und jedem die Schuld an der eigenen Unfähigkeit gab, die tatsächlich aber Folge seiner unendlicher Trägheit waren, während seine Frau die Umwelt nervte und ihrem Mann unverhohlen nachspionierte.

„Das ist nun einmal die Natur der weiblichen Wesen, schnattern, spionieren und immer schön laut, damit muss man sich abfinden."

Albert Kellner, Wirtschaftstreuhänder und hochmotiviertes Politmitglied hatte, wie er es gerne tat, unvorsichtig eine seiner rein rhetorisch einzustufenden Behauptungen zum Besten gegeben, doch Nina Herbst, Model und ‚Hutgesicht des Jahres 2000‘, war hinter ihm gestanden und bemerkte jetzt säuerlich: „Vielleicht liegt es nur an Deinem Umgang Albert, wie man sich bettet, so liegt man."

Dr. Lombard schloss die Terrassentür sofort, als die Gäste das Haus verlassen hatten, denn er hatte keinerlei Interesse zuzuhören, wenn sie über die Gartenterrassen hinunter bis zum Tor noch ihre Debatten führten.

Die Spuren des Abends würde am nächsten Morgen seine Haushälterin beseitigen und dann auch gründlich lüften.

Er selbst war seit dem späteren Abend nicht mehr ganz bei der Sache gewesen. Ein beinahe zur Gewohnheit gewordener Kopfschmerz hatte seine Merkfähigkeit beeinträchtigt und die öffentlichen Belustigungen auf den Straßen, mit ihrem Lärm, fielen ihm ohnedies immer auf die Nerven. So war er heilfroh, nicht mehr außer Haus gehen zu müssen, denn auch die aufdringliche Dreistigkeit der undurchsichtigen Masken löste Ärger in ihm aus.

Menschen, die sich verbrüderten und aneinanderklammerten, was hatten sie denn schon von so viel vorgetäuschter Einigkeit? Sie waren zwar alle jederzeit bereit sich gegenseitig auszunutzen, besaßen aber im Umgang miteinander weniger Stolz als eine Affenhorde.

Zurzeit setzten Lombard auch noch die Föhnstürme zu und das musste wohl der Grund sein, dass er an diesem Abend mehr Geld verloren hatte, als in den gesamten letzten Wochen zusammen.

Genervt hatte er dann auch den Stadtrat wegen einer Terminvereinbarung für die Praxis auf den nächsten Tag verwiesen, denn natürlich erwartete dieser als Politiker überall vorgezogen zu werden und heute schien Stadtrat Eigner zusätzlich noch etwas gereizt zu sein.

Die Pokerrunde Lombards bestand grundsätzlich aus zwölf Personen, war jedoch nie vollzählig anwesend. Es waren gute Freunde darunter, andere stießen über geschäftliche Verbindungen dazu und Teile der Gruppe zählten zu seinen langjährigen Patienten.
Dr. Armand Lombard, Doktor der Psychiatrie, hatte einen illustren Kreis an Patienten, der ähnlich honorig war, wie die gutbetuchte Kundschaft des Meisterfigaros Beppo Möller.
Als Gegenleistung für die gepfefferten Honorarnoten war der Arzt aber fast immer für seine Klientel zu erreichen. Die gehobenen Positionen seiner Patienten waren eben verbunden mit höheren Anforderungen und letzten Endes lief es meist ohnehin nur darauf hinaus, dass sie ununterbrochen über sich selbst und das gefesselte Tier tief in ihrem Inneren redeten, während er seine exorbitanten Forderungen vor sich selbst mit der angemessen vergoltenen Langweile des Zuhörens rechtfertigte.
Da er selbst ein völlig unspektakulärer, durchschnittlicher Mensch war, gaukelte er seiner Umwelt Originalität und künstlerisch elitären Intellekt vor, indem er seine Praxis mit verrückten Farben und undefinierbarem Kram ausstattete, dafür aber so gut wie keine Möbel hatte.
Nur eine grüne Futon Liege und ein Stuhl in leuchtendem Blau verloren sich im Kaleidoskop der Wände.

Seine Anzüge samt Rollkragenpullover trug er stets in Schwarz und das Haar streng gescheitelt.

Ohne seine gewohnte abendliche Dusche und leicht deprimiert schlüpfte er etwas später in den schwarzen Seidenpyjama, spülte den Mund mit kaltem Wasser und stieg ins Bett, als die Türglocke im Dauerton zu schrillen begann.

Angeekelt beschloss er nicht zu reagieren, egal welches Anliegen der Störende auch vorzubringen hatte. Zudem verspürte er eine bleierne Müdigkeit, beinahe als würde er das Bewusstsein verlieren.

Der schrille Ton der Klingel riss nicht ab, die Hunde auf dem Nachbargrundstück begannen lauthals zu bellen und als er sich mühsam erhob und die Terrassentür öffnete, um nach dem Grund des Lärmterrors zu sehen, fiel wieder das heillose Musikgetöse aus der Stadt unter ihm quälend über ihn her. Mühsam unterdrückte er das flaue Gefühl in seinem Magen und blickte über das Gartentor hinunter auf die Straße.

Inzwischen war ein Wagen der Funkstreife mit Blaulicht vorgefahren und das Birkenwäldchen vor seinem Grundstück belebte sich zusehends.

Er rief den Beamten zu, dass er kommen würde und betätigte außerdem den Toröffner.

Worum es auch gehen mochte, er verspürte jetzt keinerlei Lust mehr sich anzukleiden und schlüpfte lediglich in den Mantel, der an der Garderobe hing. In Pantoffeln und ohne Socken schlurfte er lustlos zum Tor und um nicht noch weitere Unruhe zu verursachen, lief er dann die letzten Stufen hinunter bis auf die Straße. Blitzlichter flammten auf und er legte instinktiv die Hand über die Augen.

Angenehm überrascht stellte er dann allerdings fest, dass dieser Empfang nicht seiner Person gegolten hatte, sondern von einem der Polizisten verursacht worden war, der das dunkelblaue Maybach-Landaulet Albert Kellners von einigen Seiten her aufnahm.

„Kommen Sie Doktor, schnell", schnarrte der zweite uniformierte Beamte, „hier werden Sie gebraucht."

In der beinahe sträflich schlechten Beleuchtung der Sackgasse sah Armand Lombard erst jetzt den Mann auf der Seite des Beifahrersitzes liegen.

„Ich wollte eben einsteigen", erklärte sofort Pfarrer Kranach, „mein Cousin hatte sich nicht wohl gefühlt, daher sollte ich das Steuer seines Wagens übernehmen. Plötzlich fühlte ich einen leichten Schlag am Ärmel und sah gleichzeitig, wie Albert neben dem Wagen niederfiel."

Er hob anschaulich seinen rechten Arm.

„Es muss ein Schuss gewesen sein", stellte er fest, wurde aber durch das Erscheinen der Bewohner aus den luxuriösen Nebenvillen in seiner Schilderung abgelenkt, da sie den Grund für den ungewöhnlichen Lärm in dieser stillen Oase zu erkunden versuchten.

Nun bot sich dem medienbekannten Geistlichen Ron Kranach die stets ersehnte Chance, seiner seelsorgerischen Tätigkeit publikumswirksam nachzukommen. Er beruhigte die neugierigen Umstehenden, trug mit gedämpfter Stimme den hochinteressanten Hergang vor und betonte immer wieder, dass er der Cousin des Verletzten wäre und Dr. Lombard sich als Arzt sofort des Opfers annehmen würde.

„Ich bin Psychiater und kein Allgemeinmediziner", erklärte Lombard dem Polizisten, „ich praktiziere nicht in solchen Fällen."

„Sehen Sie ihn sich wenigstens an", ersuchte der Beamte, „der Notarzt ist bereits verständigt."

Wenn es also sein musste.

Lombard legte einen Finger an die Halsschlagader des Steuerberaters, drückte leicht die blutüberströmte Kopfhälfte des Mannes zur Seite und zog das malträtierte Augenlid nach oben.

„Es dürfte sich um einen glatten Durchschuss der rechten Wange handeln, allerdings mit hohem Blutverlust. Der Mann hat mächtiges Glück gehabt und steht sichtlich unter Schock, doch in Lebensgefahr befindet er sich nicht, zumindest nicht durch diese Verwundung."

Kurz darauf erschien auch die Ambulanz und obwohl die Gegend etwas abgelegen war, hatten es bereits die Fotografen einiger Zeitungen geschafft zu den begleitenden Worten des Pfarrers auch das exklusive Haus des Psychiaters und den Abtransport des Verwundeten neben dem Maybach festzuhalten.

„Ich möchte ja die Aufklärung des Falles nicht behindern", sagte Dr. Lombard zu dem Zivilisten, der dem nun ebenfalls erschienen Polizeifahrzeug entstieg,

„aber ich bin kein Zeuge dieses Anschlags gewesen, man hat mich lediglich aus dem Bett geholt. Mein heutiger Tag war ziemlich stark und genau genommen ist mir ziemlich übel. Wäre es zu viel verlangt, wenn ich morgen Vormittag im Präsidium erscheinen würde? Außerdem, kennt mich hier ohnehin jeder."

„Dies hier übernehme ich jetzt selbstverständlich für Dich", mischte sich Pfarrer Kranach ein, „ich bin ein enger Freund des Hauses", worauf sich Lombard angewidert zurückziehen durfte.

Am nächsten Tag brachten Rundfunk und Fernsehen bereits den Anschlag auf den Wirtschaftstreuhänder vor der Villa des prominenten Psychiaters, für die Presse war es bereits zu spät gewesen, aber der Polizeiakt landete sofort, als dringlich eingestuft, bei Dr. Joschi Bernauer, dem Leiter der Salzburger Mordkommission.

Als der Psychiater Dr. Lombard daher gegen zehn Uhr zur Aussage im Präsidium eintraf, lag bereits das Protokoll des Beamten vor, der den nächtlichen Einsatz geleitet hatte.

„Eigentlich kann ich kaum etwas zur Klärung beitragen", sagte Lombard, als er Major Dr. Joschi Bernauer gegenüber saß. „Ich war bereits zu Bett gegangen und wurde erst durch das unaufhörliche Schrillen meiner

17

Türglocke, das ich anfänglich ignoriert habe, aufmerksam."

„Es war Ihr Gast, Pfarrer Kranach, der Sie zu Hilfe rufen wollte."

„Ich weiß, ich habe bereits mit ihm gesprochen. Sicherlich hat er Ihnen alles schon deutlichst und anschaulich dargelegt."

„Sie wissen natürlich, dass Herr Kellner im Spital liegt, jetzt aber außer Lebensgefahr ist?"

„Selbstverständlich, aber ich kann keinerlei Grund sehen, warum man auf ihn geschossen hat. Dass er in unserer Pokerrunde spielt, ist äußerst selten, da er seine Steuerkanzlei in Linz hat, aber er ist der Cousin unseres Pfarrers."

„Und auch Ihr Steuerberater, sowie der von Herrn Beppo Möller, Altgraf zu Stetten und Frau Risa Walther."

„Spielt das eine Rolle?"

„Vielleicht. Gab es Probleme geschäftlicher Art oder private Streitigkeiten?"

„Wieso fragen Sie?"

„Es wurde aus Ihrem Garten geschossen. Ihr Haus liegt auf einem leichten Abhang und der Schuss kam aus dem unteren Drittel."

„Woher wissen Sie denn das so genau?"

„Es ist die Aufgabe unserer Ballistik, so etwas festzustellen. Dass Herr Kellner genau zur richtigen Sekunde die Wagentüre öffnen wollte, rettete ihm vermutlich das Leben, sonst hätte ihn der Schuss mitten ins Gesicht getroffen. Da Pfarrer Kranach angab, er hätte keinen Knall gehört, musste der Schütze einen Schalldämpfer benutzt haben und da das Projektil auch den Ärmel des Pfarrers gestreift hat, ist es vermutlich im Seerosenteich am Rande des Birkenwäldchens verschwunden."

„Das mag ja alles sein", konzedierte Lombard, „aber ich war zu der Zeit bereits im Bett."

„Dem Protokoll zufolge hatten Sie gestern bei der Pokerrunde acht Gäste?"

„Ja."

„Gab es irgendwelchen Ärger oder Streitigkeiten vielleicht?"

„Uneinigkeit gibt es beim Poker immer wieder, aber nicht so, dass man sich deswegen gegenseitig erschießen würde, in unseren Kreisen hat man subtilere Möglichkeiten jemanden zu vernichten", kam es etwas hochnäsig von Lombard.

„Die da wären?"

Der Psychiater lächelte mild: „Kennen Sie die sieben Todsünden, Major, diese dämonischen Abgründe in uns?"

„Ich kenne einige mehr", antwortete Bernauer bedauernd.

„Dann sind Sie mit meiner Klientel ja bestens bedient. Von der Schmutzkübelkampagne aus dem Hinterhalt über Verleumdung bis zur Bekanntmachung schmieriger kleiner Sexgeheimnisse oder Betriebsangelegenheiten, alles da und Sie können noch beliebig erweitern, ganz nach Bedarf."

„In welcher Reihenfolge haben denn Ihre Gäste nach dem Pokerabend das Haus verlassen?"

„Ich habe keine Ahnung, das geht immer fließend vor sich. Der letzte, den ich an meiner Haustür gesprochen habe, war auf jeden Fall Stadtrat Eigner, der einen Ordinationstermin für nächsten Tag vereinbaren wollte.

Weil aber weder er noch sonst jemand ein Gewehr bei sich trug, dürfte der Schütze dann doch keiner meiner Gäste gewesen sein."

„Da man Sie aber bereits aus dem Bett klingeln musste, als der Schuss gefallen war, dürfte schon einige Zeit zwischen der Verabschiedung der Gäste und dem Attentat vergangen sein."

„Kann schon sein. Ich habe doch gesagt, dass ich Kopfschmerzen hatte und unkonzentriert war. Bei geschlossener Terrassentür ist es außerdem im Haus so still wie auf dem Friedhof. Wer sich also mit wem und eventuell wie lange noch unterhalten hat, bis dann auf Kellner geschossen wurde, weiß ich wirklich nicht."

Lombard griff nach seinem eleganten Aktenköfferchen und entnahm ihm einen grauen Schnellhefter. Er reichte ihn Bernauer.

„Hier haben Sie eine Liste mit den gestern bei mir anwesenden Personen und ungefähr eine halbe Stunde, bevor wir unser Spiel beendet hatten, kam zudem der Pizzadienst."

„Und?"

„Und was? Ein Pizzamann eben, er brachte mir die Schachteln in die Küche, ich bezahlte und der Junge verschwand wieder."

„Sind Sie da sicher?"

„Zum Teufel ja, oder nein, jedenfalls war er dann verschwunden."

„Wie ist denn Ihre persönliche Beziehung zu dem Verletzten, er ist doch Ihr Steuerberater?"

„Mein langjähriger Parteifreund ist ein Streithammel, gutmütig und oft zur unrechten Zeit tollpatschig, aber ein Selfmademan mit hervorragendem Ruf für seine Wirtschaftskanzlei. Außer Poker spielt er auch Bridge, aber ich glaube nicht, dass ihn deswegen jemand erschießen wollte."

„Und Ihre anderen Gäste?"

„Harmlose Leute. Risa Walther, die Chefredakteurin eines Modemagazins, bissig und hochelegant, ihre Tatwaffe ist ausschließlich die Zunge. Sie ist der Schrecken ihrer Angestellten und es gibt sicherlich eine Menge Anwärter, die die Lady weit lieber geißeln als erschießen würden. Nur so allgemein gesagt."

„Wer zum Beispiel?"

Lombard hob vage den Kopf.

„Halten Sie Ihren Finger in die Kreissäge und sagen mir dann, welcher Zahn Sie geschnitten hat."

„Wer noch?"

„Ron Kranach, unser Pfarrer und Cousin Kellners. Predigt erbaulich und kontemplativ. Er liebt die Medien und ist ein akribischer Vertreter biblischen Hochmuts."

„Unter Umständen dadurch gefährlich?"

Lombard seufzte und lächelte schief.

„Er fühlt sich zwar als der Vertreter göttlichen Zorns auf Erden, ist aber andererseits sehr auf milde Wirkung bedacht. Er würde nie etwas tun, womit er sich dann nicht produzieren kann."

„Und Ernest Sacher?"

„Ein Playboy und Golfprofi, der fürstlich von den Zuwendungen seiner Tante lebt. Umgibt sich gerne mit schönen Frauen, raucht seine Joints und ist jedermanns Darling. Auf alle Fälle ist er genau das Gegenteil von Altgraf Walter zu Stetten.

Walter ist habgierig und geizig gegen sich und andere. Es wäre also eher anzunehmen, dass die Umwelt auf ihn schießen würde, statt umgekehrt."

„Ihre Schilderungen erinnern mich verdächtig an eine Kindergesellschaft, die zwar nicht immer nett ist, aber trotzdem unschuldig und ohne jedes Motiv."

„Das tut mir leid", sagte Lombard etwas überheblich, „aber da wäre dann noch Dietrich Moosbrugger, der Starfotograf. Seine Erfolge, außer den beruflichen natürlich, liegen einzig und allein in wollüstigen Genüssen, Frauen sind seine Welt.

Und Beppo! Beppo Mölzer, Haarstylist der Reichen und Schönen, mein schärfster Konkurrent."

„Ihr Konkurrent?"

„Ja, sehen Sie Dr. Bernauer, zu mir kommen die Menschen um für nicht gerade wenig Geld ihr belangloses Innerstes preiszugeben, tun es aber bei gewissen Dingen trotzdem nur widerwillig. Ihrem Friseur allerdings drängen sie gerne und freiwillig ihre dunkelsten und bestgehüteten Geheimnisse auf."

„Und ist Herr Mölzer auch so verschwiegen wie ein Arzt?", lächelte Bernauer.

„Ich hätte da keinen Zweifel. In erster Linie ist er Geschäftsmann und außerdem glaube ich, dass er innerlich zu überhaupt nichts wirklich Stellung nimmt. Wir unterhalten uns nämlich gelegentlich ganz gern auf freundschaftlichem Niveau, aber ich habe immer wieder erstaunt festgestellt, dass für ihn, obwohl er selbst ein anständiger Kerl ist, Moral oder Unmoral anderer Menschen bestenfalls Unterhaltungswert haben, so ferne er nämlich seinen Kunden überhaupt richtig zuhört."

„Obwohl die Aufmerksamkeit gegenüber dem Kunden und damit auch die Notwendigkeit ihm zuzuhören, Begleitmusik des Berufes sind, und zwar keine unwichtige", stellte Bernauer fest, war aber überzeugt, dass diese Technik zum Großteil ebenso bei Psychiatern und Beichtvätern üblich war.

„Auf jeden Fall", bekräftigte Lombard, „zudem wuchs Beppo unter übelsten Umständen dort auf, wo Kinder nie Kinder sein durften und leider dann abgebrühter sind als die meisten Erwachsenen. Als Klagemauer ist er geradezu prädestiniert und lässt sich dafür auch fürstlich bezahlen. Für die Kosten eines Haarschnitts bei ihm können sie bei mir ungefähr drei Sitzungen buchen. Aber zur Mentalität seiner Klientel fragen Sie ihn am besten selbst."

„Über deren Mordpläne?"

„Keine erstgemeinten jedenfalls, nein, fragen Sie ihn wer Schulden hat, seine Frau betrügt oder den Mann, wer einen falschen Busen hat oder zu wenig Haare am Kopf und, last but not least, wer einen Dildo benutzt und welchen."

„Ist das alles?"

„Nein", grinste Lombard, „seit gestern ist Beppo auch wieder Geheimnisträger in Sachen Stadtrat Eigner. Dessen Frau hat nämlich heute in seinem Salon einen Termin und darf nicht erfahren, wie viele ihrer geizig gehüteten Moneten der Stadtrat gestern Abend wieder verzockt hat."

„Geht es da um Stadtrat Toni Eigner?"

„Genau um den. Seine Frau hat das Geld, managt seine Karriere und bespitzelt ihn, auch mit Hilfe seines Chauffeurs, rund um die Uhr.

So gesehen hätte er nicht einmal die Möglichkeit jemanden zu ermorden, außerdem wäre er in seiner trägen Lustlosigkeit sogar unfähig, selbständig einen Plan auszuarbeiten, geschweige denn, ihn zu verwirklichen. Vielleicht sollten Sie sich da eher mit Nina Herbst beschäftigen.

Sie ist Model, böswillig und neidisch. Wenn sie schon den Schützen nicht gesehen hat, wäre sie doch die einzige, die, wenn es Unangenehmes zu wissen gibt, sicherlich so firm ist, es auch zu erfahren."

„Gehe ich recht in der Annahme", fragte Bernauer, „dass Sie keinen aus Ihrer Runde für den Täter halten?"

„So müsste man es ausdrücken", antwortete Dr. Lombard, „nicht nur, dass ich für niemanden ein Motiv sehen kann, es erscheint mir eine Gewalttat auch mit der Mentalität dieser Menschen nicht vereinbar. Heiße Luft ja, aber mit einer Tat dazu stehen? Nein. Außerdem müsste dann derjenige, der den Anschlag verübt hat, das Gewehr in meinem Garten bereits vorher platziert haben. Außer natürlich, ein Outsider hätte es mitgebracht.

Meiner Meinung nach galt der Schuss aber auf keinen Fall dem Steuerberater, da niemand vorher wissen konnte, dass er anwesend sein würde. Haben Ihre Leute keine Hülse gefunden?"

„Nein, aber der Schütze musste ungefähr hinter dem steinernen Brunnen gestanden haben. Spuren hat er nicht hinterlassen."

„Wäre auch ziemlich ungewöhnlich, auf den Betonplatten."

Als Dr. Lombard etwas später in seine Praxis kam, saß Albert Kellner bereits beim Kaffee und schäkerte mit Lombards Sekretärin. Wie bei ihm leider zu vermuten gewesen war, hatte er sich selbst aus dem Krankenhaus entlassen.

„Natürlich habe ich einen Verdacht", sagte er, „aber dem werde ich zuerst einmal selbst nachgehen, mein kann sich seine Feinde zwar nicht aussuchen, aber locken kann man sie."

„Ich weiß nicht recht", meinte Lombard ungläubig, „aber meinst Du wirklich, das man absichtlich auf Dich geschossen hat."

„Vielleicht bin ich auch der einzige, bei dem es sich lohnen würde."

Dr. Lombard sah ihn zweifelnd an.

„Dann kann es niemand aus der Pokerrunde gewesen sein."

„Wieso nicht?"

„Weil Du gestern nämlich ganz schön verloren hast. Die Gans, die goldene Eier legt, wird niemand abschießen wollen."

Kellner zog seine Oberlippe hinauf und die Schultern ein. Eine Pose, die er, im Gegensatz zu seiner sonstige straffen Haltung, einzunehmen pflegte, wenn er keine passende Antwort parat hatte. Sein Häschengesicht, pflegten es weibliche Wesen zu nennen.

„Wenn Du mir die fehlenden Unterlagen der letzten Monate mitgibst, werde ich mich jetzt auf den Weg machen", lenkte er ab.

„Du wirst doch wohl nicht selbst mit dem Wagen nach Linz zurückfahren wollen?"

„Doch", sagte Kellner grinsend, „so halten wir es bei der CIA und beim Mossad auch."

Seine gelegentlich faschistoid anmutenden Witze brachten ihn zwar immer wieder auf Konfrontationskurs mit Gutmenschen jeder Spezies, aber wenn es um Streit ging, lief er ohnedies zur Hochform auf und gab kein Jota nach. In Wirklichkeit war er jedoch ein gutmütiger, freundlicher Riese, der dies aber liebend gern zu verbergen suchte.

Wie nicht anders zu erwarten, nahm er jetzt die Akten in Empfang, bestieg seinen Wagen und machte sich auf den Heimweg nach Linz.

„Hallo Joschi", sagte Nina Herbst, die für ihren Auftritt am Polizeipräsidium die Aufmachung eines Starmodels gewählt hatte und Bernauer immer irgendwie an die mondäne Jerry Hall, eine der Exfrauen Mick Jaggers, erinnerte.

Zum schwarzen engen Kostüm trug Nina High Heels und unter dem breitrandigen schwarzen Hut glänzte der lange blonde Bob mit zarten helleren Strähnen.

„Wie Du ohnehin weißt, bin ich aus der Pokerrunde Dr. Lombards, vor dessen Villa gestern ein namhafter Steuerberater aus Linz angeschossen worden ist."

Forschend sah sie ihn an, aber als Bernauer ziemlich gleichgültig nickte, fuhr sie rasch fort: „Da ich gewisse Beobachtungen gemacht habe, dachte ich, es wäre meine Staatsbürgerpflicht Dir diese heute gleich mitzuteilen, bevor generell die Ermittlungen beginnen. Genauer gesagt, es besteht auch eine zweite, nicht so leicht zu erfassende Ebene."

Da Bernauer noch keine Zeugen vorgeladen hatte, war also anzunehmen, dass ihm Nina, die er aus seinem

Bridge-Club kannte, eine besonders wichtige Wahrnehmung mitzuteilen hatte.

„Dann nimm doch bitte Platz", sagte er interessiert.

Nachdem sie sich, die Brauen hochmütig gehoben, auf dem bescheidenen Holzstuhl, seitlich neben seinem Schreibtisch niedergelassen hatte, schlug sie die Beine übereinander und saß so in aufrechter Pose, gespannt wie eine Feder bis in die Zehenspitzen.

„Wie eine Königin, deren Thron abhanden gekommen ist", dachte Bernauer amüsiert, denn auch jede ihrer Bewegungen war derart auf Wirkung ausgerichtet, als würde eben eine Cover-Aufnahme für Vogue anstehen.

„Das ganze ist ein Irrtum", sagte sie überlegen, „nicht Albert sollte erschossen werden, sondern der Pfarrer."

„Und wer soll geschossen haben?"

„Didi Moosbrugger natürlich und zwar aus Dr. Lombards Garten."

„Der Fotograf? Wie kommst Du denn darauf?"

„Ganz einfach, es gab gestern abends nicht die erste gespannte Situation zwischen Didi und dem Pfarrer. Der Pfarrer verachtet Moosbrugger unter anderem wegen seiner lasterhaften und ausschweifenden Lebensart und kritisiert ihn ständig vor Zeugen. Der Fotograf wiederum beschuldigt den Pfarrer unterschwellig bis eindeutig der Scheinheiligkeit und des Missbrauchs seines Amtes. Es soll außerdem noch von früher her eine private Sache geben, in der der Pfarrer mit dem Fotografen ziemlich auf Kriegsfuß gestanden haben dürfte."

Sie schwieg einen Moment.

„Was es gewesen ist, habe ich bis heute nicht herausgefunden."

Ein Umstand, den Bernauer kaum zu fassen vermochte.

„Also gut", fuhr sie fort, „gestern ist die Sache eskaliert und man brauchte kein besonderer Kenner der Bibel zu sein, sogar der Laie konnte bemerken, dass Didi dem Pfarrer regelrecht gedroht hat. Zusammen mit meinen Beobachtungen ergibt das ganze natürlich erst richtig Sinn."

„Gedroht?"

„Ja, die unangenehme Szene spielte sich bei diesen beiden Wichtigtuern, wie fast immer, in Bibelzitaten ab, woraufhin der Pfarrer Didi als Mann mit gesunder Halbbildung bezeichnet hat."

Ihre Miene verzog sich verächtlich.

„Dabei haben sie sich da gegenseitig nichts vorzuwerfen. Ein windiger Fotograf, der seine Bedeutung weit überschätzt und ein Pfarrer, der jede Möglichkeit sich in den Vordergrund zu spielen, um damit alle Vorteile zu genießen, wahrnimmt. Auch nicht unbedingt im Sinne der Kirche."

„Ja, aber Du sagtest der Moosbrugger hätte ihm gedroht. Wie droht man denn in Bibelsprüchen?", fragte Bernauer verständnislos.

„Der Pfarrer hatte der Chefredakteurin Walther im Spaß und unvorsichtiger Weise einen Kredit beziehungsweise eine Pfandleihe für einen neuerlichen Poker-Spieleinsatz angeboten und daraufhin behauptete Didi, dass die Bibel den Zinswucher empfehlen würde. Dazu hielt er dem Pfarrer Passagen aus den Evangelien vor, in denen der Königsanwärter auf eine Reise geht und seinen Knechten befiehlt inzwischen mit seinem Vermögen zu wuchern. Letztlich belohnt er sogar noch die Wucherer und erklärt: Denn dem, der nichts hat, wird auch das genommen werden."

In Bernauer keimte langsam der Verdacht, dass sich Nina in der Aufregung ein wenig am Sektglas gestärkt hätte. Außerdem fand er, dass nach dieser vorher geführten Diskussion eher der beleidigte Pfarrer auf Didi geschossen hätte, statt umgekehrt.
„Und genau dieses Gleichnis vom Vermögenswucher erzählt nämlich Jesus im Evangelium, als er sich auf dem Weg nach Jerusalem befindet, wo dann seine Leiden beginnen", sagte Nina belehrend.
„Da sich der Königsanwärter aber ebenfalls auf den Weg macht um eine Reise anzutreten, ergibt sich die Nähe zu Jesus und gleichzeitig die metaphorische Ankündigung seines Leidens und Sterbens. Bei der Erwähnung Didis vom Pfandwucher müsste sich der Pfarrer also bereits mit dem Königsanwärter identifiziert haben und die unabwendbaren Folgen des Zusammenhanges fürchten."
„Das kann schon sein", warf Bernauer mühsam beherrscht ein, „aber hier geht es nicht um metaphori-

sche Nähe sondern einen ganz realen Mordanschlag. Du hast von Beobachtungen gesprochen."

Sie schüttelte verständnislos den Kopf.

„Jetzt erkläre ich Dir das noch einmal", sagte sie betont nachsichtig.

„Nachdem der Pfarrer für seinen früheren Verrat an einem Glaubensbruder und eine persönliche Gemeinheit, die Kranach Didi angetan hatte, von seinem Cousin aus Linz auch noch Schützenhilfe erhalten hat, war Didi so verärgert, dass er die Passage aus der Bibel, die auf den Tod Jesu zusteuerte, erwähnte. Dies war aber auch bereits die Androhung eines ebenso gewaltsamen Endes für Kranach.

Außer mir und dem Geistlichen selbst verstand diese Andeutung wohl kaum jemand, denn auch in unseren Kreisen ist die Bildung nicht immer so breit gefächert, wie man es annehmen sollte."

Sie hob die rechte Hand und wies in Bernauers Richtung.

„Und jetzt kommen wir zur greifbaren Realität", erklärte sie, „Didi Moosbrugger hat im Laufe des Gesprächs auch noch provokativ von seinen Eroberungen bei den dümmlichen Mädchen gesprochen, die billig und willig wären und sich vor seine Linse drängten und dass er alles, was ihm vor das Rohr käme, genussvoll abschießen würde. Damit hat er natürlich nicht mehr die Mädchen vor der Kamera gemeint, sondern eindeutig den Pfarrer, ohne dass es jemand anderem aufgefallen wäre."

„Aber Dir schon."

„Ja natürlich, mir macht der nichts vor. Moosbrugger ist nämlich Sportschütze, muss man wissen, und ich habe gestern gesehen, dass er sein Gewehr im Auto liegen hatte. Jetzt wird wohl schon deutlich klarer, warum der Pfarrer seinem Cousin angeboten hat für ihn zu fahren und warum er sofort auf die Fahrerseite zueilte. Es war eine erfolgreiche Vorsichtsmaßnahme."

„Das grenzt aber an Hellseherei", warf Bernauer beinahe belustigt ein.

„Nicht für einen intelligenten Menschen, warum seid Ihr Polizisten denn immer so eindimensional ausgerichtet?", ereiferte sich Nina und fuhr ärgerlich fort: „In der sträflichen Dunkelheit vor Dr. Lombards Haus war bei einem Anschlag ganz sicher nicht zu erkennen, dass ausnahmsweise der Steuerberater auf der Beifahrerseite stand, außerdem haben beide Männer die gleiche Figur. Also wurde, wie vorauszusehen war, der falsche Mann angeschossen."

Nachdem sie triumphierend geendet hatte und seine Antwort erwartete, wusste Bernauer nicht, was er denken oder möglicherweise sagen sollte.

„Du meinst also, dass beim Streit in Bibelzitaten Didi dem Pfarrer bereits explizit mit dem Umbringen gedroht hat und zusätzlich die Erwähnung des Abschießens vor seinem Rohr nicht auf die Kamera, sondern ein Gewehr gemünzt war und auch nicht den Mädchen, sondern dem Pfarrer gegolten hat? Du folgerst also auch, dass dieser die Drohung erkannt und sofort ernst genommen hat?"

Nina nickte überheblich.

„Ich halte ihn zwar für einen Angeber, aber ich habe nicht gesagt, dass er unintelligent ist. Ron hat den Sinn natürlich umgehend erkannt, mit einem Anschlag gerechnet und sich in Sicherheit gebracht. Ich denke, wir verstehen uns jetzt."

Natürlich kamen Bernauer die Behauptungen Ninas geradezu irreal und lächerlich vor, andererseits konnte er sich dem Gedanken nicht gänzlich verschließen, dass der Steuerberater Opfer einer Verwechslung geworden war, wer auch immer der Schütze gewesen sein sollte.

„Wann hast denn Du die Runde verlassen?", fragte er Nina.
„Ich war eine der ersten."
„Hast Du da Moosbruggers Wagen noch gesehen."
„Ja, unsere Fahrzeuge waren nämlich weiter oben auf halber Höhe des Birkenwäldchens geparkt. Ich bin am Abend schon etwas zu spät zum Poker gekommen, aber dann doch noch knapp vor Didi Moosbrugger eingetroffen."
„Und sein Gewehr lag im Wagen?"
„Ja, es lag auf den hinteren Sitzen seines SUVs."
„Und hast Du es es dort auch dann noch gesehen, als Du heimgefahren bist?"
„Da habe ich nicht mehr darauf geachtet. Wer erwartet denn schon so etwas?"
„Deiner eigenen Behauptung nach der Pfarrer und Du."

Sie nickte und überlegte kurz.

„Es hätte natürlich sogar sein können, dass Didi das Gewehr schon vor unserem Pokerabend im Garten versteckt hat. Da es bereits dunkel war, hätte ihn dabei auch niemand gesehen und er kam mindestens fünf Minuten später als letzter hinter mir oben im Haus an. Dann brauchte er nach Beendigung des Abends nur noch darauf zu achten, dass er selbst vor dem Pfarrer das Haus Dr. Lombards verließ und hinter den Brunnen schlüpfen konnte."

„Obwohl er den Pfarrer, wie Du sagst, vorher schon gewarnt hat und es außerdem noch ziemlich unsicher war, welche Personen zu welcher Zeit wegfahren würden."

„Aber das spielte doch keine Rolle, gedroht hat er aus Zorn und, egal wie viele Personen noch unterwegs gewesen wären, er brauchte ja nur abzuwarten bis der Pfarrer hinunterging. Wenn man in der Dunkelheit von einer der Gartenterrassen schießt, und nur dort kann man selbst nicht gesehen werden, ist es doch ganz einfach sich anschließend unbemerkt zu entfernen, noch bevor jemand auf den Gedanken verfällt, dass der Schuss aus dieser Richtung kam."

Bei der Vermutung, dass das Opfer verwechselt worden war, konnte Nina vielleicht Recht haben, aber Bernauers Verstand weigerte sich, eine derartige Ungeheuerlichkeit aus der geschilderten biblischen Vorgeschichte einen Beweis für einen Mordanschlag abzuleiten oder auch nur anzudenken.

„Ich werde der Sache natürlich nachgehen", sagte er „bin Dir aber dankbar dafür, dass Du damit gleich zu mir gekommen bist, ohne mit anderen vorher gesprochen zu haben. Es wären nämlich sonst alle Betroffenen gewarnt worden oder noch schlimmer, die Presse hätte es sofort erfahren."

„Ja", bestätigte sie, „die Presse ist ein wahres Übel, als Model kann ich ein Lied davon singen, aber ich halte es trotzdem für meine Pflicht zu den Dingen zu stehen, so ferne es wirklich notwendig ist, Du kennst mich gut genug."

„Ich weiß", antwortete Bernauer, „man kann sich auf Dich verlassen."

Nina Herbst war in der Tat verlässlich, zumindest in Sachen missgünstigen Verhaltens. Mit größtem Vergnügen würde sie sich jetzt als Zeugin vor Presse und Kamera präsentieren, in entsprechender Aufmachung natürlich. All die Jahre, die sie im selben Bridge-Club verkehrten, war ihre Eitelkeit ein sicherer Garant dafür gewesen, dass sie, um sich in den Vordergrund zu spielen, gnadenlos alles und jeden kritisierte, ausgestattet mit einem sicheren Blick für den kleinsten Fehler, der anderen Menschen unterlief, und einer geradezu seismographischen Sicherheit im Erfassen der winzigsten Erschütterungen in Beziehungen oder Freundschaften ihrer Umgebung.

Der Höhepunkt ihrer Karriere war vermutlich der Gewinn des Titels „Hutgesicht des Jahres 2000", gewesen, aber dies war nun auch schon wieder längstens Vergangenheit.

Da sie in ihrer Jugend eine Schönheit gewesen war, hatte sie es sogar bis auf die schillernden Bretter von Las Vegas geschafft, aber von dort weg ging ihre Karriere steil nach unten. Denn zu Ninas Unglück bedeutet es auf den gigantischen Bühnen dieser Stadt nach wie vor als ein schweres Vergehen, Kollegen oder Beschäftigte des Showbusiness schlecht zu machen. Streng und konsequent herrscht da das ungeschriebene Gesetz, dass in Vegas alles und jeder grandios und einmalig zu sein hat, selbst dann, wenn an manchem Tag nicht alles reibungslos und zum Besten verlaufen sollte. Dies gilt sogar derart absolut und rigoros, dass nicht einmal das Vorzeigen einer Sterbeurkunde etwas daran ändern würde. Jemanden also lebend oder tot zu kritisieren, und somit am Lack des schönen Scheins der Metropole zu kratzen, stellt in Vegas noch immer eine Todsünde dar und endet sehr rasch mit dem Verlust der Engagements. Nina war leider nicht in der Lage gewesen, dies zu begreifen.

Als sie also notgedrungen wieder nach Europa zurückkam, tat sie es mit der Einstellung, ein internationaler Star zu sein, stellte unsinnige Forderungen, ließ Termine platzen und legte ein permanent neiderfülltes, eifersüchtiges Verhalten gegenüber jedermann an den Tag, sogar dann, wenn es nur um ganz winzige Erfolge ging.

36

Aber im Hinblick auf ihre ständige und akribische Be-
obachtung aller Vorgänge schien für Bernauer Ninas
Schilderung der Fakten absolut glaubwürdig, nur fragte
er sich, was in ihrer Beurteilung des gegenständlichen
Falls lediglich der Bemühung entsprang, andere her-
abzusetzen und anzuschwärzen?
Er fühlte sich daher beinahe erleichtert, als sie den
Raum verließ.

Nun griff er wieder nach der Anwesenheitsliste des
Pokerabends, die ihm Dr. Lombard mitgebracht hatte,
und fand erfreut neben dem Namen Didi Moosbruggers auch dessen Handynummer.
Der Fotograf erklärte sich dann auch sofort bereit, in
ungefähr einer halben Stunde am Präsidium zu erscheinen.

Als er ins Zimmer trat, hätte es seiner Anmeldung gar
nicht mehr bedurft, Bernauer hätte gewusst, wen er
vor sich hatte.
Moosbrugger, groß und hager, trug einen wadenlan-
gen, schwarzen Military-Mantel von Yamamoto samt
schwarzem Rollkragenpullover. Die etwa kinnlangen,
brünetten Haare hatte er achtlos zurückgekämmt und
dem verbindlichen Grinsen auf dem schmalen blassen
Gesicht gelang es nicht völlig, die spöttische Arroganz
seiner gefurchten Züge zu übertünchen.
„Ich kann mir keinen Reim auf die ganze Sache machen", erklärte er, „wer sollte denn ausgerechnet den
Linzer über den Haufen schießen wollen?"

„Gibt es nicht immer irgendwo Uneinigkeiten?"

„Natürlich, es hat jeder so seine Macken und wir sind auch nicht alle dicke Freunde, aber das steht bei einer Pokerrunde nicht im Vordergrund. Letztlich wollen wir uns unterhalten und auf eine einigermaßen spannende Weise unser Geld verlieren."

„Gelegentlich soll es aber schon zu schärferen Schlagabtäuschen gekommen sein."

„Auch das gehört dazu, es ist wie überall und wir sind, wie gesagt, eine Pokerrunde mit nicht gerade der anmutigen Atmosphäre eines Mädchenpensionats."

„Wann sind Sie eigentlich gestern bei Dr. Lombard eingetroffen?"

„Ich war der letzte, glaube ich, vor mir war eben Nina Herbst angekommen. Ich hatte meinen Wagen dann hinter ihrem geparkt."

„Und Sie sind zusammen ins Haus gegangen?"

„Nein", sagte er und verzog den Mund, „ich hatte keinen Bock auf eine Unterhaltung mit ihr, also habe ich noch ein wenig im Wagen herumhantiert, damit sie keinen Grund hatte, wartend neben mir stehen zu bleiben."

Bernauer nickte und blätterte anschaulich in einer seiner Mappen.

„Wie ist eigentlich Ihr Verhältnis zu Pfarrer Kranach?", fragte er beiläufig.

Der Fotograf sah ihn etwas zweifelnd an.

„Zu Kranach? Dem Pfarrer?"

Er lachte.

„Lässlich, wie bei den Sünden, um es in der Sprache der Kirche auszudrücken, und daher auch von geringfügigem Ausmaß. Das dürfte allgemein bekannt sein."
Moosbrugger lächelte plötzlich wissend.

„Sollten Sie mit der Herbst inzwischen ein Gespräch geführt und Sie Ihnen womöglich von meiner gestrigen Stichelei gegen Kranach erzählt haben?"
Da Bernauer nicht antwortete, begann der Fotograf zu erklären.

„Ich konnte Kranach nie leiden, das war schon in der Schule, einem bischöflichen Gymnasium in Linz, das wir beide besucht haben, so. Das ganze beruht natürlich auf Gegenseitigkeit. Sein gesamtes Wesen bestand bereits als Kind aus Besserwisserei und zornigen Belehrungen für alle und jeden. Kurz und gut, ich halte ihn für unseriös und er wiederum auch mich und so nutzen wir jede Gelegenheit, um uns dies gegenseitig aufzutischen.
Genau so hat es sich auch gestern wieder abgespielt. Es ging um Wucher und ich habe boshafter Weise behauptet, dass die Bibel zu unehrenhaften Geldgeschäften ermuntern würde.
Ein Quell ständigen Ärgers für ihn ist nämlich, dass ich mich als ehemaliger Schüler eines professionellen Gymnasiums recht gut auf die Inhalte und Sprüche der Bibel verstehe und daher auch in der Lage bin, ihm ständig das Wort im Mund umzudrehen."
„Haben Sie gestern versucht ihm zu drohen?"
„Drohen? Nein, warum?"
Bernauer blätterte wieder in seiner Mappe.

„Sie sind doch Sportschütze?"

„Ja."

„Wozu hatten Sie gestern die Waffe im Wagen?"

„Ich hatte mein Gewehr nicht dabei, wie kommen Sie denn darauf?"

„Es liegt eine Zeugenaussage vor, dass ein Gewehr in Ihrem Wagen gesehen wurde."

„Das ist doch Unsinn."

Der Fotograf schüttelte den Kopf.

„Nur ein Verrückter würde sein Gewehr sichtbar in einem Fahrzeug zurücklassen."

Bernauer schwieg und Moosbrugger ebenfalls.

„Ich verstehe", sagte Didi plötzlich. „Die Herbst hat meine Rollleinwand in der grauen Schutzhülle auf den Hintersitzen liegen gesehen und behauptet in ihren Bemühungen, mir zu schaden, es hätte sich um ein Gewehr gehandelt. Damit hofft sie mich, im Zusammenhang mit der Kabbelei, die ich zuvor mit dem Pfarrer hatte, in Mordverdacht zu bringen. Das ist typisch eine ihrer Arten Fallen zu stellen."

„Welchen Grund sollte sie dafür gehabt haben?"

„Grundsätzlich ist es ihr neidischer Charakter, der sie antreibt überall Fußangeln auszulegen. In meinem Fall ist sie zusätzlich schwer gekränkt, weil sie eine der wenigen in der Branche ist, die ich nie versucht habe, in mein Bett zu zerren, sie turnte mich immer nur ab. Außerdem lehnte ich es vor zwei Wochen ab, sie für einen Werbespot zu protegieren. Umso erfreuter würde sie daher die Chance ergreifen, als Zeugin und ganz öffentlich in Presse und Fernsehen gegen mich auftreten zu können."

Bernauer musste sehr an sich halten, denn beinahe hätte er zustimmend genickt.
„Wann haben Sie denn den Pokerabend verlassen und gibt es Zeugen dafür?"
„Als ich mich verabschiedet habe, war es ungefähr elf Uhr, jedenfalls nicht wesentlich später. Vor der Haustür standen bereits die Redakteurin Risa Walther und Stadtrat Eigner. Offensichtlich hatte das Gespräch mit Toni Eigners Xanthippe zu tun, die am nächsten Tag zum Friseurbesuch bei Beppo Mölzer angemeldet war. Dann ging, so weit ich mich erinnere, Eigner auf die Straße hinunter, wo bereits sein Chauffeur mit dem Wagen wartete.
„Da muss ja wieder einmal dicke Luft herrschen", sagte ich noch leise zu Risa, aber die grinste nur: „Oh, ja, äußerst unterhaltsam, da hältst Du mit Deinen Weibergeschichten nicht im entferntesten mit."
„Also wenn ich die Wahl hätte", antwortete ich, „bevorzuge ich doch die Weiber. Alles, was ich von ihnen hören will, ist Stöhnen und keine Klatschgeschichten."

„Das eine schließt oft das andere nicht aus, Du Dilettant", sagte Risa amüsiert und am Gartentor haben wir uns dann getrennt."
„Sind Sie auch zusammen weggefahren?"
„Darauf habe ich nicht mehr geachtet, aber wie Sie sehen, Major Bernauer, bin ich ziemlich zwielichtig.

Innerhalb einiger Stunden wurde ich von meinen Kartenfreunden als Halbgebildeter und Dilettant bezeichnet und soll später sogar noch einen Mordversuch begangen haben."

Ohne den herablassenden Ton in der Stimme Moosbruggers wäre Bernauer über diese Feststellung amüsiert gewesen, aber so betrachtete er sie mit gemischten Gefühlen.
Den Unsinn von der Drohung in Bibelversen hatte er von Anfang an nicht Ernst genommen, aber die Behauptung Ninas, das Gewehr des Fotografen hätte sich in seinem Wagen befunden, gab ihm doch zu denken. Hatte sich Nina wichtig gemacht oder Moosbrugger gelogen? Das würde sich jetzt kaum noch eruieren lassen.

Kurz vor Mittag erschien der Pfarrer, der aber bereits am Vortag, nach dem Attentat, eine umfassende Schilderung zu Protokoll gegeben hatte.
Bernauer hätte ihn trotzdem später noch ins Präsidium gebeten, da er befürchten musste, dass Kranach am darauffolgenden Turnierabend im Bridge-Club die Angelegenheit coram publico mehr breitschlagen würde, als notwendig. Dies hatte sich nun durch das freiwillige Erscheinen des Mannes von selbst erledigt.

„Ich nehme an Du wirst näheres wissen wollen, Joschi", sagte er wichtig, „je früher natürlich, desto besser."

„Ja, das kommt mir tatsächlich gelegen", antwortete Bernauer, „denn wir dürfen die Sache am Montag im Bridge-Club nicht genauer erörtern. Du weißt ja, wenn Einzelheiten nicht an die Öffentlichkeit kommen, erleichtert uns dies die Arbeit enorm."

Ebenso wie bei Nina Herbst war dem Pfarrer die Enttäuschung, dass ihm die besondere Aufmerksamkeit eines interessierten Publikums versagt werden sollte, anzusehen, obwohl er zustimmend nickte.

„Absolut, aber es wird sich wohl nicht wirklich vermeiden lassen", warf er heuchlerisch ein, „nachdem Nina, der Stadtrat und Altgraf Stetten im Bridge-Club anwesend sein werden und dort sicherlich nicht schweigen können. Aber man kennt ja so die kleinen Schwächen der Menschen, wir können nur unser bestes zur Schadensbegrenzung tun."

„Du sagst es."

Bernauer blätterte das Protokoll vom Vorabend durch.

„Wie ich sehe, bist auch Du von dem Anschlag völlig überrascht worden."

„Jawohl, völlig überrascht. Ich könnte mir zwar vorstellen, dass man sich wiederum einmal meiner Person bemächtigen und mir unterstellen würde, ich wäre Mitwisser geheimer Vorgänge, Du weißt schon, politischer oder gesellschaftlicher Art. Nur ich kann Dir versichern, hier kenne ich den Hintergrund nicht."

„Du und Albert hättet Euch am Steuer abgewechselt, da er sich nicht wohl fühlte?"

„Ja, vorübergehend, es war sein Blutzucker. Er hätte bei mir zu Hause sein Medikament genommen und wäre am nächsten Morgen in aller Ruhe heimgefahren."

„Wer hat denn von dem Tausch gewusst? Ich meine, war jemand bei dem Gespräch in der Nähe, hat Euch jemand zugehört?"

„Eigentlich nicht, es waren, glaube ich, außer uns und dem Stadtrat bereits alle fort. Albert war vorausgegangen, während ich noch ein paar Schritte zurückeilte, um meinen vergessenen Schal zu holen und dann ebenfalls hinunter zum Wagen ging."

„Vermutlich bist du lediglich zurückgegangen um festzustellen, was zwischen Dr. Lombard und dem Stadtrat noch gesprochen wurde", dachte Bernauer.

Dann besann sich Kranach jedoch auf seine Wichtigkeit als Zeuge und bemerkte: „Obwohl ich natürlich insgesamt so meine Beobachtungen gemacht habe." Er nickte bedächtig.

„Es liegt mir grundsätzlich fern mich über andere Menschen zu äußern oder sie gar zu beurteilen, aber im Falle eines Mordversuchs muss die Polizei wenigstens Teile der Hintergrundsphäre kennen, um irgendwo ansetzen zu können."

Bernauer nickte.

„Also", begann Kranach und öffnete die Schleusen. „Albert kann Nina nicht leiden, weil sie ständig den Star spielt und jeden kritisiert.

Halb im Scherz und vielleicht auch mit einem gewissen persönlichen Hintergrund, macht er besonders in ihrer Gegenwart bissige Bemerkungen über Frauen und sie schlägt dann immer ziemlich heftig zurück. Auch ges-

tern ist es zu einem derartigen Schlagabtausch gekommen und Du weißt ja, wie hysterisch sie sofort reagiert.

Allerdings gingen seine Bemerkungen auch gegen die
Frau des Stadtrates und, soviel ich gesehen habe, hat
auch dieser ziemlich sauer reagiert. Natürlich dann
auch im Hinblick auf die politischen Seitenhiebe, die
ihm mein Cousin immer wieder unterjubelt."

Man sah, dem Pfarrer gefiel diese Vorstellung, denn er
führte genüsslich weiter aus:

„Es könnte theoretisch auch ganz leicht zwischen dem
Stadtrat und Nina zu einer Verständigung gekommen
sein. Sollte sich deren Ärger endgültig zugespitzt haben, gibt es überall genügend Handlanger die für die
beiden gewisse Dinge erledigt hätten."

„Du denkst an einen bezahlten Mörder?"

Kranach ruderte mit gekünstelter Geste retour.

„So drastisch würde ich es nicht ausdrücken, aber Un-
frieden führt nie zu etwas Gutem."

„Es scheint überhaupt ein Abend der Auseinanderset-
zungen gewesen zu sein", lächelte Bernauer, „Du bist
doch auch wieder mit dem Fotografen Moosbrugger in
Konfrontation geraten."

„Konfrontation? Nein, keineswegs."

Der Pfarrer schnappte hörbar nach Luft.

„Der Rede eines angeberischen Besserwissers, der
seine konturlosen Kenntnisse der Bibel als Bildung
verkaufen will und dabei die unmöglichsten Dinge von

sich gibt, schenkt man doch keinerlei ernsthafte Beachtung."

Zornig schnitt er mit einer Handbewegung diese Möglichkeit ab, aber nahm sich dann sofort zurück und dämpfte seine Stimme zur milden Nachsicht.

„Natürlich stelle ich ihn nie bloß, ich versuche nur immer wieder, ihm den tieferen Sinn der Texte begreiflich zu machen. Leider scheitert so ziemlich jeder Versuch an seiner Unfähigkeit das große Ganze zu erfassen."

„Also keine ernstliche Auseinandersetzung gestern?"

„Keinerlei Auseinandersetzung, eine der üblichen kleinen Kabbeleien."

„Weißt Du übrigens, dass er Sportschütze ist?"

„Ja, natürlich. Ich habe zur Einweihung der neuen Anlage für seinen Verein sogar die Feldmesse gelesen."

Als Pfarrer Kranach kurz darauf den Raum verließ drehte er sich an der Tür noch einmal um.

„Also weißt Du", sagte er, „grundsätzlich halte ich keinen der gestern Anwesenden wirklich für fähig diese Tat zu begehen. Immerhin verfüge ich als langjähriger Beichtvater über gediegene Menschenkenntnis und kann Charaktere mit ziemlicher Sicherheit beurteilen. Hier sehe ich jedoch keinerlei Potenzial für Mord, weniger charakterlich als intellektuell."

Die Aussagen der restlichen Mitglieder aus der Pokerrunde ergaben eine vage Übereinstimmung zu dem bereits Gehörten und waren für Bernauer ziemlich bedeutungslos. Keiner hatte auf Einzelheiten geachtet und wer wann letztlich aufgebrochen war, konnte ebenfalls nicht mit Sicherheit festgestellt werden.

Natürlich hatte Hofrat Sassmann schon brennend darauf gewartet zu erfahren, was sich im Hause des bekannten Psychiaters abgespielt hatte. Altgraf zu Stetten hätte ihn bereits angerufen und wollte wissen, wie weit die Ermittlungen gediehen seien und ob sich für ihn selbst womöglich Nachteile ergeben könnten, da er eben eine wichtige Transaktion mit der Stadtverwaltung am Laufen habe. Wenn man schon auf den Steuerberater geschossen habe, wäre es auch nicht von der Hand zu weisen, dass es ein Kesseltreiben gegen die Wirtschaft geben könnte, wo man ihn selbst vielleicht nicht gerade erschießen, aber ihm sonstige Prügel in den Weg werfen würde.
„Es geht ja ganz offensichtlich wieder einmal gegen diejenigen, die für den Wohlstand im Land sorgen und die meisten Steuern zahlen", hatte Altgraf Stetten anklagend geendet.

„Hofrat", antwortete Bernauer, als er das gehört hatte, „im Moment versucht der Altgraf den Wohlstand des Landes insoweit zu steigern, als er ein ansehnliches Gebäude um den Denkmal-Euro zu erwerben bemüht ist. Nicht übersehen sollte man dabei auch noch, dass es sich um ein Objekt in bester Lage handelt."

Hofrat Sassmann schüttelte den Kopf.
„Eines Tages wird er an seiner Gier ersticken."

Natürlich war der Anschlag auf den Linzer Bridgekolle-
gen auch am nächsten Spielabend in Bernauers Club
die Sensation.
Nina sprühte geradezu vor Tratschsucht und Boshaftigkeit, sprach von gewissen Beobachtungen, die sie
gemacht hätte und ließ ziemlich unverhüllt durchblicken, dass sie der Meinung sei, dass Kellner das Opfer einer Verwechslung gewesen wäre und eigentlich
der Pfarrer Ron Kranach erschossen werden sollte.

Einerseits fühlte sich Kranach durch diesen Kas-
sandraruf etwas unwohl, andererseits wieder war er
dadurch in den Mittelpunkt gerückt worden und die
damit gewonnene Wichtigkeit gab ihm ausreichend
Gelegenheit, seine Betrachtung des Falles jetzt völlig
berechtigt und anschaulich zum Besten zu geben.
In seinem Bridgepartner für diesen Abend, Dr. Timo
Köck, hatte er dann ein lohnendes Opfer gefunden.
Eingehend schilderte ihm Kranach die Gefahr, in der
er geschwebt hatte, und begann sich offensichtlich bereits mit der interessanteren Version anzufreunden,
dass möglicherweise er selbst Ziel des Schusses gewesen sein könnte. Die Hintergründe aber seien top
secret, erklärte er vage.

Da sich der Club-Präsident, Hubert von Haugsdorf, natürlich auch der Faszination des unglaublichen Vorfalles nicht entziehen konnte, drohte das Turnier mit beachtlicher Verzögerung zu beginnen.

„Stimmt es, dass man zur bevorstehenden Hochzeit gratulieren darf?", wandte sich jetzt Nina nun an Dr. Köck. „Werden wir vielleicht sogar Deine zukünftige Frau Gemahlin in Zukunft auch in unserer Bridgerunde begrüßen dürfen?"
Köck lächelte.
„Man darf gratulieren", sagte er, „aber alles Weitere wird sich weisen."
„Da bin ich aber ganz sicher", antwortete Nina, „für die Gattin eines Diplomaten ist es schließlich obligatorisch Bridge zu spielen."
„Für die Ehefrau eines Konsuls", lächelte Dr. Köck, „ich bin Konsul."
„Wie ungeschickt von mir", säuselte Nina, „ich halte das nie richtig auseinander. Als ich gehört habe, dass Ihr Euch in Nevada kennengelernt habt, war ich sofort auf eine Gesandtschaft fixiert."
„Das wird ziemlich oft verwechselt", sagte er, „aber die ganze Sache hatte ohnehin keinen beruflichen Hintergrund, meine zukünftige Frau ist die Managerin des Hotels in Las Vegas, in dem ich regelmäßig absteige."
„Gott wie romantisch", nickte Nina verträumt, „ich kenne Las Vegas, eine großartige Stadt und großartige Menschen. Gott, was waren das für Aufritte, glanzvoll! Wird Deine Braut jetzt drüben alles aufgeben?"

„Ja", nickte er, „wir wollen zusammen das Leben in Salzburg genießen."

Neugierig hatten natürlich auch andere Spieler mitgehört und Dr. Köck wurde zusätzlich mit weiteren Fragen zu dem interessanten Thema gelöchert. Schließlich stellte sich heraus, dass einige Bridgespieler zwar bereits im Top-Hotel Old Smuggler in Las Vegas gewohnt, aber mit der Managerin nie persönlichen Kontakt gehabt hatten. Endlich besann sich von Haugsdorf und rief ernstlich mit einer halben Stunde Verspätung zum Turnier.

Trotz des Vorfalles am vergangenen Pokerabend, oder vielleicht gerade deswegen, fanden sich in der nächsten Woche wieder alle Spieler vollzählig bei Dr. Lombards Runde ein.

„Lassen wir uns das Spiel nicht vermiesen", ermunterte Starfriseur Beppo die anderen und wandte sich an Lombard: „Hat sich vielleicht schon etwas ergeben in der leidigen Sache?"

„Nichts, gar nichts. Irgendwie hat es den Anschein, als würde die Polizei den Täter außerhalb unseres Kreises vermuten."

„Und das ist auch logisch so", tat Chefredakteurin Risa Walther die Debatte ab. Was nicht in den Bereich Mode und gehobene Lebensführung fiel, fand bei ihr keine Beachtung.

„Herrgott", quengelte wie gewohnt gleich wieder der Stadtrat, „man wüsste doch ohnehin, wo man suchen muss und wie der Sache beizukommen ist. Letztlich geht es doch nur um die Kriminalität des stetig anwachsenden, arbeitsscheuen Gesindels."

Als Stadtrat für soziale Belange differenzierte er auffallend wenig unter den schlechter gestellten Schichten und dozierte dann auch noch das, im Hinblick auf seine eigene Person, ziemlich köstliche Beispiel aus der Monarchie.

„Wilhelm I. führte für Staatsdiener, die ihm zu faul erschienen, die Prügelstrafe ein. Warum verfährt man bei uns nicht mit dem arbeitsscheuen, unproduktiven Geschmeiß so? Aber nein, nein. Man hegt und fördert es und dafür schießt es dann auf anständige Steuerzahler, diejenigen Menschen nämlich, von deren Geld dieser Mob schließlich lebt. Demokratie ist Schwäche, sage ich immer wieder, das ist auch geschichtlich hundertfach bewiesen."

„Toni", fragte Nina von oben herab, „glaubst Du wirklich, Du selbst wärst bei Deinem Soldatenkönig ohne Prügel durchgekommen? Man hört da so einiges im Gebälk der Politik knacken. Du würdest, um Dich nicht anstrengen zu müssen, Arme und Schwache einfach im Regen stehen lassen, sagt man, obwohl ihnen ganz nachdrücklich geholfen werden könnte."

„Spielen wir jetzt ‚Erkenne Dich selbst' oder Poker?", fragte Dr. Lombard gereizt und rettete damit Stadtrat Eigner vor einer arglistig ausgelegten Fußangel.

Vielleicht war es ja wirklich nur der Unmut, den seine Patienten mit ihren eingebildeten Leiden bei ihm so derart schürten, dass er oft unprofessionell Ärger auch dort empfand, wo der Anlass eigentlich nicht gegeben war. Aber bereits die Tatsache, dass so unnötige Existenzen der Meinung waren, sie und ihr Geld hätten überall Vorrang, empfand er als abstoßend.

Auf jeden Fall aber stand die Untersuchung seiner Blutzuckerwerte wieder dringend an.

Als man die Plätze am Pokertisch eingenommen hatte, kehrte schnell Ruhe ein.

Nachdem die Einsätze festgelegt, Small und Big Blind entrichtet waren und alle Spieler die Hole-Cards erhalten hatten, gab es bereits Ärger. Stadtrat Eigner weigerte sich nämlich zu setzen, da er bemerkt haben wollte, dass man sich zu seinem Nachteil verständigt habe. Letztlich versteifte er sich darauf, diese Runde auszusetzen.

Erst in der zweiten erbrachte er den Mindesteinsatz und stieg in der dritten Runde wieder aus.

„Aha", schmunzelte Risa Walther süffisant, „die Frau Gemahlin gleicht höhere Verluste heute nicht mehr aus."

Der Stadtrat schwieg und Beppo, der neben ihm saß, legte ihm beruhigend die Hand auf den Arm.

„Ich muss Dich nachher noch sprechen Toni", flüsterte er, „es ist ziemlich wichtig."

„Aber erst brauche ich ihn", ordnete Walter Altgraf zu Stetten an, „vordringlich ist einiges für den Maskenball auf meinem Schloss zu klären."

„Bitte Ihr Quälgeister", der Stadtrat lächelte gezwungen, „reißt mich nur auseinander, ich bin ja Euer Sklave. In Wahrheit seid ihr besitzergreifender als die Horde meiner Wähler."
„Sind Dir die Wähler, die Du so vordergründig angelockt hast, vielleicht sogar schon lästig?", ätzte Nina, „dann erkläre dies einfach öffentlich und schon bist Du kein Stadtrat mehr."

Nach dem Aufdecken der Karten im Showdown erwies sich, dass Risa Walther im Besitz der weitaus besten Pokerhand war.
„Ein Pot für Mummy", rief sie und bediente sich erfreut. Stadtrat Eigner hatte jetzt keine Wahl mehr und ging mit in das nächste Spiel.

In der kleinen Pause, als die obligatorische Pizza geliefert worden war, steuerte der Altgraf sofort den Stadtrat an und redete leise aber ungeduldig auf ihn ein.
„Kann ich jetzt endlich fix mit der rechtzeitigen Erledigung meiner Angelegenheit rechnen?", fragte er drängend.
„Ich habe bereits getan was ich konnte, man hat mir auch bindend versprochen, für Deinen Antrag zu stimmen."

„Mir kommst Du in Deinem Eifer ziemlich verhalten vor. Hältst Du mich zum Besten?"

Wieder hatte sich für den antriebslosen, pomadigen Stadtrat eine weitere unangenehme Situation ergeben. Altgraf zu Stetten beabsichtigte nämlich ein historisches Gebäude nahe seiner Grundgrenze für den sogenannten Denkmaleuro zu erwerben, falls natürlich sein Antrag durchging. Den schmalen aber ziemlich langen Grundstückstreifen, der zwischen dieser Immobilie und seiner eigenen Grundgrenze lag, hatte er bereits auf Anraten seines Freundes, Stadtrat Toni Eigner, günstig gekauft und für die Aufbringung der Kosten zur Sanierung dieses alten, denkmalgeschützten Gebäudes hatte der Altgraf einen Maskenball auf seinem Landsitz angekündigt, der aber unverrückbar bereits in einer Woche stattfand. Doch bis dahin brauchte er wenigstens eine offizielle Zusage zum Erwerb des alten Kastens.
Die Gegenleistung für die Beschaffung der notwendigen Zustimmung des Denkmalamtes zu diesem Kauf hatte aber Stadtrat Eigner schon im Voraus von Altgraf zu Stetten bekommen, und zwar in Form einer Intervention für Eigners Wahl zum Stadtrat. Nun brannte ihm der sich rasch nähernde Termin des Maskenballs schmerzlich unter den Fingernägeln, da jetzt das Drängen des Altgrafen langsam einen bedrohlichen Ton annahm.
Als ob er selbst keine anderen Sorgen hätte.

Er stand jeden Tag lustlos und spät auf, ging bei Abstimmungen auf die Toilette, kritisierte andere als faul und brachte ohne seine tüchtigen Mitarbeiter nichts wirklich auf die Reihe. Genau genommen machte er sogar diese Leute für seinen Missmut verantwortlich und natürlich allen voran die Partei, die ihn zwar hochgehievt hatte, aber jetzt in der Sache des Altgrafen schmählich hängen ließ.

Wenn also in Sachen des Denkmaleuros alle Stricke reißen sollten, würde er an wichtigerer Stelle die Gegenleistung für eine schurkische Gefälligkeit, die er einem Mächtigen einmal erwiesen hatte, einfordern müssen. Auch davor graute ihm.

Da er aber letztlich sogar die Büttenrede auf Altgraf zu Stettens Ball halten würde, musste er sich auch noch zusätzlich bemühen, ein Kostüm unter dem Motto ‚Venedig' aufzutreiben.

Leider war es unumgänglich, dass er zu dem Ball auch seine Frau mitbrachte, aber sie würde ohnehin in übertriebenem Pomp erscheinen, also brauchte er sich wenigstens um ihr Kostüm nicht auch noch zu kümmern.

Zu viert hatten sie nämlich in der Pokerrunde vereinbart, den Altgrafen zu überraschen und in Kostümen der Commedia dell'arte zu erscheinen. Der Stadtrat als Pantelone, dem Kaufmann aus Venedig, und Nina als Harlekin. Beppo Mölzer griff sofort sofort nach der Maske des tollpatschigen Knechtes Pagliaccio und auch Pfarrer Ron Kranach, der die spirituelle Begleitung des Festes vollziehen würde, hatte sich bereit erklärt in die Rolle des Dottore, des Juristen aus Bologna, zu schlüpfen.

Didi Moosbrugger, in der wie für ihn maßgeschneiderten Rolle des Jokers, hatte die fotografische Betreuung des Balls übernommen.

Stadtrat Toni Eigner hatte es inzwischen in besorgter, aber ungewohnter Umtriebigkeit dann doch noch fertig gebracht, Altgraf zu Stetten wenigstens eine bindende mündliche Zusicherung für den Hauserwerb zu verschaffen und so konzentrierte sich jetzt alles auf das große, bevorstehende gesellschaftliche Ereignis.

Bereits die Auffahrt durch den Wald zu Altgraf Stettens Landschloss war mit blauen Fackeln bestückt, die dem Wald den romantischen Schein dunkler venezianischer Kanäle verliehen.

Die offene Treppe, die durch riesige Kandelaber rechts und links des geöffneten Tores erleuchtet wurde, war mit einem roten Teppich ausgelegt, während die Hausfronten abschnittweise in Karmesinrot, Rosa und Gelb angestrahlt wurden. Perückenbezopfte Lakaien in Samtwämsern und Rüschenhemden empfingen die Gäste und geleiteten sie zum Empfang, an dem Altgraf zu Stetten mit Familie Hof hielt.

Beim Eintreffen Stadtrat Eigners und seiner Gattin als Nobelkurtisane Giulietta erklang die Barcarole aus Hoffmanns Erzählungen.

Großspurig wand sich Toni Eigner im roten Wams und enganliegender roter Hose die Freitreppe hinauf und trug den schwarzen Seidenumhang mit den halblangen weiten Ärmeln zur Seite geschlagen, um seine noch leidlich passable Figur zur Wirkung zu bringen. Der Ziegenbart und die Locken unter der roten Haube waren ein Kunstwerk und dem handwerkstechnischen Geschick Beppos zuzuschreiben. Das Gesicht hatte Eigner braun geschminkt, auf die Buckelnase hatte er selbstredend verzichtet.

Auch Risa Walther erschien als Kurtisane in leuchtend blauer Spitzenrobe am Arm Dr. Lombards, der die Verkleidung eines schlichten Pestarztes gewählt hatte. Dicht dahinter kamen Harlekin Nina im weißen Rüschenhemd unter dem enganliegenden Anzug aus farbigen Rauten und der Starfriseur Beppo im viel zu großen, weißen Kittel mit gelb geschminktem Gesicht.

Der Promigolfer und Beau der Pokerrunde und des Bridgeclubs, Ernie Sacher, hatte, gemäß seines ungeheuren Egos, die Rolle des Dogen übernommen und prunkte in Goldbrokat, Hermelin und dem Corno Ducale, einer Art Krone für den Dogen.

Laufend trafen nun die weiteren Gäste ein und alle waren prächtig gekleidet in Spitzen, Samt und Seide, wobei die tiefen Dekolletees der Damen und satten Farben ihrer Gewänder den Eindruck dekadenter Wollust, unter gepuderten Lockenperücken und dem aufwändigen Putz, erweckten.

Natürlich kamen alle Ballgäste aus der ersten Gesellschaft und eine weitere Gewähr dafür, dass man unter sich blieb, war außer der Einladung auch der stolze Eintrittspreis. Fünfhundert Euro pro Karte sollten unter dem angeblich gemeinnützigen Aspekt der Sanierung alten Kulturgutes nicht zu viel sein, aber wer bei diesem Maskenball der High Society nicht anwesend war, zählte eben nicht zur illustren Gesellschaft. Dies würde natürlich der Öffentlichkeit in Form von Dokumentationen durch Printmedien und Fernsehen anschaulich bekannt werden.

Natürlich war der Eintritt für Stadtrat Eigner, der die Büttenrede halten würde und Kranach, den Vertreter der Kirche, kostenlos, doch verursachte dies Altgraf Stetten beinahe sichtbare Magenschmerzen.

Inzwischen hatten die Ballräumlichkeiten, die sich über zwei gesamte Etagen erstreckten, beinahe ihr Fassungsvermögen überschritten. Altgraf zu Stetten begrüßte jovial die Gäste und übergab dann publikumswirksam Stadtrat Toni Eigner das Wort.

Wie zu erwarten war, fiel dessen Rede äußerst bombastisch und damit der üppigen Atmosphäre entsprechend aus, erweckte aber in Risa Walther den Verdacht, dass der Text von jemand anderem verfasst worden sei.

„Für diesen ausladenden Schwulst hätte er selbst etwas zu wenig Grips", stellte sie fest und Dr. Lombard pflichtete ihr bei.

„Und wenn man dazu noch an die viele Mühe beim Erstellen dieses Machwerks denkt."

„Außerdem hätte unser Stadtrat wahrhaftig keine bessere Maske als den Pantalone wählen können", grinste Risa „sie ist ihm wie auf den Leib geschneidert. Geizig und faul, hat praktisch nie Bargeld, mischt sich in Dinge ein, die ihn nichts angehen, rennt jungen Frauen nach und ist ziemlich hinterhältig, aber dumm."

„Vermutlich ist der hochlöbliche Stadtrat sogar zu ungebildet, um diese üblen Eigenschaften des Pantalone zu kennen", folgerte Lombard.

„Es genügt schon, dass er sie hat", bemerkte Risa Walther spitz.

Auch Pfarrer Kranach leistete nach der Rede des Stadtrates salbungsvoll seinen Beitrag und empfahl das Haus zu Stetten, samt der selbstlosen Hingabe des Altgrafen an die Kultur, dem Segen Gottes.

„Schrecklich, dieses Getue", flüsterte Beppo Dr. Lombard ins Ohr, „aber als Beichtvater ist er es gewohnt, dass ihm niemand widerspricht."

„Die Bußfertigen bevölkern seinen Beichtstuhl doch nur, weil sie jederzeit damit rechnen können, mit ihm irgendwie ins Fernsehen oder in die Klatschspalten zu geraten", flüsterte Risa boshaft, „außerdem ist er auch ohne Verkleidung die perfekte Verkörperung des Dottore. Eine Menge Wissen, ohne wahren Hintergrund, stellt es aber bei jeder Gelegenheit zur Schau, nur meist unpassend für die Situation und reagiert gereizt, wenn es nicht ankommt."

„Wolltest Du damit sagen, unser Pfarrer sei ein einge-bildeter Pinsel?", fragte Nina, die in diesem Moment aufgetaucht war.

Als Pfarrer Kranach zum Schluss seiner klischeege-rechten Rede samt Segnung gekommen war, begann endlich der Ball mit einer Quadrille, angeführt vom Stadtrat samt Gattin und dem Ehepaar zu Stetten. Dies war dann endlich auch der Beginn einer rau-schenden Nacht, die sich aus Lust an Verkleidung und Tanz ergab und schon bald zur prickelnden Begehr-lichkeit der Sinne verdichtete, als ob die üppige Pracht der Kleider und Farben den dekadenten Geist der ver-spielten venezianischen Gesellschaft heraufbeschwo-ren hätte.

Die verlockend und prächtig mit Schönheitspfläster-chen geschmückten Brüste in den Ausschnitten der geputzten Damen taten das ihrige, versprachen eroti-sches Amüsement und weckten die lüsternen fauni-schen Triebe der eleganten Kavaliere.

Natürlich war es nur eine Frage der Zeit und des Alko-holspiegels, bis die so lieblich erregten Herren den verheißenen weiblichen Wonnen zum Opfer fielen. Schließlich gab es in dem alten Gemäuer jede Menge versteckte, mit Polstermöbeln bestückte Treppenab-sätze, Winkel und Zimmerchen, die geradezu dafür geschaffen waren, dass sich die erlauchten Gäste, nach der erregenden optischen Unterhaltung, heiter und entspannend weiter ineinander vertiefen konnten.

Stadtrat Toni Eigner benötigte nur eine knappe Viertelstunde um sich eingehend einer, trotz starker Schminke erkennbar bemerkenswert jungen Kurtisane, in roter Samt-Robe, zu bemächtigen. Beim Versuch hinter einer Palme den schwarzen Schönheitsfleck auf dem einladenden Ansatz der jungen Brüste zu küssen, stand er plötzlich gut sichtbar in einem Gewitter grellen Blitzlichts.

„Scheint keine Sonne durch die Ritzen, musst Du blitzen", säuselte der Fotograf, Joker Didi, und verfolgte den Stadtrat mit der Kamera, woraufhin dieser samt seiner Tänzerin erschrocken und wie durch Zauberhand verschwand.

Mit boshafter Genugtuung betrachteten die Spieler aus der Pokerrunde und einige der anderen Gäste, das vor Wut bleiche Gesicht und die geblähten Nüstern der Gattin Stadtrat Eigners, die etwas später suchend durch die Räume des Schlosses eilte.

Nur Beppo Mölzer brachte nach einiger Zeit das Herz auf, seine Kundin von dieser lächerlichen Komödie abzubringen und sie mit einem Gespräch über ihr prächtiges Kleid und die hervorragend sitzende Frisur abzulenken.

„Sehen Sie jetzt, was ich zu ertragen habe", zischte sie, „können Sie sich vorstellen, dass man oft nur noch den einen Wunsch hat, diesen Zustand irgendwie zu beenden, wenn man nicht so grundanständig wäre?"

„Dunkle Gedanken hinter einer so hübschen Stirn, wie der Ihrigen, will ich nicht gestatten", sagte Beppo, „noch dazu, wo ich an das lustige Schnattern Ihres Lockenköpfchens unter Bürste und Kamm meines Salons gewöhnt bin."

Geschmeichelt, aber unruhig, begleitete sie ihn auf die Tanzfläche und gestattete ihm auch noch, sie in die Champagnerbar einzuladen, wo sie nach kurzer Zeit bereits lockerer zu werden begann und Beppo über die neuesten gesellschaftlichen Ungeheuerlichkeiten, die man genüsslich austauschte, informierte.

Stadtrat Toni Eigner dürfte einen Whisky Tumbler in der Hand gehalten haben, als ihm ein gezahntes Messer oder ähnliches die Kehle durchtrennt hatte. Das Glas war samt einer Zigarre vor ihm auf den Teppich gefallen.

Offenbar hatte er seinen Kopf zurück über den Rand der Sofalehne gelegt, so als würde er zurücksehen, um mit einer hinter ihm stehenden Person zu sprechen. Jedenfalls dürfte er sich sicher gefühlt haben, bis ihn der Angriff überraschte.

Seit er im geschlossenen Rauchsalon saß hatte vermutlich niemand mehr diesen Raum betreten bis der Kellner erschien, um die Aschenbecher zu kontrollieren und eventuell abgestellte Gläser einzusammeln. Die entspannte Haltung der Leiche erweckte in dem jungen Mann zuerst den Anschein eines schlafenden

Gastes, denn dass Blut aus einer Wunde in die rote Maskerade des Stadtrates gesickert war, fiel ihm erst auf, als er den Humidor schließen wollte, um sich dann taktvoll wieder zurückzuziehen.

Geistesgegenwärtig rief er über sein Handy in der Küche an und versuchte so, Walter zu Stetten zu erreichen.

Dieser war allerdings ziemlich schnell gefunden worden und eilte mit Dr. Lombard und Didi Moosbrugger, den sie unterwegs aufgelesen hatten, an den Tatort.

Jetzt musste blitzartig eine Entscheidung getroffen werden.

Während der Altgraf das Zimmer verschließen und den Ball zu Ende führen wollte, gab Dr. Lombard zu bedenken, dass man in diesem Fall die Gäste nicht daran hindern konnte, das Gebäude zu verlassen und damit in eine strafrechtlich bedenkliche Lage kommen könnte. Auch den Vorschlag zu Stettens, den Auffindungszeitpunkt der Leiche als später anzugeben, hielt er nicht für akzeptabel, vor allem, weil ja zumindest der Kellner und der Mann in der Küche bereits die Wahrheit kannten.

Dr. Lombard überlegte.

„Dein Einverständnis voraussetzend würde ich jetzt gerne den Kriminalbeamten, der vor einigen Wochen den Gewehranschlag auf unseren Steuerberater untersucht hat, verständigen. Er wird wissen, was zu tun ist."

Widerstrebend nickte der Altgraf und kurze Zeit, nachdem Dr. Lombard im Präsidium angerufen, die Situation erklärt und nach Dr. Bernauer verlangt hatte, kam auch schon der Rückruf Bernauers und wenig später tauchten die Fahrzeuge der Polizei auf, die mit Rücksicht auf den Veranstalter und seine gut betuchte Gesellschaft, ohne Blaulicht gefahren wurden.

Inzwischen hatte bereits Didi Moosbrugger erste Aufnahmen von der Leiche und dem Tatort gemacht.

Die Polizei riegelte sofort diskret den Ausgang über die Freitreppe und den Zugang zum Rauchsalon ab. Kurz darauf traf Bernauer ein.

Nun begann, unter erschwerten Umständen, das übliche Prozedere einer Mordermittlung, die Spurensicherung setzte ein und die mühevolle Befragung der Ballgäste nahm die nächsten Stunden in Anspruch.

Da sich alle Teilnehmer kostümiert hatten und sehr viele Masken einander ähnlich waren, ließ sich kaum herausfinden, wer sich zu welchem Zeitpunkt wo befunden hatte. Besonders Harlekine, Pestärzte und Kurtisanen waren in vielfacher Ausführung vertreten.

Nur die rote junge Dame, die der Stadtrat umgarnt hatte, wurde schnell gefunden, da sie von einer Nurse gelabt und behandelt worden war, als sie sich nach dem Genuss von zu viel Alkohol übergeben hatte und auf eine Couch gebettet wurde. Es handelte sich um die Cousine und beste Freundin der Tochter des Hausherrn.

„Der Stadtrat und ich sind durch die Säle gezogen und haben jede Menge Champagner getrunken", sagte sie. „Da mir dann schwarz vor Augen wurde und ich mich auf die Toilette begeben musste, weiß ich natürlich nicht, wo Toni hingekommen ist. Ich war nur froh mich niederlegen zu können."

Womit sich der Stadtrat dann bis zu seiner Ermordung beschäftigt hatte, war nicht zu eruieren.

„Ich verstehe das nicht", sagte Bernauer zu Hofrat Sassmann, „irgendjemand müsste sich doch an den Stadtrat erinnern, schließlich war sein Kostüm sehr auffallend und außerdem hat er die Eröffnungsrede gehalten, jeder kannte ihn also."

„Wie es aussieht war er für mindestens eine Stunde verschwunden und die wird er doch nicht allein im Rauchsalon verbracht haben."

„Wenn er sich allerdings vor seiner Gattin in Sicherheit bringen wollte, dürfte dies einer der wenigen Räume gewesen sein, in denen sie ihn nicht suchen würde, da sie bei seinem Verschwinden einen amourösen Hintergrund vermutete", stellte Bernauer fest, „zumindest wurde es allgemein so geschildert."

„Und die junge Dame, hat sie sich keinen passenderen Kavalier gefunden?"

„Darüber habe ich mir auch schon Gedanken gemacht", überlegte Bernauer.

„Erstens war der Stadtrat kaum attraktiv genug für einen intensiveren Flirt mit einem so jungen Ding und irgendwie geht mir auch der plötzliche und nahtlose Übergang der fröhlichen Unterhaltung in die heftigen Beschwerden des Mädchens etwas zu abrupt und wieso saß denn Stadtrat Eigner im Rauchsalon und trank Whisky? Kümmerte ihn die Übelkeit des Mädchens denn überhaupt nicht oder hatte er bereits eine neue Unterhaltung aufgerissen?"

Eine Angestellte des Bedienungspersonals erklärte später, dass auch sie im Laufe des Abends einmal Nachschau im Rauchersalon halten wollte, den Raum aber dann doch nicht betreten habe, da ein Gast am Sofa geschlafen hätte.
„Es ist für jeden Menschen peinlich, beim Schlafen überrascht zu werden. Es ist einfach eine zu persönliche Situation."
Bernauer war sich sicher, dass Stadtrat Eigner zu diesem Zeitpunkt bereits tot gewesen war und nur den Eindruck eines Schlafenden erweckt hatte. Da seine Tanzpartnerin knapp eine halbe Stunden vorher medizinisch versorgt worden war, musste der Mord ungefähr zwanzig Minuten vor dem Versuch der Kellnerin die Aschenbecher zu säubern, stattgefunden haben. So wurde zwar der Zeitpunkt der Tat etwas abgegrenzt, aber die Tatwaffe konnte nicht aufgefunden werden.

Nach wie vor blieben alle Fragen offen und die Behauptungen unbewiesen.
Das Mädchen in rotem Samt, Frigga zu Stetten, wollte ab dem Zeitpunkt, da sie ihrer Übelkeit wegen die Toi-

lette aufsuchen musste, keine Ahnung davon gehabt haben, wohin der Stadtrat danach gegangen war. Es konnte natürlich sein, dass sie log und bereits zuvor schon nicht mehr in seiner Gesellschaft gewesen war. Vielleicht war sie auch die Täterin und hatte sich über die Krankenschwester nur ein Alibi verschafft.

Da der Stadtrat auf der Couch des Rauchsalons willig seine Kehle dargeboten hatte, hätte auch ganz leicht eine Frau den Mord begehen können, Kraft wäre in dieser Situation kaum erforderlich gewesen.

Auch die Ehefrau stand nicht außer Verdacht. Vielleicht war sie gar nicht nur wütend gewesen, weil sie ihren Mann nicht finden konnte, sondern weil sie ihn gefunden und sich bereits gerächt hatte, in dem sie ihm die Kehle aufschlitzte. Einen Menschen zu töten war schließlich auch für eine betrogene Ehefrau keine Alltäglichkeit.

Merkwürdiger Weise hatte sie sich nämlich von Beppo so verdächtig schnell ablenken lassen und war munter dazu übergegangen, Tratsch zu erzählen, ohne sich noch weiter um den Verbleib ihres Mannes zu kümmern.

Wer hatte denn überhaupt außer der Gattin einen so affektiven Grund ihm nach dem Leben zu trachten? Zugegeben, er war träge, behandelte seine Mitarbeiter wie Sklaven, erklärte alle für faul, traf keine Entscheidungen, aber kritisierte praktisch jeden Menschen, mit dem er zu tun hatte. Er schmückte sich mit Kulturbewusstsein und ging fremd mit jungen Mädchen, denen er Versprechungen machte, aber seine Aufgaben im

Sozialressort, sich für die Kranken, Armen und Schwachen einzusetzen, interessierten ihn nicht im Mindesten.

Nur, diese passive Haltung machte sicherlich viele Menschen wütend, aber schleichender Ärger pflegte dem Wesen nach nicht explosiv in Mord zu enden, abgesehen von der Tatsache, dass hier nur Gäste aus der gehobenen Gesellschaft geladen waren und nicht die vielen kleinen Seelen, die er grundsätzlich vernachlässigte oder schikanierte.

Die wenigen Personen, die vielleicht Grund gehabt hätten, impulsiv zu handeln, waren immer wieder nur die Ehefrau oder seine Tanzpartnerin, falls er sie auf ungebührliche Weise bedrängt hätte.

Leider gab es dazu aber nicht einen einzigen handfesten Beweis.

In Beppo Mölzers Friseursalon wurde Dr. Lombard eine Tasse mit starkem Espresso serviert und ein Glas Wasser dazu.

„Vielleicht solltest Du eher mein Migränepulver versuchen, ich lasse es extra vom Apotheker anfertigen", sagte Beppo.

Lombard, der seinen ohnehin tadellosen Haarschnitt trotzdem jede zweite Woche in Fasson bringen ließ, lehnte ab.

„Ich will nicht experimentieren, es sind eigentlich auch nur so sporadische Momente des Kopfschmerzes. Irgendwie fühle ich mich dabei so komisch abgehoben."

„Hast Du eigentlich je daran gedacht einen passenden Arzt aufzusuchen?", grinste Beppo.

„Gott bewahre", wehrte Lombard feixend ab, „womöglich verweist er mich an einen Kollegen aus der Psychiatrie."

Der Friseur zog den weißen Kleiderschutz zurecht.

„Gut, dann nimm jetzt Dein Pülverchen und wenn Du soweit bist, können wir beginnen."

„Hast Du vielleicht eine Ahnung, was der Stadtrat vor seiner Ermordung auf dem Ball noch mit mir besprechen wollte?", fragte ihn jetzt der Arzt.

„Er wollte mit Dir nach dem Ball noch etwas besprechen?", erkundigte sich Beppo erstaunt, „Du meinst, er wollte einen Termin in Deiner Ordination?"

„Nein, es ging offensichtlich um etwas geschäftliches, vermutlich im Zusammenhang mit dem Altgrafen. Jedenfalls hatte ich dieses Gefühl."

„Ist mir nichts bekannt", meinte Beppo, „aber nicht uninteressant diese Geschichte. Wenn es sich nämlich um keinen ärztlichen Termin gehandelt hat, könnte ich mir gut vorstellen, dass der Altgraf wieder eine linke Tour plant, zu der Du gebraucht wirst und der Stadtrat sollte dafür sorgen, dass Du mitmachst. Aber wenn Dich Dein Gefühl nicht getäuscht hat, muss jetzt, nachdem man den Stadtrat abgemurkst hat, der knickrige alte Teufel selbst auf Dich zukommen."

Dr. Lombard wiegte den Kopf.

„Muss er wohl."

„Hast Du eine Ahnung, ob man über den Mord an Toni schon etwas herausgefunden hat?", fragte Beppo.

„Keine Ahnung, aber Nina wird sehr schnell neue Verdächtigungen aufkommen lassen."

„Was ist mit Nina?", meldete sich plötzlich eine Stimme hinter Beppo. Sie kam von Elsa Eigner, der Witwe des ermordeten Stadtrates, aus einer der offenen Kabinen.

„Lassen Sie den Vorhang offen", herrschte sie die Friseurin an, „ich möchte mich mit den Herren unterhalten und bringen Sie mir noch ein Glas Prosecco." Neugierig beugte sich Elsa vor: „Kennt schon jemand die Braut von Dr. Köck aus dem Bridgeclub? Sie soll ja aus Las Vegas sein. Managerin in den Vierzigern, interessante Person."

Kein Wort des Gefühls für ihren eigenen ermordeten Gatten, aber sie bekundete höchstes Interesse am neuesten Klatsch über eine Frau, die sie nicht einmal kannte.

„Wie ist Ihnen denn dieses Gerücht zugeflogen, Frau Eigner?", fragte Dr. Lombard genervt.

„Kein Gerücht", schmetterte sie, „der Konsul selbst hat es Nina im Bridge-Club erzählt."

„Und die hat es gleich darauf in meinem Salon ausgeplaudert?", fragte Beppo.

„Aber ja, Sie Heuchler, das wissen Sie doch."

Elsa Eigner drohte Beppo schelmisch mit dem Finger.

„Ohne unsere Tagespost würden Sie doch glatt seelisch verhungern."

„Sie haben mich wieder einmal durchschaut, gnädige Frau."

Beppo deutete eine leichte Verbeugung an und verdrängte die gähnende Langweile, die ihm das banale Geschwafel bereitete, indem er sich bemühte, den untadeligen Haarschnitt Dr. Lombards noch weiter zu perfektionieren.

Später, als die Stadtratswitwe nichts mehr hören konnte, da ihre Haare gespült wurden, wandte sich Dr. Lombard an Beppo: „Geht dieses blöde Geplapper wirklich den ganzen Tag so dahin?"

Beppo nickte stoisch.

„Wie beim Psychiater: Kannst du blechen, darfst du sprechen! Aber was Dich und Deine Kopfschmerzen anbelangt, Armand", argwöhnte er ernst, „da fürchte ich inzwischen, dass Du auch immer mehr unter einer wachsenden Abneigung gegen Deine Patienten leidest."

„Nicht prinzipiell, aber wenn alles so unsäglich dreist und dumm ist, bösartig und nur auf Selbstdarstellung ausgerichtet, dann raubt mir das manchmal beinahe den Verstand. Kennst Du den Zustand, wo Du das Gefühl hast, Du stehst im luftleeren Raum und fühlst nur noch Verachtung?"

„Weißt Du", lachte Beppo, „ich kann Dich schon verstehen, aber für mich ist dieses Gefasel nur alltäglich und ich höre auch kaum zu. Manchmal allerdings erreicht die Banalität einen Punkt, an dem sie bereits an Inspiration grenzt und das macht mir dann doch Spaß."

Er wiegte den Kopf.

„Aber ich gehöre eben zu den einfachen Charakteren. Für einen Intellektuellen, wie Dich, sind Trivialitäten schmerzlich unter seinem Niveau."

Dann zwinkerte er, wie gewohnt, mit dem rechten Augenlid und meinte:

„Du quälst Deine Peiniger zwar schamlos mit Behandlungskosten, aber was Dir fehlt, ist der intellektuelle Spaß am Geschäftemachen."

Schließlich gipfelte seine praktische Betrachtung in der trostlosen Feststellung: „Aber Ihr Klugscheißer seid sowieso nicht fähig, die kleinen Freuden des Alltags zu würdigen."

Er zögerte einen Moment.

„Wenn nicht alles hochgeistig und bedeutungsvoll ist, befindet Ihr Euch ausweglos in einer Krise."

Dr. Lombard grinste: „Das ist auch der Grund, warum Straßenköter, wie Du, wesentlich gesünder und durchsetzungsfähiger sind als wir Eierköpfe."

Schon nahte wieder das Ende ihrer ungestörten Unterhaltung, denn die Stadtratswitwe, der Haarwäsche entkommen, eingehüllt in rosa Umhang und gleichfarbigem Turban, nahm Kurs auf Beppo und Dr. Lombard.

„Sie beide kommen doch sicher heute zur Geburtstagsfeier unseres lieben Ernie in den Golfclub. Das sind wir diesem herrlichen Beau einfach schuldig."

Sie senkte affektiert die Augenlider.

„Soll ja eine tolle Sache werden, hat er jedenfalls angekündigt. Auch der Altgraf zu Stetten wird die Gelegenheit nutzen, kostenlos das Buffet abzustauben."
„Ja", sagte Beppo gerade noch, dann wurde die Witwe Elsa Eigner vom Schätzchen, wie sie ihre Friseurin gelegentlich gnädig zu titulieren pflegte, eingefangen und zum Haareschneiden in die Kabine geführt.
Dr. Lombard war aufmerksam geworden.
„Walter zu Stetten mischt sich glatt unter das gemeine Volk", sagte er. „Vielleicht können wir bei der Gelegenheit von dem knickrigen Zausel erfahren, was der Stadtrat auf dem Ball von mir gewollt hat", mutmaßte er.
„Sollte unser Geburtstagskind, wie üblich, auch ein Prischen Koks anbieten, werden wir vielleicht noch viel mehr zu hören bekommen", stellte Beppo fest.
„Hoffentlich ist das Zeug wenigstens erste Qualität", nörgelte leicht gequält Dr. Lombard.
„Egal was Du schnupfst, Kumpel", orakelte Beppo, „das Loch in der Nasenscheidewand ist Dir sicher."

Das Clubhaus des Golfplatzes war hell erleuchtet. Auf dem Parkplatz drängten sich ausschließlich Fahrzeuge der oberen Preisklasse und der Weg zum Gebäude glich einem Zug dicht gedrängter Fackeln.
Da seit Stunden immer wieder leichter Schnee gefallen war, hatte man schon auf dem Parkplatz einen gedeckten Punschstand errichtet, damit sich der Gast für

den kleinen Fußmarsch in das Lokal aufwärmen konnte und ziemlich flott sammelte sich dort eine Traube von Unternehmungslustigen, die zum Teil den Punsch zugunsten hochprozentiger Schnäpse am Stand ignorierten.

Auch ein dienstbarer Geist nahm hier bereits die Geburtstagsgeschenke Ernies entgegen und transportierte sie weiter ins Clubhaus, wo sie auf einem ausladenden Tisch geschmackvoll postiert wurden.

Lediglich das Geschenk der Truppe aus dem Stammlokal Ernies wurde, zum Gaudium der Umstehenden, zurückgehalten, später aber unter martialischem Gesang in den Saal getragen und coram publico Ernie Sacher, dem Jubilar, überreicht.

„Happy birthday, lieber Ernie!"

Das war nun der allseits erwartete Auftritt eines munteren, kleinwüchsigen Großmauls.

„In allen Lagen, Gummi tragen", grölte Giovanni der dickliche Besitzer einer Backwarenkette, der diktatorisch über zweiundvierzig Filialen herrschte, und überreichte Ernie einen Blumentopf, in den ein dürres, aus Strauchruten gebundenes Gerippe gepflanzt war, welches offensichtlich einen Baum darstellen sollte.

Geschmackloserweise war dieses Elendsprodukt vordringlich mit kunstvoll angeordneten bunten Präservativen geschmückt und dazwischen hingen Gegenstände wie Gummihandschuhe, Fetzen aus Autoreifen, Gummiringe, Gummibären und weitere derartige Utensilien.

Diese ungewöhnliche Schöpfung von Gummibaum erregte so ziemlich allgemein den höchsten Beifall, aber Nina schüttelte frostig erstarrt den Kopf und Pfarrer Kranach lächelte, durch seine Profession notwendigerweise auch hier über den Dingen stehend, in betont milder Grimasse.

Nach den üblichen Gratulationsszenen stürmten die Gäste, meist schon angeheitert, das Buffet.

Mit der Zeit begannen sich an den Tischen schon kleine Grüppchen zu bilden und bald hatten auch tanzende Paare das Parkett erobert.

„Heute hat Tantchen für ein standesgemäßes Fest ihres Lieblings wieder tief in die Tasche gegriffen", stellte die Stadtratswitwe giftig aber bewundernd fest und betrachtete die Tante und Gönnerin Ernies abwägend von Kopf bis Fuß.

„Tante?" fragte Nina hämisch, „diese Person ist doch brünstig wie eine Kuh, das ist doch ganz offensichtlich."

„Aber nein", sagte Dr. Lombard, „sie ist wirklich seine Tante."

„Dann schläft er eben mit seiner Tante", ereiferte sich Nina, „man ist doch nicht blind."

„Kindchen", der Pfarrer spitzte die Ohren, „das darfst Du nicht einmal denken", aber beinahe gleichzeitig bat Ernie schon die Tante zum Walzer und die Gäste applaudierten begeistert im Takt.

„Elegant, elegant", bekräftigte Pfarrer Kranach, als er sich nach vorne gedrängt hatte, um nun sicher mit auf einigen Fotos des tanzenden Paares zu sein.

Beppo hatte eben unter Ausschluss der Öffentlichkeit Risa Walthers Frisur, die durch den Rieselschnee am Punschstand etwas Schaden genommen hatte, restauriert, als auch schon Bill Haley & his Comets aus allen Richtungen des Raumes zu „See You Later Alligator" ansetzten.

„Rock 'n' Roll", sagte Beppo, „wollen wir uns die Sache etwas näher betrachten?"
„Wenn dies eine Einladung zum Tanz ist", freute sich Chefredakteurin Risa Walther, „bitte sehr."
„Aber nur diesen einen", machte sich Ernie flink bemerkbar, „dann gehört die Dame mir."

Ernie liebte Tango und dass dann „Jealousy" anklang, überraschte keinen seiner Freunde, denn ihn und Risa diesen Tango tanzen zu sehen, bedeutete für Insider immer wieder eine Augenweide.
In den pikanten Bewegungen eines Salontangos verzichteten sie weitgehend auf komplizierte Techniken, glänzten aber elegant in weichen Bewegungen und enger Umarmung, die sie zwischendurch gekonnt öffneten um sich Raum für effektvolle Figuren zu schaffen. Unzweifelhaft eine perfekte Performance, für die ihnen der kräftige Applaus schon im Vorhinein sicher war.
Kurz darauf waren Ernie und Nina verschwunden.
Als sie zehn Minuten später auf der Tanzfläche erschienen, hatte Nina Ihre Jacke ausgezogen und trug

nur mehr ein ärmelloses schwarzes Kleid mit tiefem Ausschnitt und Ernie hatte sich das Haar mit Gel zurückgebürstet. Ebenfalls nicht unerwartet erklang jetzt „La Tango Milonga de Buenos Aires."

Die beiden strafften sich, erstarrten und plötzlich strahlten sie nur noch ungezügelte Lebenskraft und Sinnlichkeit aus, die vollkommen und unübersehbar bei Ernie aus praller Genusssucht kamen und sich bei Nina in erster Linie mit maßloser Eitelkeit paarten. Dementsprechend hatte sich auch der Stil der Darbietung geändert. Wild und explosiv, immer wieder unterbrochen von schnellen, synkopierten Schritten, die zwischendurch wieder in Sprünge Ernies mündeten, zelebrierten die beiden den arroganten Stil eines Tango Orillero, Ausdruck von Stolz, Genuss und Hochgefühl.

Ernies betont aufrechter Haltung stand Ninas lasziver Hüftschwung, die angedeutete weibliche Unterwerfung in der aufreizenden Form der Verführung, gegenüber, als sie, berauscht vom glücklichen Gedanken im Mittelpunkt zu stehen, spielerisch auf High Heels dem sicheren Applaus entgegentanzte.

Unweigerlich folgte nun eine ironische Bemerkung Dr. Lombards: „Nina, die sich bereitwillig führen lässt? Ein ungewohnter Fall von heiterem Zynismus."

„Die Bezwingung durch den Mann ist doch lediglich geheuchelt, das gehört einfach zum Tango", widersprach Beppo.

„Aber beide waren unglaublich gut", bestätigte Dr. Lombard.

„Und was brachte den Vati so auf die Mutti, Doc? Koks oder Stoff?"

Didi Moosbrugger war herangekommen, während er Bilder für Risas Hochglanzmagazin CLOU schoss.

„Die zwei sind doch beide high. Na, was sagst Du dazu, Seelenklempner?"

„Willst Du einem Arzt Geheimnisse entlocken?", lächelte Lombard sehr zur Enttäuschung der umstehenden Vertreter der Medien.

„Garantiert Koks", sagte Didi etwas später zu Risa, „wirkt durch die Nase nach zwei bis drei Minuten und hält dreißig bis fünfundvierzig Minuten an. Stoff wirkt eher beruhigend, das passt nicht zu dieser Explosion."

„Bist Du sicher, dass Nina abhängig ist?"

„Körperlich nicht, aber psychisch, warum sollte sie sonst bei Lombard Patientin sein? Seine Rechnungen sind exorbitant und ist Dir auch noch nie aufgefallen, dass sie ohne ersichtlichen Grund häufig aus der Topform in Depressionen verfällt?"

„Und dann unerträglich bösartig wird, meinst Du?", hakte Risa sofort nach.

„Auch das."

„Aber Ernie? Er ist Profigolfer, kann der sich denn so etwas leisten oder unterliegt er keinem Dopingtest?", fragte ein weiterer Gast, der sich zu ihnen gesellt hatte.

„Den gibt es doch erst ziemlich lückenhaft seit 2018, knapp ein Fünftel aller Starter werden getestet und auch da bleiben Profigolfer weitgehend davon verschont", erklärte Didi. „Ich bin bei einer Reportage über ‚The Player Foundation' mit Major Sieger Player ins Gespräch gekommen und er hat ernstlich kritisiert, dass Golf der letzte Sport sei, bei dem Kontrollen eingeführt wurden, aber Missbrauch ließe sich auch künftighin nicht vermeiden. Es geht da einfach um viel zu viel Geld."

„Wow", sagte Beppo bewundernd, „Du hast tatsächlich mit ‚Black Knight' persönlich gesprochen?"

„Ja, habe ich. Und seine gräflichen Gnaden hier", Didi zeigte auf Altgraf Stetten, „haben damals auch noch gegolft, so haben wir uns eigentlich damals schon kennengelernt."

„Tatsächlich", sagte der Altgraf, „ist lange her."

„Und Du spielst heute überhaupt nicht mehr?", fragte Risa.

Zu Stetten zog den rechten Mundwinkel nach unten und schüttelte den Kopf.

„Schon lange nicht mehr."

„Wie schade", sagte Lombard, „was war denn Dein Handicap?"

„Eine Frau und fünf Kinder", erklärte der Altgraf lakonisch.

„Durchaus verständlich", grinste Risa, „aber jetzt erklärt mir doch einmal, was es bei Golf zu dopen gibt?"

„Das kommt auf den Gesichtspunkt der Betrachtung an", mischte sich Beppo wieder ein.

„Sagt man zum Beispiel ‚Golf wird im Kopf entschieden', dann heben Amphetamine die Stimmung. Oder

‚Golf wird beim Putten entschieden', dann beruhigen Beta-Blocker die Nerven.
Und nachdem jede Golfrunde mehrere Stunden dauert, stärkt EPO die Ausdauer."

Risa Walther nickte beeindruckt.
„Außerdem dürfen Cortison und Salbutamol nach Vorlage einer ärztlichen Bescheinigung sogar nach den WADA-Richtlinien benutzt werden", erklärte Beppo weiter.
„Erinnert Ihr Euch daran", warf der Fotograf Didi ein, „da ist doch vor Kurzem so ein Nachwuchsgolfer nach einer Mischintoxikation, Kokain und Lidovin, glaube ich, einem Hirninfarkt erlegen. Eine Arterie dürfte geplatzt sein."
„Geradezu gespenstisch", sagte Beppo, „aber genau so soll es gewesen sein".
„Aber Du spielst nicht Golf?", fragte ihn Risa.
„Nein, doch einige meiner Kunden sind Golfer und außerdem erzählt mir auch jeder andere Kunde unweigerlich von den Dingen, die für ihn interessant sind. Also kann ich, ohne aufzufallen, überall ein wenig mitreden."
Risa grinste.
„Ein Mann von Welt durch Plaudertaschen."

Nina hatte sich wieder eingefunden und nahm zwischen Didi und Beppo Platz, während Dr. Lombard und Altgraf zu Stetten für etwa zwanzig Minuten den Raum verließen, um sich miteinander zu besprechen.

Also wurde jetzt Lombards Neugierde endlich befriedigt, wenn er erfuhr, was der Stadtrat wohl beim Maskenball von ihm gewollt hatte.

Ernie Sacher hatte sich nun fix der Runde aus seinem Stammlokal zugesellt, wo Giovanni, der untersetzte Semmel-Tycoon, das große Wort führte.
Einem aufmerksamen Beobachter würde allerdings nicht entgangen sein, dass die hippen Youngstars an diesem Tisch nacheinander kurzfristig den Raum verlassen hatten, worauf dann die Stimmung geradezu blitzartig explodiert war.

„Hast Du Licht in die Sache mit dem Stadtrat bringen können, was wollte er damals von Dir?", fragte Beppo, als Dr. Lombard wieder an den Tisch kam.
„Du glaubst es nicht", antwortete der Arzt, „der Stadtrat hat dem Altgrafen nicht nur den Erwerb des Hauses an seiner Grundgrenze zum Denkmal-Euro ermöglicht, sondern ihm auch als Insider offensichtlich zugesteckt, dass eine Umfahrung gebaut werden soll, die zum Teil über jenes Grundstück führen wird, das der Altgraf billig einer alten Frau abgeluchst hat, die genau an dieser Stelle in einem Wohnwagen lebt. Natürlich wird die Grundablöse für den Stetten jetzt ziemlich fett ausfallen, aber es stört bei diesem Geschäft natürlich der Wohnwagen der Alten."
Beppo nickte boshaft.
„Nun ja", sagte Dr. Lombard, „es war aber ausdrücklich ausgemacht, dass der Wohnwagen der Frau bis zu

ihrem Tod auf dem Grundstück verbleiben dürfte, also müsste in der Folge der Standort der Behausung etwa hundert Meter zurückverlegt werden."

„Das kann doch kein Problem sein?"

„Doch", Lombard nickte.

„Nachdem der Altgraf dieser Frau durch das Insiderwissen des Stadtrats den Grund ohnehin schon zu einem Schandpreis abgekauft hat, möchte er sie jetzt auch noch vollkommen vertreiben."

„Nein", fiel ihm Beppo ins Wort, „sag jetzt nicht, was ich schon vermute."

„Doch, Du vermutest richtig. Wenn es ein psychiatrisches Gutachten gäbe, das die alte Frau für gefährdet und nicht mehr zurechnungsfähig erklärte, könnte sich unter bestimmten, leicht herbeizuführenden Umständen ihre Einweisung in ein Heim ergeben, wodurch der Stetten die Alte samt ihrem Wagen sogar völlig legal los wäre."

„Also hätte er sie doppelt betrogen, erst um den Grundpreis und dann um ihr Heim und Du solltest das Gutachten dazu erstellen?"

„So ist es. Und das sollte mir der Stadtrat seinerzeit schmackhaft machen."

„Habe ich da richtig gehört, man will ein getürktes Gutachten von Dir haben, um einen Betrug zu lancieren?", fragte plötzlich Pfarrer Kranach, der sich von hinten her genähert hatte.

Dr. Lombard zuckte zusammen.

„Ja", antwortete Beppo für ihn, „so etwas bleibt ohnehin nicht verborgen, schließlich hat der Altgraf unseren

Freund nicht als Arzt konsultiert, sondern zu einer Sauerei überreden wollen."

„Sicherlich ein Missverständnis", sagte Kranach.

„Kein Missverständnis."

Beppo grinste den Pfarrer an.

„Gib gut Acht, Beichtvater Ron, denn was Du da hörst, wird man Dir in Deinem Kirchenstuhl nie und nimmer flüstern."

Provozierend fügte er dann noch hinzu: „Was ist, wenn der Geizhals Stetten beispielsweise als frommer Bürger zu Dir käme, um die ganze Scheiße zu beichten, Du sie aber aber von uns jetzt sowieso schon kennst, fällt dann sein Geständnis immer noch unter das Beichtgeheimnis?"

Der Pfarrer fühlte sich deutlich unwohl.

„Ich bin nur Seelenhirte, also weder Richter, noch Ankläger und schon überhaupt kein Klatschkolumnist."

Kranach zeigte auf Dr. Lombard.

„Frag doch ihn dazu, er erfährt nämlich wesentlich mehr als ein Beichtvater, denn er ist im Leben der wahre Inquisitor, der Herr der hochnotpeinlichen Befragung und er nimmt dafür auch noch viele Silberlinge von den Verrückten."

Aber natürlich überwog letztlich auch bei Pfarrer Kranach, wie bei allen anderen, die Neugier und Dr. Lombard erzählte ihm, trotz einiger halbberuflicher Skrupel, von dem vom Altgrafen geplanten Betrug an der alten Frau.

Nur kurz huschte ein Hauch von Ärger über die Züge Kranachs, dann hatte er sich schnell wieder in der Gewalt.

„Das kann ich nicht glauben", sagte er, „es wird sich sicher alles aufklären."

„Hast Du bemerkt wie unser Pfarrer für einen Moment die Beherrschung verloren hat als er die Geschichte von der geprellten Frau gehört hat?", fragte Risa, als sie mit Beppo am Buffet stand.

„Ja", pflichtete er ihr bei, „ich glaube das ganze milde Getue ohnedies nicht. Wenn man, wie ich, von Kind an aus der harten Schule der Armut kommt, weiß man, dass niemand nur ausgeglichen sein kann. So überlebt man nicht."

„Wem sagst Du das", grinste Risa, „schau mich an. Hätte ich meine heutige Position und das Magazin, wenn ich eine besondere Menschenfreundin wäre? Nein, sie würden mir auf der Nase herumtanzen. Da ist es besser, sie mögen mich nicht, aber haben Respekt."

Sie angelte nach einem Schinkenbrötchen und bekräftigte mit der anderen Hand die Feststellung: „Außerdem scheint Kranach ja ohnehin oft ziemlich sauer zu sein, ein Priester darf schließlich mit manchen Dingen einfach nicht einverstanden sein. Er wird ganz sicher oft innerlich kochen."

Beppo lachte: „Das erklärt vielleicht, warum er immer nur Wasser trinkt."

„Ron sagt, es würde ihm gut tun, da sein Magen häufig übersäuert ist", stellte Risa fest.

„Ganz schlechtes Timing", spöttelte Beppo, „erst das Wasser, dann die Säure, sonst geschieht das Ungeheure."

Der Friseur brach abrupt ab und sah plötzlich nachdenklich aus.

„Was ist?", fragte sie.

Er schüttelte den Kopf.

„Nichts", antwortete er, „es war nur so ein Gedanke."

„Ich bin da jedenfalls überfragt", meinte Risa, „Chemie war nicht unbedingt meine Stärke."

Langsam begann sich nun die Gesellschaft der Geburtstagsfeier aufzulösen, die Mitglieder aus der Pokerrunde verabschiedeten sich und zurück blieb der harte Kern um Ernie, der in erster Linie aus begüterten Geschäftsleuten mit Stil oder anderen, die trotz Reichtum Proleten geblieben waren, bestand. Natürlich gab es auch jüngere Adabeis, die sich in der Herrengesellschaft um Golf etablieren wollten und heftig bemüht waren, Ernie zu imitieren. Sie alle befanden sich jetzt für mindestens zwei Stunden in körperlicher und seelischer Höchstform, denn das Geburtstagskind hatte für alle noch eine aufputschende Prise „Persil" ausgegeben. Natürlich beschloss man daraufhin, sich in die Stadt zu begeben und das Nachtleben noch einmal gehörig aufzumischen.

Lärmend zog die Meute auf den Parkplatz hinaus und die gestarteten Motoren heulten im Übermut ihrer Besitzer laut auf, als sich die Kolonne der prächtigen Fahrzeuge Richtung Stadt in Bewegung setzte.

Es dauerte allerdings einige Zeit bis der Bäcker bemerkte, dass Ernie nicht mit von der Partie war. Er griff zum Handy, aber Ernie reagierte nicht. Also fuhr Giovanni zurück, um nachzusehen, ob dieser womöglich Hilfe benötige.

Ernies SUV befand sich, ohne erkenntliche Havarie, noch an der Stelle, an der er gestanden hatte, nur die Fahrertür war offen. Als er näher kam sah Giovanni, dass Ernie selbst am Boden lag.

„Ernie", schrie der Bäcker, „was ist mit Dir?" Aber er bekam keine Antwort.

Auf dem stockdunklen Parkplatz konnte er kaum etwas erkennen, also holte er mit zitternden Fingern sein Handy heraus und knipste die Lampe an.

Ernie lag in einer Blutlache, er war am Kopf getroffen worden. Ein exakter Schuss und jede Hilfe kam zu spät.

Augenblicklich ernüchtert rief Giovanni die Polizei.

Es war sechs Uhr Früh als Bernauers Handy zu schrillen begann. Er erschrak, aber als er den Anrufer realisiert hatte, verstand er die Welt nicht mehr. Hofrat Sassmann befand sich am anderen Ende.

„Bernauer", krächzte er rau und beschwörend, „wir haben einen toten Golfprofi auf dem Parkplatz der Anlage, kümmern Sie sich um Gottes Willen darum."
Bernauer kam nicht zu Wort.
„Der Präsident des Verbandes, ein Großindustrieller, der Gouverneur meiner Verbindung und die Tante des Toten, die die Witwe eines hohen Militärs mit beachtlichem Einfluss ist, haben mich bereits kontaktiert. Das Weibsbild muss die ganze Stadt in Aufruhr gebracht haben."
„Um welchen Golfplatz handelt es sich, Hofrat Sassmann?"

Als Bernauer zum Tatort kam waren bereits zwei Streifenwagen anwesend und befragten den Bäckermeister. Inzwischen war ständig leichter Schnee gefallen und die einzigen Spuren auf dem makellos weißen Parkplatz waren die der Polizei. Die Leiche am Boden war zugedeckt worden, mehr konnte man nicht tun bis die Spurensicherung kam und Bernauer stellte unmutig fest, dass es nicht notwendig gewesen wäre, ihn stante pede an den Tatort zu zitieren.
„Es ist Ernie Sacher, der Golfspieler", sagte einer der Polizisten zu Bernauer, „er hatte gestern Geburtstag."

Bernauer war absolut nicht in der Laune, ihm zu erklären, dass er den Toten aus dem Bridge-Club kannte und ließ sich vom Bäcker eine erste Schilderung der Situation geben.

Hofrat Sassmann, im höchsten Maße über die Störung seiner Privatsphäre um diese Zeit erbost, würde natürlich von Bernauer erwarten, dass er umgehend den Täter lieferte und Sassmann so die Intervenienten vom Leib hielt. Dies würde allerdings nicht einfach werden, denn irgendwie konnte Bernauer bereits im Vorfeld die Vermutung einer gewissen Parallele zu dem Mord am Stadtrat und dem Mordanschlag vor Dr. Lombards Villa nicht unterdrücken.

Wieder hatte der Mörder zugeschlagen, als sich das Opfer inmitten vieler Menschen befand, sodass es beinahe unmöglich war herauszufinden, wo sich jeder einzelne zum Zeitpunkt der Tat befand und wie beim Anschlag auf den Linzer Steuerberater, hatte der Täter auch hier aus sicherer Entfernung geschossen. Es konnte sich also ebenso gut um einen Insider als auch eine situationsfremde Person handeln.

Die Ermittlungen gestalteten sich leider dementsprechend schwierig. Auch die Spurensicherung hatte wenige Erkenntnisse geliefert, da durch den regen Betrieb auf dem Parkplatz kaum mehr Möglichkeit bestand, Einzelheiten wahrzunehmen, während die Ballistik wenigstens festgestellt hatte, dass aus der nahen Ecke des Parkplatzes geschossen wurde, also kam entweder ein dort parkendes Fahrzeug oder eines, das sich auf der Straße dahinter befand, als Standort für den Täter in Frage.

Ein kleiner Erfolg war, dass diesmal das Projektil aus einem französischen Sturmgewehr sichergestellt werden konnte. Allerdings gab es dazu keine Vergleichswerte.

„Der Schuss ging vermutlich im Lärm der startenden Motoren unter", sagte Bernauer, als er Hofrat Sassmann mit dem Ergebnis leider enttäuschen musste.
„Es wäre auch zu schön um wahr zu sein", sagte Sassmann, „wenn wir es wieder einmal mit einem Einzelfall zu tun hätten, aber nein, das ganze sieht verteufelt nach System aus, und da kann es dann möglicherweise auch noch fröhlich so weitergehen."
„Zudem ist auch der Background ungewiss. Bei den beiden Mordopfern handelte es sich sowohl im Mitglieder einer Pokerrunde als auch eines Bridge Clubs.
Das trifft aber auch auf den verletzten Linzer Steuerberater Kellner zu.
„Das Motiv", fragte Sassmann, „wo ist das Motiv? Die Drei hatten doch sonst keinerlei Berührungspunkte, wie konnten sie dann zu diesem mörderischen, gemeinsamen Feind kommen? Vorausgesetzt natürlich, es handelt sich dabei immer um dieselbe Person, die sich einen nach dem anderen vornimmt."
Bernauer überlegte und stellte dann fest:
„Ja, es wäre tatsächlich eine Frage des Zusammenhanges, aber es scheint keinerlei Überschneidung zu geben. Stadtrat Eigner war zwar in seiner lethargischen Gleichgültigkeit vielen Menschen ein Dorn im Auge und Ernie Sacher soll ein übermäßig flottes Le-

ben auf Kosten seiner Tante geführt haben und von Kokainhandel wurde ebenfalls gemunkelt. Aber was hat dies alles miteinander zu tun? Der Linzer Steuerberater war vielleicht parteipolitisch gelegentlich auf Konfrontationskurs, aber das passt schon überhaupt nicht mehr ins Bild. Trotzdem haben sie alle einen gemeinsamen Feind."

Auch nach sorgfältigster Kleinarbeit und Befragung war und blieb der Aufklärungserfolg mangelhaft.
Der harte Kern, der nach der Geburtstagsfeier im Clubhaus verblieben war, bestand aus fünfzehn Personen, die dann aber alle gleichzeitig zu den Fahrzeugen aufgebrochen waren. Es gab zu dem Zeitpunkt kein Bedienungspersonal mehr und Gastgeber Ernie war es dann auch gewesen, der als letzter das Clubhaus verließ und absperrte.
Als Resümee aller Aussagen und deren Beurteilung ergab sich für Bernauer, dass die Gruppe offensichtlich nicht nur die zulässige Alkoholgrenze überschritten, sondern auch Kokain konsumiert hatte. Dies mochte auch der Grund dafür sein, warum außer dem Bäckermeister keiner der anderen Gäste zum Tatort zurückgefahren kam, zumindest aber nicht mehr anwesend war, als die Polizei eintraf. Normalerweise wäre es ja geradezu ein Unding gewesen, hätten sie sich nicht alle um den toten Gastgeber gekümmert.

Aber nach der Art, in der die Drogen konsumiert wurden, richtete sich auch die Dauer ihrer Wirkung und mit ihr auch die Möglichkeit zu einer amtsärztlichen Feststellung bei einer Blutuntersuchung.
Als einzelne Person ging daher hier der Bäcker das geringste Risiko einer Überprüfung ein, da er gebraucht wurde und alleinig Auskunft geben konnte.

Die Pokerrunde Dr. Lombards hatte sich jetzt bereits um zwei Personen reduziert.
„Armand", trompetete Altgraf zu Stetten, „es scheint fast so, also würde jemand das Pokern verteufeln."
Didi, der Fotograf sprang sofort auf den Karren auf.
„Spielkarten sind doch Blendwerk des Teufels, lehrte die Kirche schon unsere Vorfahren, sind Spieler nicht sogar oft verurteilt und verbrannt worden?"
Pfarrer Kranach schluckte, gab aber keine Antwort, nur Nina ließ es nicht zu, dass das Thema vom Tisch kam.
„Dass das Kartenspiel nicht angesehen war, weil viele Männer Haus und Hof und zum Teil noch die Ehefrau verspielten ist ja nicht so außergewöhnlich, aber betrachten wir zum Beispiel Tarot als Weissagung vom Kern des christlichen Glaubens her. Ist es nicht möglich, dass uns auch da Gott auf ungewohnte Weise entgegentritt? Müssen wir wirklich bis in die dunklen Epochen der Kirche zurückgehen? Wie stand und steht es denn da mit Gott über allem, durch alles und in allem?"

Mit ruhiger Stimme, aber zornigem Gesicht antwortete jetzt der Pfarrer.

„Da beschreitet die Theologie längst völlig neue Wege."

„Ich würde eher sagen, breitere Pfade, wo die Vertreter der Kirche dann die für sie falsch scheinenden Wege ziemlich bösartig kritisieren", grinste Didi maliziös.

Risa Walther lachte: „Gut gebrüllt, Löwe. Aber vielleicht sollte heute niemand mehr vor dem Wiedererwachen des Tageslichtes zu seinem Fahrzeug gehen. Da Ihr Euch nun schon wieder hochkarätig an die Wäsche geht, könnte für einen von Euch ganz leicht beim Hinuntergehen eine Kugel abfallen."

„Oder", sagte Nina, „vielleicht für unseren Vertreter des Adels, von der Verrückten aus dem Wohnwagen."

„Woher weißt denn Du schon wieder von dieser Sache?"

„Wurde geplaudert in Beppos wohltemperierten Zimmerchen."

„Die Alte wird dorthin entsorgt, wo sie hingehört", sagte Altgraf Stetten angeekelt, „fahrendes Volk im Wohnwagen, abstoßend so etwas."

„Also, das kann man so nicht sagen", warf Didi ein, „sie ist nicht unstet, sie lebt nur in diesem Wagen."

„Wo ist denn da der Unterschied?"

Dr. Lombard stand auf und machte sich an der Terrassentür zu schaffen.

Er musste tief durchatmen, denn es durchströmte ihn ein derart unüberwindbares Gefühl der Abneigung gegen solche Themen und jene Menschen, dieses Gespräch und überhaupt die Stimmen, die ihm so abgeschmackt und töricht in den Ohren gellten. Wieso konnten sie alle so zufrieden sein mit ihrem erbärmlichen Leben? War es richtig, sich überhaupt mit ihnen abzugeben?

Als er den, mit derart düsteren Gedanken einhergehenden Schwächeanfall überwunden hatte, fragte er in ganz normalem freundlichen Ton: „Was dagegen, wenn wir jetzt beginnen?"

Daraufhin trat Ruhe ein, Risa Walther betätigte sich als Dealer, Beppo Möller und Didi Moosbrugger an ihrer linken Seite legten die Einsätze in den Pot und die Sache kam in Gang.

Gegen zwanzig Uhr erschien der von Dr. Lombard bestellte Pizzadienst und man beschloss, anschließend nur noch höchstens zweimal zu setzen, denn es kam einfach nicht die richtige Stimmung auf, aber als es dann Zeit gewesen wäre, sich zu verabschieden, wurde instinktiv weitergespielt. Es war, als hätte sich jeder der Anwesenden gescheut, durch Dr. Lombards Garten zu seinem Fahrzeug zu gehen.

Letzten Endes stand Didi auf und grinste.

„Ich gehe jetzt Freunde, falls mir jemand nachschießen möchte, soll er sich beeilen."

Nun erhoben sich auch die anderen zum Aufbruch.

Dr. Lombard erwachte erschrocken inmitten des Infernos. Er lag im direkten Beschuss ohrenbetäubenden Getöses, welches von überall her auf ihn einzudringen schien und sogar schmerzhaft seine Lunge abschnürte.

Er griff neben sich auf die Konsole und stellte den schrillen Wecker ab. Es dröhnte aber immer weiter in seinem Kopf, doch war er jetzt wenigstens in der Lage den Klingelton seines Handys zu erkennen und als er ärgerlich die Verbindung weggeschaltet hatte, blieb nur noch der anhaltende Lärm der Haustürglocke übrig.

Er stieg aus dem Bett, schlurfte zur Terrassentür und zog den Vorhang zur Seite.

Vor dem Gartentor standen neben einem Polizeifahrzeug sein unmittelbarer Nachbar, dessen Frau sowie einige ihm unbekannte Personen.

Bei Dr. Lombard überwog der Ärger die Neugier ganz gewaltig, aber wenn die Polizei vor der Tür stand, hatte er keine Wahl.

„Was ist los?", knurrte er in die Gegensprechanlage.

„Polizei, ich darf Sie bitten herunterzukommen."

„Worum geht es?"

„Würden Sie bitte kommen?"

Lombard antwortete mit gedehntem Murren, welches offenbar von dem Beamten als Zustimmung angesehen wurde, sodass er sich ohne weitere Störung ankleiden konnte.

Inzwischen hatten sich Fahrzeuge und Menschen vor seinem Haus vermehrt und Lombard wurde von einem Beamten in Uniform empfangen.

„Was soll dieser Tumult?"

Der Polizist wies seine Dienstmarke vor.

„Sie sind Dr. Lombard, der Eigentümer dieses Hauses?"

„Ja, freilich."

„Ist Ihnen der Name Walter zu Stetten bekannt?"

„Nicht nur der Name, der Mann war gestern bei mir zu Gast. Warum fragen Sie?"

„Wenn Sie erlauben, würde ich das jetzt gerne in Ihrem Haus beantworten, darf ich mitkommen?"

Dr. Lombard nickte nur, machte kehrt und stieg vor dem Polizisten die Gartenterrassen hinauf.

Ein Déjà-vu? Oder gaukelte ihm sein Verstand halluzinativ Szenen vor, die der Wirklichkeit nicht entsprachen? Nach diesem rüden dreifachen Weckerlebnis hatten sich seine Nerven noch nicht beruhigt.

Er bat also den Beamten mit dem Hinweis in die Küche, dass er unbedingt seinen Kaffee benötige, um sich zu sammeln.

„Hatte Altgraf zu Stetten einen besonderen Grund Sie gestern zu besuchen?"

„Nichts außergewöhnliches, er kam zum wöchentlichen Pokerabend. Was ist denn geschehen, dass Sie so geheimnisvoll rund um den Brei reden, geht es ihm nicht gut?"

„Gar nicht gut", sagte der Beamte kalt, „er wurde nämlich auf der Straße vor Ihrem Haus erschossen."

„Erschossen? Von wem?"

„Um das zu klären, brauche ich Ihre Hilfe."

Dr. Lombard setzte sich und bedeutete dem Polizisten, sich ebenfalls zu setzen. Mühsam versuchte er sich zu konzentrieren. Gestern sollte der Altgraf erschossen worden sein? Eine derartige Situation hatte es doch bereits gegeben.

„Aber ich habe keine Ahnung, wie ich Ihnen helfen sollte. Zuletzt erinnere ich mich daran den Stetten gesehen zu haben, als er sich gestern verabschiedet hat, das war noch hier im Haus und jetzt haben Sie mich aus dem Bett geholt, was sollte ich Ihnen da sagen können?"

„Gab es Streit gestern?"

„Nein, wir sind eine private Runde, in der es niemand nötig hat wegen Geld zu streiten."

„In welcher Reihenfolge haben Ihre Gäste Sie verlassen?"

„Reihenfolge? Sie sind, wie immer, alle so ziemlich zusammen gegangen."

„Und sie haben Ihre Gäste nicht bis ans Tor gebracht?"

„Natürlich nicht. Wir sind hier nicht im Gefängnis, meine Gäste können sich noch unterhalten, wenn sie zu ihren Fahrzeugen gehen, auch mein Garten steht ihnen zur Verfügung und es bleibt ihnen auch überlassen, wie viel Zeit sie sich zu all dem nehmen."

„Sie sagten, alle hätten zugleich das Haus verlassen, gab es dafür einen bestimmten Grund?"

Möglicherweise gab es einen Grund, aber dieser Mann ging ihm noch mehr auf die Nerven, als die üblichen verwöhnten Neurotiker in seiner Praxis. Die wollten wenigstens nur ständig über sich selbst reden und waren hochzufrieden, wenn er ihnen durch eine kurze Frage die Chance gab, weiter über sich selbst zu referieren, doch bei der Gesprächsführung mit dem Beamten kam unweigerlich der Ball immer wieder zu ihm zurück.

Lombard rief sich zur Ordnung.

„Ja vielleicht", antwortete er, „es gab vor Wochen einen Vorfall, bei dem einer meiner Gäste angeschossen und verletzt wurde, jedoch nicht lebensgefährlich. Gestern machte dann jemand, als er sich verabschiedete, den Witz, wer ihm nachschießen wolle, möge sich beeilen."

„Überaus gewagt", äußerte der Beamte lakonisch.

Dies war wiederum eine Bemerkung, die Lombard für ziemlich überflüssig hielt.

„Könnte ich vielleicht jetzt endlich erfahren wer Sie verständigt hat und ob es Zeugen gibt?"

„Ihr Nachbar war heute dabei ins Büro zu fahren und wurde durch den Wagen des Toten behindert."

„So behindert, dass er die Polizei rufen musste?"

Der Beamte blickte ihn ernst an.

„Sie scheinen mir über Gebühr gereizt, Dr. Lombard, und wenig interessiert. Es tut mir leid, wenn sie unsanft geweckt wurden, aber trotzdem sollte man annehmen, dass gerade Sie als Gastgeber die Aufklärung des Mordes an einem Freund unterstützen möchten. Wenn vielleicht auch nur durch die Schilderung diverser Hintergründe."

„Er war mein Patient, also erwarten sie in dieser Richtung von mir keine Auskünfte und zu dem Anschlag selbst kann ich wirklich nichts sagen. Dies hat mit Desinteresse nichts zu tun."

Er erhob sich.

„Für ein Protokoll wissen Sie ja, wo sie mich finden."

Dr. Lombard schloss die Haustüre hinter dem Polizisten und sah über die Terrasse hinweg auf die Aktivitäten vor seiner Gartenmauer.

Er versuchte seinen Ärger abzubauen. Musste denn dieser unsympathische Adelsspross bei seinem Abgang aus der menschlichen Gesellschaft noch unbedingt vor seinem Haus Unruhe schaffen?

Nicht nur, dass der Tod des Altgrafen Dr. Lombard persönlich nicht sehr getroffen hatte, auch der Welt war dadurch kein großer Schaden erwachsen. Dieser Kerl war nämlich so unendlich geizig gewesen, dass er, wenn möglich, nicht nur jeden betrog und ausnutzte, sondern dadurch auch selbst schon einen psychischen Schaden davongetragen hatte, er konnte nämlich nichts Essbares mehr zu sich nehmen. Organisch war er vollkommen gesund gewesen, aber sein Geiz war so weit gediehen, dass er, jetzt nicht mehr nur sprichwörtlich gesehen, nichts mehr schlucken konnte, sondern tatsächlich keine Nahrung mehr in den Magen brachte. Durch diese Zwangshaltung war er zuletzt gezwungen gewesen, sich in psychiatrische Behand-

lung zu begeben und durchgerechnet kam ihm dies wieder billiger als intravenöse Ernährung und Astronautenkost. Dass er in der Pokerrunde mitspielte, kam auch nur zustande, weil der alte Fuchs so gut wie ständig gewann und in erster Linie die Verbindung für seine hinterhältigen Geschäfte nutzen konnte.
Und dieser wertlose Charakter besaß einen gehobenen Adelstitel.
Ungerechterweise hatte der Kerl auf die Behandlung bei Lombard dann soweit angesprochen, dass er sich wiederum anfressen konnte, wo nichts dafür zu bezahlen war.
„Ich hätte ihn gleich sang- und klanglos krepieren lassen sollen", dachte Lombard in ärgerlicher Ergriffenheit vor seiner eigenen Güte.

Da Walter Altgraf zu Stetten erst gegen sieben Uhr früh gefunden wurde, blieb Hofrat Sassmann diesmal unbehelligt, überhaupt schien es so, als hätte die Welt Stettens Abgang nicht registriert. Es gab keine Interventionen, keine tränenumflorte Ehefrau und vorderhand auch keinen Presserummel.

Die Spurensicherung hatte ihre Arbeit bereits hinter sich gebracht und Bernauer würde in Kürze das Ergebnis erhalten.

Da der Kreis der Beteiligten gegenüber dem ersten Anschlag auf den Steuerberater schon merklich geschrumpft war, beschloss er sofort alle Spieler der Pokerrunde zur Einvernahme zu bestellen. Umgehend war es dann auch gelungen, die Handynummern der Gäste Lombards zu eruieren, und da alle bereit waren so bald als möglich auszusagen, hoffte Bernauer die Protokollaufnahme zügig in den nächsten zwei Tagen abwickeln zu können.

Noch am selben Tag waren Risa Walther, Nina Herbst und der Pfarrer Kranach am Präsidium erschienen. Mit wenigen kleinen Abweichungen schilderten sie den Ablauf des Abends gleich.

Nina war natürlich zielgerecht wieder auf die Auseinandersetzung Didi Moosbruggers mit dem Pfarrer zugesteuert, aber als Bernauer darauf hinwies, dass weder der Pfarrer noch Didi erschossen worden waren, räumte sie ein, dass der Streit der beiden doch nicht der unmittelbare Auslöser des Attentats gewesen sein konnte.

„Ich kann dazu nur sagen", meinte sie, „dass wir alle zusammen weggingen, unsere Autos bestiegen haben und weggefahren sind. Ist der Altgraf durch die Windschutzscheibe erschossen worden? Denn dann könnte es wiederum eine Verwechslung gewesen sein."

„Nein", sagte Bernauer, „er stand neben dem Auto."

„Aber er ist doch vorher bereits im Wagen gesessen und falls ich mich recht erinnere, sogar weggefahren?" Sie schloss die Augen und dachte einige Sekunden nach.

„Muss ich namentlich erwähnt werden, wenn ich Dir jetzt eine weitere Überlegung mitteile?"

„Nein", er schüttelte resigniert den Kopf, „musst Du nicht."

„Wurde nicht erwähnt, dass sein Fahrzeug in der falschen Richtung stand, ich meine mit der Motorhaube zum Haus hin?"

„Ja, das ist richtig."

„Dann war es der Lombard."

„Wieso Lombard?"

„Ganz einfach. Der Mann ist in letzter Zeit oft irgendwie merkwürdig, gereizt, unduldsam und ungeduldig. Jetzt hat es doch da noch so eine Sache gegeben, wo Lombard dem Stetten ein vermutlich unseriöses Gefälligkeitsgutachten hätte ausstellen sollen."

„Und woher weißt Du davon."

„Es geht so die Rede um und dem Lombard sollte das nämlich gar nicht schmecken. Außerdem war der alte Geizhals zwar sein Patient, aber gemocht hat Lombard den nie. Dafür habe ich einen Riecher."

Sie beobachtete Bernauer scharf.

„Und jetzt", akzentuierte sie deutlich, „jetzt kam die Gelegenheit. Der Stetten hat vermutlich etwas in Lombards Haus vergessen, ist zurückgefahren und der Lombard, der die Nerven verloren hat, weil ihn der Kerl schon wieder störte, vielleicht auch noch die Gelegenheit ergreifen wollte ihn zu dem Gutachten zu überreden, nahm das Gewehr und erschoss ihn, als er ausstieg."

Am Nachmittag erschien Dr. Lombard und wiederholte seine bereits in der Früh in seinem Haus gemachte Aussage für das Protokoll.

„Stimmt es", fragte Bernauer, „dass zwischen Ihnen und Altgraf zu Stetten eine gewisse Unstimmigkeit bestand, da Sie für ihn ein Gefälligkeitsgutachten erstellen sollten?"

Lombard schüttelte den Kopf.

„So ein Unsinn", sagte er, „die Idee um dieses Gutachten kam vom verstorbenen Stadtrat Eigner, das habe ich später erfahren. Altgraf zu Stetten hatte mich weder darauf angesprochen, noch war in meiner Gegenwart je von derartigem die Rede.

Der Stadtrat hatte mich nur einmal wissen lassen, dass er mit mir in Sachen des Altgrafen reden wollte. Später ist mir dieses Gespräch wieder eingefallen, ich war neugierig, also habe ich bei der Geburtstagsfeier von Ernie Sacher die Gelegenheit ergriffen und den Altgrafen gefragt, was denn Stadtrat Eigner vor seinem Tod mit mir besprechen wollte.

Ich habe natürlich auch keine Ahnung wie die zwei sich das vorgestellt hätten und für eine krumme Tour hätte ich mich sowieso nicht einspannen lassen."

Ganz so sicher war Bernauer allerdings nicht, wenn es dabei um ein fettes Honorar ging.

Auch der Fotograf Didi Moosbrugger und Beppo Mölzer bestätigten, dass alle Gäste der Pokerrunde zusammen den Garten hinunter zu ihren Fahrzeugen
gegangen und eingestiegen waren.

Wieso war dann Altgraf zu Stetten auf der Heimfahrt
wieder umgekehrt und zurückgefahren und vor allem,
wer hätte denn dies voraussehen können, um ihm
dann vor Dr. Lombards Villa aufzulauern.

Im Bridge-Club war die Aufregung groß. Stadtrat Eigner, Ernie Sacher und Altgraf zu Stetten, drei Mitglieder des Clubs, die auch zur Pokerrunde Dr. Lombards
gehörten, waren ermordet worden.
Als Bernauer eintraf, hatte Pfarrer Kranach eben Dr.
Iris Adler, die Freundin Bernauers, vollkommen in Be-
schlag genommen. Da er zur Zeit der Ermordung des
Altgrafen nicht mehr am Tatort gewesen war und daher die Situation nicht beschreiben konnte, erklärte er
Iris anschaulich, wie die Unterhaltung vor dem Mord in
der Pokerrunde gelaufen war und hoffte vermutlich
auch von ihr zu erfahren, ob die Polizei bereits Fort-
schritte erzielt hätte.
Wie immer in solchen Fällen wurden sofort die wildes-
ten Vermutungen laut.
Konnte es möglich sein, dass der Täter in Bridgekrei-
sen zu suchen war, schließlich war der beinahe er-
schossene Linzer Steuerberater ebenfalls Bridgespie-

ler. Vielleicht sollte nur eine falsche Spur gelegt werden, indem der Täter die Morde in engere Beziehung zu Dr. Lombards Pokerrunde brachte?

Obwohl nicht alle Bridgespieler so besonders gut aufeinander zu sprechen waren, gab es doch nichts, das Stadtrat Eigner, Ernie Sacher, Altgraf von Stetten und Albert Kellner so weit miteinander in Verbindung gebracht hätte, dass sie einen gemeinsamen Todfeind gehabt hätten.

War man unter diesen Umständen überhaupt noch sicher in diesen Kreisen?

„Ich weiß nicht", flüsterte die ehemalige Besitzerin einer Fahrschule Bernauer ins Ohr „ob es da nicht ganz andere Hintergründe gibt."

„Welche Hintergründe meinst Du?", fragte er.

„Dieser Dr. Lombard, munkelt man, soll ja etwas düdl'ü sein", sagte sie bereits etwas lauter und fuchtelte mit der Hand vor der Stirn herum.

Nun waren auch andere aufmerksam geworden.

„Was, Dr. Lombard soll seine Patienten abgeschossen haben?"

„Natürlich nicht", mischte sich Nina ein, „aber dass ein Psychiater gelegentlich selbst verrückt wird, dürfte ja auch schon vorgekommen sein."

„Sage mir mit wem Du umgehst", kam es wieder aus Richtung Fahrschule.

„Genug", sagte jetzt mit lauter Stimme Hubert von Haugsdorf, „ich bitte Euch, keine weiteren Verdächtigungen mehr, noch dazu wenn sie auf reinen Vermutungen basieren. Außerdem können wir bereits zu spielen beginnen, Timo ist schon im Haus, sehe ich." Daraufhin begab man sich zwar an die Tische, aber es war deutlich zu sehen, dass das Thema, das so entwicklungsfähig schien, noch nicht gegessen war, doch momentan hatte der Präsident des Clubs ein Machtwort gesprochen.

Als Dr. Timo Köck hastig, da verspätet, zur Tür hereinkam, ging ihm Haugsdorf einige Schritte entgegen. „Timo", sagte er leise, „ich habe mit Dir nachher zu reden, aber ich bitte Dich jetzt gleich, lass Dich heute auf kein Gespräch über Deine Heiratspläne ein. Es ist überaus wichtig."
Dr. Köck blieb verwundert stehen, konnte aber nicht mehr antworten, da Haugsdorf bereits zum Spieltisch gegangen war und seine Karten aufnahm.

Während des Turniers kam zwischendurch immer wieder der Mord an Altgraf zu Stetten zur Sprache und angeheizt durch die bereits vor Spielbeginn gemachten Andeutungen, wucherten die Vermutungen, gemischt mit indirekten Schuldzuweisungen.
Unter diesen Umständen war es für Konsul Köck auch weiter nicht schwierig, sich an Haugsdorfs Ratschlag zu halten, denn an seiner Heirat schien momentan ohnehin niemand interessiert zu sein.

„Was musst Du mir sagen, Hubert?", fragte Timo Köck, nachdem die andern Spieler den Club verlassen hatten.

„Setz Dich, bitte."

„Ich verstehe nicht."

„Bitte, setz Dich hin."

„Was ist mit meiner Heirat und was hat der Bridgeclub damit zu tun?"

Hubert von Haugsdorf fiel es offensichtlich schwer zur Sache zu kommen.

„Timo", sagte er, „wie lange kennen wir uns jetzt schon?"

„Na, eine Ewigkeit. Was redest Du da herum?"

Haugsdorf seufzte: „Wie lange kennst Du Deine zukünftige Frau eigentlich?"

„Na, etwas mehr als zehn Jahre. Warum fragst Du?"

„Weil mir ein Gerücht zu Ohren gekommen ist, aber vielleicht ist Dir das ganze auch nicht neu und es gibt überhaupt kein Problem."

„Herrgott, was für ein Gerücht, wovon redest Du?"

„Deine Frau soll in Las Vegas bei einem Escort-Service gearbeitet haben, bevor sie sich dann als Managerin emporgearbeitet hat."

Konsul Köcks Miene wurde ungläubig.

„Was soll das heißen, bist Du verrückt geworden?"

„Beruhige Dich Timo, ich habe ja nicht behauptet, dass es so gewesen wäre, mir ist es nur zu Ohren gekommen und ich dachte ..."

Köck unterbrach ihn: „Du dachtest, dass ‚Konsul heiratet Escort-Girl' in der Öffentlichkeit nicht gerade Furore machen würde!"

Hubert von Haugsdorf nickte unglücklich.

Köck schüttelte merkwürdig ruhig den Kopf.

„Woher hast Du diese famose Information, wer hat sich denn so etwas ausgedacht?"

„Gerda hat es mir heute unten im Cafè erzählt", sagte er, „sie weiß es aber auch nur, weil beim Friseur darüber getuschelt wurde. Natürlich habe ich ihr klargemacht, dass sie als Schriftführerin und Vorstandsmitglied des Clubs keinen Klatsch verbreiten dürfe. Wie weit das ganze aber anderweitig bereits gediehen ist, weiß ich natürlich nicht."

Als Köck nicht antwortete meinte Haugsdorf zögernd: „Ich habe nur einfach gedacht, es wäre gut, wenn ich Dich darauf vorbereiten würde ..."

Wieder brachte er seinen Satz nicht zu Ende, denn Köck unterbrach ihn:

„weil ich dann wüsste, was ich zu tun habe, willst Du doch sagen."

„Es ist immer besser unterrichtet zu sein", antwortete Haugsdorf lahm, aber endete dann entschlossen, „und ich wüsste, was ich tun würde."

„Ach ja?"

Haugsdorf richtete sich auf.

„Es ist kein Geheimnis, Timo, dass ich ein zäher alter Hagestolz bin und Heirat ist für mich nie ein Thema gewesen. Wenn ich aber etwas wirklich möchte, würde ich auf das Urteil anderer pfeifen und tun, wozu ich Lust habe."

Da Köck schwieg, folgte der Nachsatz: „Dies ist natürlich aus der Sicht eines Haugsdorf gesprochen. Ich selbst würde zum Beispiel gegen Demokraten und Republikaner heute noch treu zu Kaiser und Vaterland stehen, wenn ich die Möglichkeit dazu hätte. Dies würde ich mir bestimmt von nichts und niemandem madig machen lassen."

„Weißt Du Näheres, ich meine, wie das ganze zustande kam?"

„Nein, Gerda hat nur zufällig ein Gespräch der Witwe des Stadtrates mit einer ihr unbekannten Frau gehört."

„Und bei welchem Friseur hat sich das abgespielt?"

„Bei Beppo Möller."

Konsul Köck nickte ausdruckslos.

„Danke Hubert, es ist gut, dass Du die Sache so rücksichtsvoll behandelst und verstehst es sicher, dass ich im Moment ziemlich empört und sprachlos bin."

„Selbstverständlich und wenn ich Dir in irgendeiner Weise behilflich sein kann, Anruf genügt."

„Joschi", sagte Iris Adler, als sie nach dem Bridgeturnier durch das nächtliche Salzburg bummelten, „habe ich da richtig gehört, dass der Kollege Lombard verdächtigt wird nicht ganz richtig im Oberstübchen zu sein?"

Bernauer schmunzelte.

„Da hast Du richtig gehört."

„Und ist es wirklich so?"

„Ach Iris", sagte er, „das gibt's doch nur im Film, dort hat immer ein verrückter Psychiater den Unterhaltungswert und das wird dann wie üblich gern auf die Realität übertragen."

„Da hast Du wohl Recht", gab Iris zu, „aber Du bist dem Mann doch mehrmals persönlich begegnet, wie ist er denn so als Mensch?"

Bernauer überlegte.

„Irgendwie gestresst, würde ich sagen, vermutlich ein wenig ausgelaugt. Weißt Du übrigens, dass unser Köck sein Halbbruder ist?"

„Nein, Timo hat zwar manchmal von einem Bruder gesprochen der Arzt wäre, aber an einen Psychiater habe ich dabei nicht gedacht."

Bernauer schmunzelte.

„Vermutlich hat Köck genügend Erfahrung mit Menschen wie Dir, die einen Psychiater von Haus aus bereits für bekloppt halten."

„Tu ich doch gar nicht."

„Doch, tust Du, ein wenig jedenfalls. Andererseits sagt man nicht von ungefähr, dass der Umgang einen Menschen prägt und wenn man jeden Tag den seelischen Papierkorb spielen muss, kann es schon sein, dass man auch selbst etwas eigenartig wird."

„Also das, Joschi, stimmt auf jeden Fall. Du zum Beispiel benimmst Dich bei jeder privaten Unterhaltung wie bei einem Verhör."

„Also bitte, Iris."

„Aber klar mein Bester. Ich selbst habe mich nur inzwischen daran gewöhnt, ständig einvernommen zu werden. Sogar wenn Du mich nur nach der Uhrzeit fragst, wirkst Du ziemlich misstrauisch."

Diese Behauptung blieb unwidersprochen, denn aus einer maskierten Gruppe von Kuttenträgern trat ein riesiger Henker mit Kapuze auf die beiden zu und erhob sein Gummischwert.
„Wohin mit der rothaarigen Hexe?", fragte er und deutete auf Iris.
Bernauer, obwohl selbst sehr groß, musste trotzdem noch zu der einschüchternden Gestalt aufschauen.
„Sie ist verhaftet", sagte er.
„Dann werde ich sie gleich mitnehmen", erbot sich der Scharfrichter.
„Aber tu ihr nicht weh", grinste Bernauer, „es genügt, wenn Du ihr die Zunge herausschneidest."
Daraufhin trat ihn Iris blitzartig gegen das Schienbein.
„Guter Mann", sagte der Henker schnell, „behalte Deinen Teufelsbraten" und zog samt seiner Meute weiter.

Offensichtlich waren sie aber gerade in die Zeit des Lokalwechsels geraten, denn in der Judengasse versperrte ihnen eine riesige Senftube, gefolgt von zwei Würstchen und einer Semmel, den Weg.
„Du lieber Himmel", lachte Iris, als sie plötzlich von der Senftube umarmt und zwei Schritte mitgezogen wurde, „Du bist ja extrascharf."

„Bingo, Süße, ich bin affengeil", röhrte das gelbe Monster.

„Quetsch das Ding um Gottes Willen nicht", sagte Bernauer warnend, „wir haben keine Servietten dabei."

Das Gedränge wurde auch in der Getreidegasse nicht weniger.

„Irgendwo dürfte hier ein Maskenball sein", folgerte Iris.

„Vermutlich, ja."

„Weißt Du, eigentlich hätte ich Lust auch einmal mitzumachen, könnten wir nicht..."

„Nein, könnten wir nicht, zumindest nicht jetzt", unterbrach sie Bernauer.

„Aber ich dachte ohnehin an eine elegante Sache", blieb sie beharrlich, „wenn Du Deinen Smoking anziehen und einen Fez aufsetzen würdest, wärst Du ein orientalischer Gentleman und ich vielleicht Farah Diba."

„Warum nicht Hamlet und Ophelia", lachte er, „das wäre in diesem Fasching, zumindest für mich, wesentlich passender."

Iris nickte.

„Ja, natürlich, Totenschädel und Kerze liegen Dir schon eher", schmollte sie und schoss eine Breitseite ab: „Aber wenn ich mir vorstelle, Du hättest seinerzeit die Einladung zum Maskenball von Altgraf Stetten angenommen, würde vermutlich der Stadtrat noch leben und wir wären stolz und fröhlich zwischen venezianischen Masken und Kronleuchtern herumgewandelt."

„Jetzt mach aber halblang", sagte Bernauer und schüttelte staunend den Kopf. „Erstens warst Du damals selbst auf einer wichtigen Tagung in Wien und für mich wäre ein derart privater Umgang mit Personen, die in eine laufende Mordermittlung verwickelt sind, nicht unbedingt der richtige. Verstehst Du das nicht?"

„Doch", stimmte sie wieder versöhnlicher zu, „und verhindern hättest Du vermutlich auch nichts können, bei diesem Massenauftrieb ähnlicher Verkleidungen."

Iris hatte also die Klatschspalten ausführlich durchschmökert, stellte er fest.

„Weißt Du", fuhr sie überlegend fort, „ich habe mir zu dem Mord am Stadtrat und dem ganzen drum herum ja auch schon meine Gedanken gemacht und zwar aus der Sicht einer Frau. Da ist eigentlich einiges ziemlich unstimmig."

„Wieso unstimmig?"

Iris blieb stehen.

„Man weiß zwar, dass junge Frauen oft Dinge aus Berechnung tun, um beruflich weiterzukommen oder auch für Luxus oder Geld, sehr zum Wohlbefinden meist etwas abgestandener begüterter Herren, versteht sich."

Sie sah zögernd nach Bernauer und als er sie nur stumm und interessiert betrachtete, führte sie ihre Ansicht weiter aus.

„Von diesen Möglichkeiten kam aber für das Mädchen, das mit dem Stadtrat zusammen gewesen sein soll, keine in Betracht. Sie selbst stammt aus der Creme der Gesellschaft und der Stadtrat, sogar als Politiker, ist für diese Leute nicht gerade standesgemäß. Er hätte außerdem ihr Großvater sein können, sah wahrhaftig nicht gut aus, war verheiratet und hatte kein Geld. Was hätte er der Kleinen bieten sollen? Igitt! Und diese junge Frau soll sich zwei Stunden mit dem aufgeblasenen Kerl herumgetrieben haben und das bei einem Aufgebot weitaus attraktiverer und jüngerer Gestalten? Das glaubst Du doch selber nicht."

„Und was glaubst Du denn so?"

„Dass es da noch etwas anderes gegeben haben muss, bevor ihr übel wurde und sie ins Krankenzimmer kam. Vielleicht war der Stadtrat zudringlich geworden und sie hat ihn versetzt.

Wenn also niemand weiß, wo sie zu dieser Zeit tatsächlich gewesen ist, könnte doch ein anderer Mann ins Spiel gekommen sein, mit dem sie verschwand und womöglich ist erst dann, vielleicht mit ihm, etwas wirklich Schlimmes geschehen."

„Die Aussage des Mädchens lieferte damals nur keinen Grund dafür, solche Überlegungen anzustellen." Vorsorglich verschwieg er allerdings, dass sowohl er als auch Hofrat Sassmann in der Sache schon gewisse Zweifel gehegt hatten, er selbst aber auf das jugendliche Alter des Mädchens Rücksicht genommen hatte und nicht weiter in sie gedrungen wäre, da es bis dahin auch nicht wichtig gewesen zu sein schien.

„Es gibt Dinge, Joschi, die möchte man als Frau wahrhaftig nicht an die große Glocke hängen, und falls es sich vielleicht sogar um etwas gesellschaftlich kompromittierendes gehandelt hat, könnte ich mir vorstellen, dass die Familie zu Stetten dem Mädchen energisch zugesetzt hat, darüber zu schweigen."

„Wenn Du mir jetzt auch noch erklären könntest, wer für die Rolle des geheimen weiteren Verführers in Frage kommt, wäre ich ein gutes Stück weiter."
„Wenn Du mir eine Anwesenheitsliste der männlichen Wesen samt zugehörigen Fotos zeigst, sage ich Dir wer in Betracht kommt", lachte sie.

Der Gedanke, den Iris geäußert hatte, war dann doch nicht ganz auf unfruchtbaren Boden gefallen.
Bernauer nahm sich das Protokoll über die Aussage der sechzehnjährigen Frigga von Stetten nochmals vor und die Zweifel, die er schon einmal gehegt hatte, verdichteten sich nach den Erläuterungen von Iris beträchtlich.
Er beschloss also, das Mädchen noch einmal vorzuladen.
Ziemlich umgehend trat der Vater Friggas, Lothar zu Stetten, mit ihm in telefonische Verbindung.
„Darf ich Sie fragen, warum Sie meine Tochter wiederum befragen wollen?", fragte er unwirsch.
„Sie dürfen", antwortete Bernauer, „es haben sich weitere Fragen im Zeitablauf ergeben. Mit etwas Abstand zum Geschehen kehren gelegentlich Dinge ins Gedächtnis zurück, an die man sich zuerst einmal nicht erinnert hat."

„Es gibt nichts mehr zu erinnern, meine Tochter hat Ihnen alles gesagt."

„Dies zu bestätigen wird Sache Ihrer Tochter sein, sie wird der Aufforderung im Präsidium zu erscheinen, Folge leisten müssen. Es geht hier um einen Mordfall und nicht dezidiert um Ihre Tochter."

„Dann werde ich darauf bestehen, dass Dr. Lombard vorher ihren Gesundheitszustand als so ausreichend bestätigt, dass sie diesen traumatischen Vorfall, ohne Schaden zu nehmen, wiederum erörtern kann."

Dies schlug dem Fass den Boden aus.

„Herr Stetten", sagte Bernauer eisig, „wenn sich ein Mensch in einem Ausmaß betrinkt, dass ihm derart übel wird, braucht er normalerweise keinen Psychiater, sondern ein bis zwei Stück Alka Seltzer und einige Stunden Schlaf, um sich wieder zu normalisieren. Zudem hatte nach Aussage der damals anwesenden Personen Ihre Tochter vom Tod des Stadtrates überhaupt nichts mitbekommen, da sie zu dem Zeitpunkt bereits in einem Hinterzimmer versorgt wurde. Wenn sie also traumatisiert ist, muss zwingend noch etwas anderes geschehen sein, das sie bisher leider verschwiegen hat."

„Und was sollen ihre merkwürdigen Spekulationen jetzt noch klären, denn mehr ist es ja nicht?"

„Erstens muss der Vorfall, den Ihre Tochter verschwiegen hat, für die Aufklärung wichtig sein, wenn sie, wie Sie sagten, einen traumatischen Vorfall zu verkraften hat, und zweitens wird ans Licht kommen, ob und aus welchem Grund das Mädchen dazu ge-

drängt wurde, grundlegende Details in einer Mordermittlung zu verschweigen. Ich werde aber natürlich auf
Ihren Wunsch hin einen beeideten Gerichtspsychiater
beiziehen", sagte Bernauer milde, „denn Dr. Lombard
wird hier wohl als betroffen ausscheiden müssen."
Lothar zu Stetten schien es die Sprache verschlagen
zu haben, als er erkannte, dass er selbst den nötigen
Beweis für die Unvollständigkeit der Aussage seiner
Tochter geliefert hatte.
Eine kleine Bosheit konnte sich Bernauer gegenüber
dem arroganten Adelsspross dann ebenfalls nicht ver-
kneifen.
„Ein Gerichtsgutachten hätte außerdem für Ihre Tochter den Vorteil, dass es bei Bedarf überall als beweis-
kräftig vorgelegt werden kann, da es amtlichen Charakter hat."

Dies konnte für Lothar zu Stetten womöglich bedeuten,
dass seine Tochter als verrückt angesehen würde,
falls jemand von dem Gutachten erfahren sollte. Dies
war dann aber wohl das letzte, das er hinzunehmen
gedachte.
Großartig bellte er Bernauer ins Ohr:
„Dann werde eben ich selbst meine Tochter begleiten."
„Das bleibt Ihnen natürlich unbenommen."

Frigga zu Stetten stand zweifellos unter Druck und
wusste genau, was ihr Vater von ihr erwartete, hielt

dann allerdings der Befragung Bernauers doch nicht stand, da die beiden Einzelheiten der Sache ganz offensichtlich nicht ausreichend miteinander besprochen hatten.

Bereits die Fragen, wo genau sie die Übelkeit befallen habe und wie der Stadtrat darauf reagierte, brachten sie in Verlegenheit. Hatte er sie bis zur Toilette gebracht? Und wenn nicht, wieso nicht und wo genau hatte er sie verlassen und mit welchen Worten hatte er es begründet? Hatte er oder jemand anderer die Nurse verständigt?

Erst behauptete Frigga, ihr wäre beim Tanzen schlecht geworden, dann wieder vermutete sie, dass der Barkeeper, der ihr das Sektglas abgenommen habe, die Nurse verständigt hätte. Kurzum, sie verhedderte sich immer mehr.

„Hatten Sie beim Tanzen das Sektglas in der Hand?", fragte Bernauer.

Als der Vater Friggas eingreifen wollte, stellte ihm Bernauer frei sich nicht einzumischen oder den Raum zu verlassen.

Lothar zu Stetten beschloss zu schweigen, aber sicherlich nur, weil die ständige Anwesenheit einer Beamtin im Vernehmungsraum ohnehin jede spätere Abweichung vom tatsächlichen Verlauf der Einvernahme unmöglich gemacht haben würde.

Am Ende der Vernehmung stand zu Lothar Stettens Missvergnügen jedenfalls fest, dass Frigga zwischen dem Zeitpunkt, zu dem sie sich des übergriffigen Stadtrates entledigt hatte und ihrer Anwesenheit im

Krankenzimmer, mit einem anderen männlichen Wesen geflirtet hatte.

Erkannt hätte sie aber den Mann schon wegen seiner Verkleidung als Joker nicht, sagte sie, auch die Stimme und der Gesprächsstoff hätten sie an niemanden, den sie kannte, erinnert.

Bernauer wusste instinktiv, dass das Mädchen nur zugab, was es bereits selbst verraten hatte. Ob es den Mann nun kannte oder nicht, hier war etwas vorgefallen, worüber es nicht reden durfte, da war er ganz sicher.

„Was treiben Sie da eigentlich für ein Spiel?", fragte jetzt der Vater wütend, als er die schuldbewusste Frigga aus der Tür schob, „ein halbes Kind derart beschämend in die Enge zu treiben."

„Wenn sie es schon so ausdrücken wollen", erläuterte Bernauer seelenruhig, „mein Spiel spiele ich gut, und zwar nach gültigen Regeln, so wie Sie Ihr Spiel, ein halbes Kind durch Bedrohungen in Lügen und Peinlichkeiten zu verstricken, miserabel spielen und gegen jede Regel. Dementsprechend lausig ist auch das Spiel Ihrer Tochter. Sie lügt nämlich verdammt schlecht."

Ob der geheimnisvolle Mann auf dem Maskenball als Joker verkleidet gewesen war oder nicht, stand zwar noch nicht fest, aber er bekam nun Gestalt und seine Existenz war belegt worden.

Um Hofrat Sassmann ein wenig aufzuheitern und sich selbst zum Ausgleich ein angenehmes Gespräch zu gönnen, beschloss Bernauer ihm diesen kleinen Erfolg zu berichten.

„Sehr gut Ihre Überlegung, Bernauer, wirklich gut. Es klingt ohnehin ziemlich unverständlich, dass eine schöne junge Frau auf einem Ball ohne die geringste Notwendigkeit mit einem überreifen Kerl poussiert, sich dann aber so betrinkt, dass sie sich nicht mehr auf den Beinen halten kann."

Bernauer lächelte amüsiert.

„Hofrat", warf er ein, „welche Frau würde sich in dieser Situation nicht betrinken, das finde ich wieder ganz normal. Schon im Hinblick auf die langjährige Haltbarkeitsdauer des verblichenen Stadtrates wäre es unverständlich gewesen, hätte sich die Kleine nicht dem Alkohol zugewendet. Ich vermute daher, dass sie mit dem Stadtrat lediglich aus der Aufsicht der Familie verschwinden wollte, was natürlich wieder die Frage aufwirft, ob sie bereits eine Verabredung hatte oder zufällig an den Joker geraten ist. Jedenfalls nehme ich ihr das Märchen in der erzählten Form nicht mehr ab."

„Vermutlich handelt es sich ja ohnedies nur um eine Alibigeschichte und ich bin sicher, dass man Sie von Seiten der Familie von Stetten bei Ihren Nachforschungen nicht unterstützen wird."

Hofrat Sassmann wusste wovon er sprach, denn Altgraf zu Stetten und er hatten der gleichen Verbindung angehört. Dieser Mann war zugleich für seinen Geiz und eine enorme Dünkelhaftigkeit bekannt gewesen. Der Rest der Familie würde nicht anders sein.

„Diese Arroganz hat sich ohnehin schon deutlich gezeigt", gab Bernauer zu, „aber immerhin waren auf dem Ball auch Gäste, die vielleicht nicht mit diesem Gesellschaftsbazillus infiziert sind und uns die Wahrheit sagen werden. Leicht möglich, dass sich einige, wenn sie jetzt direkt auf die Sache mit dem Mädchen angesprochen werden, an verschiedene Dinge erinnern, die sie seinerzeit nicht erwähnt haben, weil sie ihnen als unbeachtlich gar nicht erst eingefallen sind. Möglicherweise ändern sich dann auch unsere Ermittlungsansätze zum besseren."

Die Pokerrunde Dr. Lombards war nun schon ziemlich übersichtlich geworden. Die wenigen Gäste waren nun nur mehr Risa Walther, Pfarrer Ron Kranach, Beppo Mölzer, Nina Herbst und Didi Moosbrugger. Offensichtlich fürchteten einige Pokerspieler, die sonst gelegentlich in die Partie mit einstiegen, für Leib und Leben und erschienen daher erst gar nicht mehr.

An diesem Abend lag der Spielerfolg bei Didi. Er beendete ständig mit der besten Hand und dies sehr zum Unmut von Nina Herbst, die sich zu der Bemerkung von den größten Kartoffeln für die dümmsten Bauern

hinreißen ließ und als dann wie gewohnt die Pizza ge-
liefert wurde, keifte sie auch noch den Pfarrer an:
„Also mit Deiner Hand wäre ich sofort auf All-In ge-
gangen. So eine Chance zu verschlafen, dann hätte
dieser verkrachte Fotograf gleich gesehen, wo seine
Grenzen liegen."
Pfarrer Kranach biss sich verärgert auf die Lippen,
denn ständig wurde er von ihr bekrittelt.
„Das hier ist nicht Bridge", sagte er herablassend zu
Nina, „und ich bin auch nicht Dein Partner."
„Was Du nicht sagst."
„Höre ich richtig", sagte Didi ruhig zu Kranach, „ist zur
Abwechslung einmal für Dich eine Kanzelpredigt gehalten worden?" und schnell fügte er hinzu: „Also, was
sollte ich jetzt sagen, wenn ich ein Mann der Kirche
wäre? Kindlein liebet einander? Passt das so?"
„Misch Du Dich nicht ein, Didi", fuhr ihn Nina an, „Du
fällst allen auf den Nerv."
„Nur keinen Streit vermeiden", grinste Risa Walther,
„aber mich interessiert etwas ganz anderes", wandte
sie sich an Didi, „wie viel Prominenz wird denn Sams-
tag bei der Eröffnung Deiner Fotoausstellung anwesend sein?"
„Lass Dich überraschen, Risa. Jedenfalls wirst Du den
Gesellschaftsteil in Deinem Blättchen diesmal ordentlich aufbuttern können und die schwächelnden
Verkaufszahlen endlich wieder heben."

Im großen Saal des Kulturhauses Salzburg tummelte sich bereits eine Menge Schaulustiger vor den Exponaten Didi Mossbruggers. Teils hingen seine Fotos in Gruppen an den Wänden oder waren in raffinierter Technik in mehrere schwarze Raumteiler aus Metall eingearbeitet worden, jedenfalls war der riesige Raum übersichtlich geblieben, aber doch geschickt unterteilt.

Während sich verschiedene Fotografien scheinbar zwanglos in kleinen Inseln an den Wänden präsentierten, waren die Aufnahmen weiblicher Wesen in den Trennwänden so zusammengefasst worden, dass sich der Besucher, wohin er sich auch bewegte, ständig in Gesellschaft schöner Frauen befand und bereits dadurch meist schon positiv gestimmt war.

Da Didi Gott und die Welt kannte, eröffnete der Kulturstadtrat die Ausstellung mit einer launigen Ansprache, der Bürgermeister zog interessiert zwischen den Fotografien durch bis zum Buffet, Schauspieler und Models standen ablichtungsbereit vor den Werken Didis und drei Musiker untermalten die Szene mit sanften bis zuweilen heftigen Klängen.

Didi unterhielt sich angesichts der erschienenen Journalisten in der ihm eigenen jovialen Arroganz des Künstlers mit den Besuchern, signierte seine Kataloge und Werke, wobei er den Eindruck des abgeklärten, leicht gelangweilten Genies ausstrahlte.

Pfarrer Kranach, der sehr gut platziert in einer Bilderserie über den Maskenball bei Altgraf zu Stetten figurierte, erklärte den interessierten Betrachtern gerne und ausführlich die Figuren der venezianischen Commedia dell'arte und vertraute dem Kulturstadtrat zwischen Brötchen und Rotwein an, dass er selbst begeisterter Hobbyfotograf sei, in ganz bescheidenem Rahmen natürlich.

Risa Walther hatte zwar eine Mitarbeiterin ihres eigenen Magazins mitgebracht, erklärte ihr aber ständig und nervend was und wen sie abgelichtet haben wollte, bekrittelte das Licht und machte sich dazwischen laufend Notizen.

Bernauer und Iris Adler, mit einer Liste der Exponate, hatten eben an einem der Nierentischchen Platz genommen, als Dr. Lombard und Beppo Mölzer herbeigeschlendert kamen.

„Major Bernauer", sagte Lombard, „ich hoffe für uns alle, Sie sind Kunstliebhaber."

„So ist es, nur deshalb bin ich hier."

Vermutlich lag es aber eher an seiner Begleiterin Iris, dass ihn die beiden nicht zu sehr als Polizisten betrachteten.

Nebenan unterhielt sich Nina mit einem Schauspieler des Salzburger Landestheaters und ließ durchblicken, dass sie auch zu ihrer Zeit in Las Vegas mit Didi gearbeitet hatte.

Als sie jetzt Lombard und Beppo neben sich stehen sah, sagte sie leichthin: „Didi kann zwar ein Ekel sein, aber sein Handwerk versteht er."

Beppo warf daraufhin boshaft ein: „Also ich halte ihn für einen ziemlich netten Zeitgenossen."

„Gütiger Himmel, wenn Blicke töten könnten, wärst Du schon die nächste Leiche", murmelte Dr. Lombard und Beppo kreuzte grinsend die Hände vor der Brust.

Nina hatte inzwischen Bernauer und Iris entdeckt und schon blieb der ohnehin von der pausenlos plappernden Nina überforderte Schauspieler sich selbst überlassen. Sie eilte auf die beiden zu und begrüßte sie dann betont herzlich.

„Ich wusste, dass Du kommen würdest, Joschi", versicherte sie, „denn Tod und Kunst sind Geschwister."

„Wie tiefsinnig Du heute wieder bist, Nina", bemerkte Lombard, „aber vielleicht könntest Du endlich die Privatsphäre anderer Menschen etwas mehr respektieren. Man identifiziert die Menschen in ihrer Freizeit nicht mit dem Beruf."

„Spricht hier der extravagante Wärter skurriler Genies, oder kennst Du vielleicht einzig und allein den Umgang mit diesen durchgeknallten Typen, mit denen Du Dich in Deiner Praxis umgibst?"

Dr. Lombard schwieg verärgert.

Der Beruf ist eine überaus wichtige Sache", bekundete Nina nachdrücklich, „man richtet sich damit sein Leben ein."

Aber auch Beppo sah sie unwillig an.

„Bis andere kommen, darin herumwühlen und Menschen unglücklich machen, aus purer Bosheit."

Nur Bernauer schien dies alles nicht zu berühren.

„Ich weiß, dass mein Beruf nicht gerade ein Quell der Heiterkeit ist, aber ich bin nicht unzufrieden, wenn meine Umwelt in mir den Polizisten sieht", stellte er fest.

„Das ist ohnehin nicht zu übersehen, Joschi", warf Iris schnell ein, „aber ich möchte jetzt gern die Bilder näher besichtigen. Wenn Ihr mich hier inzwischen entschuldigen wollt, ich führe mir die Bauhausserie zu Gemüte."
Bernauer nickte und Iris verschwand zwischen den Bilderwänden, die den Saal unterteilten.
„Ich werde Iris begleiten", rief Nina und eilte hinter ihr her.

„Dann werde ich mir jetzt irgendwo Mineralwasser besorgen", stelle Dr. Lombard fest, als der Kellner wiederum Sekt und Wein anbot, „noch jemand vielleicht?"
Bernauer und Beppo lehnten ab.
„Dann kann ich mir vor der Tür auch noch eine Zigarette anstecken. Bis dann also."
„Dann könnten wir vielleicht einmal dem Künstler Didi unsere Aufwartung machen", schlug Bernauer vor, „seiner Miene nach scheint er sich ja tödlich zu langweilen."
„Der langweilt sich nicht", spöttelte Beppo, „der hat nur kein anderes Gesicht. Vermutlich halten die Mädchen, die er so abschleppt, durchgehend die Augen ge-

schlossen, sonst kommt auf der Matratze von Haus aus keine Freude auf."

„Major Bernauer, was für eine Beruhigung Sie in meiner Ausstellung begrüßen zu dürfen."
Didi Mossbrugger kam ihnen einige Schritte entgegen und reichte Bernauer die Hand.
„Ich glaube, dass Sie heute eher einen Bewacher Ihrer Exponate begrüßen sollten, als einen Bodyguard", erwiderte Bernauer, „ich jedenfalls bin Ihrer Bilder wegen hier."
„Und? Finden Sie sie aussagekräftig?"
„Sehr sogar. Heißt es nicht: An ihren Werken sollt ihr sie erkennen?"
„Oho, noch ein Bibelkenner?", grinste Didi. „Also bin ich für Sie das berühmte offene Buch?"
„In erster Linie bin ich Ermittler und auf meinem Gebiet ein verlässlicher Kenner, Herr Moosbrugger. Ihre Arbeiten gefallen mir ausgezeichnet und bestätigen lediglich, was ich schon vorher gewusst habe."
„Und das wäre?"
„Dies bleibt Geheimnis der Polizei."

Noch ehe Didi protestieren konnte, kamen drei Mädchen an seinen Tisch. Zwei von ihnen glaubte Bernauer bereits auf den Fotos an den Raumteilern erkannt zu haben, das dritte, offenbar jüngere, hatte sich zwar übermäßig geschminkt, schien dabei aber noch ziemlich unerfahren zu sein.

Sichtlich bemüht Didi Moosbrugger und die anderen Anwesenden zu beeindrucken, gebärdeten sich die drei jungen Frauen in gestelzten Posen und geheucheltem Spaß, aber Bernauer gelang es nur kurz sich dieser Komik zu erfreuen, denn Iris holte ihn weg um ihm ein Bild zu zeigen.

„Denkst Du ich habe Recht, wenn ich vermute, dass Nina auch in der Pokerpartie unbeliebt ist?", fragte Iris auf dem Nachhauseweg.
„Zumindest hat sich in meiner Gegenwart keiner je positiv über sie geäußert."
Bernauer wiegte nachdenklich den Kopf.
„Ist Dir aufgefallen, dass Dr. Lombard, obwohl er mich zuerst eigentlich mehr oder weniger deutlich gefragt hat, ob ich dienstlich die Ausstellung besuchen würde, Nina kurz darauf scharf zurechtgewiesen hat, Menschen nicht nach ihrem Beruf einzuordnen?"
„Ja", sagte Iris, „das hat mich auch stutzig gemacht. Ein Psychiater lässt sich normalerweise schon von Berufs wegen kaum zu solchen Äußerungen hinreißen."
„Jedenfalls dürften Lombard und Nina nicht den gleichen Sinn für Humor haben, auch wenn sie zeitweise seine Patientin ist", bestätigte Bernauer, „aber ich könnte mir gut vorstellen, dass ihm ihre Bemerkungen an die Nieren gingen, nachdem es in seinem Haus zu einem Mord und einem Mordversuch gekommen ist."
Iris nickte.

„Und Du? Hältst Du ihn für über jeden Verdacht erhaben?", fragte sie.

„Genaugenommen würde ich sagen, dass ihn die Umstände eher unverdächtig machen."

„Ich weiß nicht", zögerte Iris, „wer lange genug in den Abgrund blickt, in den blickt der Abgrund auch hinein. So oder ähnlich, sagt jedenfalls Nietzsche."

„Dann hoffe ich nur für mich und Lombards Patienten, dass der Abgrund, in den der Arzt tagtäglich sehen muss, nicht randvoll mit Mördern ist."

Als Bernauer von seinem Radiowecker aus dem Schlaf geholt wurde, beschloss er noch liegen zu bleiben, bis die Nachrichten vorbei waren.

Sein Wohlgefühl endete allerdings abrupt, als die Nachrichtensprecherin bekannt gab, dass in der vergangenen Nacht der bekannte Journalist und Fotograf Didi Moosbrugger, am Parkplatz vor dem Kulturhaus, in dem seine Ausstellung stattgefunden hatte, im Wagen erschossen aufgefunden worden war. Von Fremdverschulden dürfte ausgegangen werden.

Bernauers Befürchtung für die Zukunft war also bereits Gegenwart geworden, aber was konnte denn gestern noch geschehen sein?

Er zermarterte sein Gedächtnis, fand dabei aber keinerlei Ansatz für dieses Verbrechen. Er erinnerte sich lediglich, dass sich Dr. Lombard und Beppo mit Nina ein Wortgefecht geliefert hatten, aber Didi war in keiner Weise daran beteiligt gewesen, ja er war nicht einmal in die Nähe der beiden gekommen.

Bernauer sprang aus dem Bett und wie aus Protest dagegen, dass ihm das Schicksal einen weiteren so unsinnig scheinenden Fall bescherte, duschte er eiskalt und genoss sogar noch trotzig die abscheuliche Kälte.

Die Spurensicherung hatte ihre Arbeit bereits beendet und der Kollege aus der Mordkommission, der nur wenige Minuten vom Tatort weg im Büro gesessen war, hatte bereits ein umfassendes Protokoll angefertigt.

Didi Moosbrugger war vor ein Uhr erschossen worden und zwar nach ballistischer Untersuchung des Projektils mit der gleichen Waffe wie Ernest Sacher. Allerdings musste er dabei gewesen sein, die Wagentüre zu schließen, denn ein Schuss in die linke Schläfe wäre ohne Zertrümmerung des Autofensters nicht möglich gewesen.

Gefunden wurde Didi von einem jungen Mädchen, welches er für nach der Ausstellung auf den Parkplatz zu seinem Porsche bestellt hatte. Das Mädchen öffnete die Beifahrertüre, sah die schlaffe Körperhaltung des Mannes, war eingestiegen und hatte gefragt, ob ihm schlecht geworden sei.

Dann erst sah sie das But und die starren Augen, sprang aus dem Fahrzeug und versuchte Hilfe zu holen, denn ihre Tasche mit dem Handy hatte sie im Auto fallen gelassen und wollte natürlich auf keinen Fall mehr zurück in den Wagen, in dem der Tote saß.
Ein Angestellter, der das Kulturhaus verspätet verlassen hatte, nahm sich daraufhin der Sache an und verständigte die Polizei.

Bernauer studierte das Protokoll des Kollegen vom Tatort und war leider auf dessen sehr magere Ergebnisse angewiesen, denn die Forensiker, die den Tatort untersuchten, hatten ihre Ergebnisse noch nicht geliefert.
Und wieder einmal hatte Bernauer unverhofften Besuch. Das Mädchen, das Didi tot im Wagen gefunden hatte, war im Präsidium eingetroffen und wollte den Beamten der Mordkommission noch einmal sprechen.
Da der Fall aber bereits von Bernauer an sich gezogen worden war, stand plötzlich das jüngste der drei Mädchen vor ihm, welche Didi während der Ausstellung so auffällig angeschmachtet hatten.
Er bot der jungen Frau den Stuhl vor seinem Schreibtisch an.
In Jeans und mit dem Schulrucksack sah die Kleine aus, als wäre sie bestenfalls dreizehn Jahre alt und Bernauer lächelte das junge Ding, das kümmerlich vor ihm saß, beruhigend an.
Er sah auf das Protokoll.
„Du bist Franziska Hellmann?“

Sie nickte, „Franzi, alle sagen Franzi zu mir.
„Wie alt bist Du, Franzi?", fragte er.
„Fast Fünfzehn", flüsterte sie.
„Mädchen", sagte Bernauer, „Du hast doch gestern
schon ausgesagt, gibt es noch etwas, das die Polizei
wissen sollte?"
Sie schüttelte den Kopf.
„Nein, oder doch, naja ich habe ein Problem. Ich
müsste jetzt in der Schule sein."
Bernauers Handbewegung ermunterte sie.
„Müssen meine Eltern erfahren, dass ich gestern bei
der Ausstellung gewesen bin?"
Sie fuchtelte nervös mit den Händen.
„Und was sollten dann Deine Eltern glauben, wo Du
warst", fragte er ernst aber innerlich amüsiert.
„Dass ich mit meinen Freundinnen gelernt habe. Es
schadet nämlich gar nichts, dass ich den Mann gefunden habe, der Parkplatz des Kulturzentrums liegt ja
ganz in der Nähe meiner Freundin und ich habe gesagt, dass ich die Abkürzung zum Bustaxi genommen
habe."
Sie faltete kindlich die Hände.
„Bitte, bitte, sagen Sie meinen Eltern nichts."
„Wenn Du mich so schön bittest, werde ich natürlich
versuchen, Dir zu helfen, aber Du erzählst mir noch
einmal ganz genau, wie das Ganze passiert ist."
Sie nickte eifrig.
Moosbrugger hatte vor Monaten ihre Freundinnen in
einem Lokal angesprochen und sie zu einer Foto-
Session eingeladen.

Nun wünschte sich Franzi nichts sehnlicher als Model zu werden und dazu brauchte sie, wie sie meinte, unbedingt Didi, der so tolle Aufnahmen ihrer Freundinnen gemacht hatte. Außerdem hatte er die die nötigen Verbindungen und jeder in der Branche kannte ihn. Also war sie unter dem Vorwand für die Schule zu lernen mit den beiden anderen Mädchen in die Aufstellung gegangen, um Didi kennenzulernen.

„Das war mir tatsächlich ja auch schon gelungen", bedauerte sie, „denn er hat mich für nachher zu seinem Wagen bestellt, damit wir die ganze Sache besprechen könnten. Und dann passiert so etwas."

„Wieso sollte das in seinem Wagen besprochen werden?", fragte Bernauer aufmerksam geworden, „das hättet Ihr doch bei der Ausstellung bereits tun können."

„Wegen der anderen", sagte sie eifrig, „in dieser Branche herrscht eine fürchterliche Konkurrenz, da darf man nicht viel herumreden. Didi wollte natürlich auch nicht wegen mir dann von den Mädchen angefeindet werden."

„Du heilige Einfalt", dachte Bernauer.

„Du bist also nach der Ausstellung hinausgegangen und hast ihn tot im Wagen gefunden?"

„Ja, ich habe die Wagentür aufgemacht und wollte mich eben setzen, da sehe ich plötzlich, dass er tot ist. Mir ist vor Schreck alles aus der Hand gefallen, ich bin weglaufen und habe nur noch einen Menschen gesucht, der mir hilft."

Das war absolut verständlich.

„Ich kann wirklich nichts dafür, ich würde niemals jemandem etwas Böses antun", fügte sie noch kläglich hinzu.

Hofrat Sassmann war, wie erwartet, bereits vom Kulturstadtrat bedrängt worden und insgesamt schien auch für die Öffentlichkeit ein Todesfall in der schillernden Welt der Kunst und des Hochglanz-Glamours weitaus interessanter zu sein, als die Verleihung des Friedensnobelpreises.

„Da brate mir einer einen Storch", sagte Hofrat Sassmann, „wieder ein Mord, der ohne jeden Zusammenhang zu den anderen Fällen zu stehen scheint. Irgendeine Gemeinsamkeit muss es doch geben. Ein versuchter Mord an einem Steuerberater, ein Mord an einem Stadtrat, einem Golf-Dandy, einem Adelsspross und jetzt auch noch an einem fotografierenden Journalisten. Welche Berührungspunkte hatten die wohl alle?"

„Bis jetzt nur einen", bemerkte Bernauer trocken, „sie spielten Poker."

„Scheint als Motiv doch etwas dürftig zu sein. Wie hieß denn dieser Didi eigentlich wirklich?"

„Dietrich, aber das wusste offensichtlich kein Mensch mehr."

„Also nur mehr Didi."

Hofrat Sassmann nickte anerkennend.

„Wenn einer diesen Status besitzt, ist das so gut wie ein Adelsprädikat, denn es zeigt, dass man einen sehr hohen gesellschaftlichen oder beruflichen Bekanntheitsgrad erreicht hat."

„Den hat er anscheinend wirklich gehabt", sagte Bernauer, „und er war von den vier Opfern vermutlich der einzige, der über sein angeblich ausschweifendes Liebesleben gestolpert sein dürfte."

„Trotzdem könnte es ein Ansatz sein", stellte Sassmann interessiert fest, „erzählen Sie doch mal von ihm."

Bernauer überlegte.

„Moosbrugger war anscheinend ein Mensch, dessen Wesen sich in einem irreführenden Habitus befand. Jedes Mal, wenn ich ihn gesehen habe, konnte ich mich des Eindrucks nicht erwehren, einem asketischen Mönch zu begegnen. Ein leptosomer Typ in Sneakers und dem intellektuellen Status-Symbol der Kreativen, einem knöchellangen, schwarzen Mantel von Yamamoto, wobei man sicherlich das Klappern seiner Schlüsselbeine weit eher gehört hätte als das seines Schlüsselbunds. Sein Gesichtsausdruck passte haarscharf dazu, ich hatte ständig das Gefühl, er sei hungrig."

Hofrat Sassmann wirkte leicht irritiert.

„Aber selbst wenn diese Mönchsgestalt in Wirklichkeit ein hedonistischer Exzentriker war, fliegen denn heutzutage weibliche Wesen wirklich auf diesen strengen Typ?"

„Publikum gibt es für alles", schauderte Bernauer, „und man darf nicht vergessen, dass Moosbrugger absolut auch ein Sprungbrett für die Karriere eines Mädchens sein konnte. Mir schien allerdings, dass er zwar ein intelligenter und gebildeter Mensch, aber böswillig und von sich eingenommen war."

„Und trotzdem ein Frauentyp."

„Vermutlich auf die lasterhafte Art", vollendete Bernauer, „Mieslinge kommen unverständlicher Weise bei Frauen sehr oft wesentlich besser an, als solide Partner."

Der Hofrat schmunzelte.

„Tja, da gibt es eine Menge interessanter Perspektiven."

Bernauer nickte.

„Aber, das Mädchen, das Moosbrugger tot in seinem Wagen gefunden hat, war erst knappe fünfzehn Jahre alt. Ich habe es vorher auf der Ausstellung an Didis Tisch gesehen, wo es geradezu grotesk aussah mit der übertriebenen Schminke und dem knappen Kleidchen, ein angemaltes Kind. Kein nur halbwegs anständiger Mann hätte den Wunsch des Mädchens, eine Fotokarriere zu machen, ausgenutzt, Moosbrugger offensichtlich schon.

Er bestellte die Kleine für später zu seinem Wagen, um, wie das Mädchen annahm, Fototermine zu besprechen."

„Wahrscheinlich wäre er mit dem Kind sogar noch zu Aufnahmen in sein Atelier gefahren", mutmaßte Sassmann.

„Davon gehe ich aus."

„Und irgendjemand könnte das gewaltsam zu verhindern gewusst haben, aber wer? Die Eltern des Mädchens wussten über ihren Ausstellungsbesuch nicht Bescheid und außerdem, wer wäre denn schon mit einem Gewehr zu einer Ausstellung gekommen?", fragte Sassmann verständnislos.

„Ein Besucher, der das Gewehr in seinem Wagen mitgebracht hatte und entweder bereits entschlossen war war, Didi ohne viel Federlesens ins Jenseits zu befördern, oder einer, der erst auf der Ausstellung den Entschluss gefasst hatte, diese Tat zu begehen. Im zweiten Fall müsste es auf der Ausstellung allerdings einen bestimmten Auslöser für den Mord gegeben haben."

Bernauer, der sich wiederum intensiv und vergleichend mit den vier Vorfällen beschäftigte, rieb sich die schmerzenden Augen. Kurz entschlossen gab er den Auftrag, die jeweiligen Protokolle und Gutachten für ihn auszudrucken und nutzte die Zeit um in Ruhe, mit geschlossenen Augen, die Ausstellung Didis vor seinem geistigen Auge Revue passieren zu lassen.
Plötzlich kam Leben in ihn.

„Wenn der Akt über den Tod des Stadtrates Toni Eigner bereits ausgedruckt ist, möchte ich ihn sofort auf dem Tisch haben", ordnete er an.

Dann fiel es ihm wie Schuppen von den Augen. Frigga zu Stetten hatte auf dem Maskenball ihres Onkels den Stadtrat verlassen und sich der eigenen Aussage nach angeblich mit einem Joker unterhalten und danach, wie ihr Vater gesagt hatte, offensichtlich ein traumatisches Erlebnis gehabt.

Was wäre also, wenn es diesen Joker tatsächlich gegeben hätte? Didi Moosbrugger trug ebenfalls ein solches Kostüm und war mit seiner Kamera ständig unterwegs gewesen. Vielleicht hatte Didi bemerkt, dass Frigga vom Stadtrat belästigt worden war und sich von ihm befreien wollte. Da es sich um ein sehr unerfahrenes Mädchen handelte, war es wahrscheinlich von dem Fotografen fasziniert, wie die meisten Küken, die von einer Modelkarriere träumen. So könnte es Didi gelungen sein, den Retter zu spielen und sie für seine Zwecke einzuspannen. Ein paar gute Aufnahmen, einige dick aufgetragene Komplimente und Versprechungen, dazu seine Erfahrungen mit weiblichen Wesen, all das könnte zusammen mit seiner dämonischen Erscheinung, Frigga ziemlich beeindruckt haben.

Hatte er sie womöglich an eine abgelegene Stelle, wie das Mädchen Franziska zu seinem Porsche, im Schloss bestellt, um dann selbst über sie herzufallen? Ein Schicksal, welches der kleinen Franzi nach Didis Ausstellung vielleicht erspart geblieben war.

Bernauer ließ nun die Einladungslisten und sämtliche auf Didis Ausstellung gemachten Fotos überprüfen, der Vater Friggas, Lothar zu Stetten, hatte sich nicht unter den Besuchern befunden. Sollte er aber doch derjenige gewesen sein, der Didi erschossen hatte, warum erst jetzt und nicht gleich nach dem Maskenball? Außerdem wäre der ganze Ablauf bei Didis Ausstellung und daher die Möglichkeit ihn zu erschießen für Stetten nur auf Zufälle aufgebaut gewesen.

Bernauer ließ Frigga zu Stetten noch einmal vorladen und natürlich stand sie wieder im Schatten ihres Vaters, doch diesmal war Bernauer nicht mehr gewillt sich Lügen anzuhören.

„Frigga", sagte er ernst, „ich weiß, dass Sie mir nicht die volle Wahrheit gesagt haben und bedaure es wirklich, sie jetzt mit Ihren eigenen Angaben konfrontieren zu müssen. Ich glaube nämlich inzwischen zu wissen, welcher Art ihr traumatisches Erlebnis gewesen ist."

„Wenn Sie unter diesen Umständen jetzt meine Tochter neuerlich zu belästigen versuchen, verlange ich, dass sofort meine Rechtsanwälte verständigt werden. Bis dahin hat meine Tochter nichts zu sagen", fauchte Lothar zu Stetten.

„Wie Sie wünschen", antwortete Bernauer ungerührt, „Sie sollten nur wissen, dass jetzt auch die Ermittlung in einem weiteren Mordfall anläuft, in dem ein Mädchen, ähnlich wie Ihre Tochter mit dem Stadtrat, eine wichtige Rolle spielt.

Der Mord an Stadtrat Eigner kann also eng verknüpft sein mit dem jetzigen an Herrn Moosbrugger, dem Fotografen.

Wenn Ihre Tochter nun die Aussage im Fall Stadtrat Eigner nicht berichtigen will, würde dies bedeuten, dass auch die Nurse, die Ihre Tochter auf dem Maskenball versorgt hat, unter Eid aussagen müsste und dann garantiert auf niemanden mehr Rücksicht nehmen würde. Trotz Beisein eines Anwaltes käme dann die anfänglich falsche Aussage Ihrer Tochter heraus. Da Zeugen nicht lügen dürfen, wird der Staatsanwalt allerdings diesem Punkt besondere Aufmerksamkeit widmen und sich fragen, ob Ihre Tochter vielleicht an gesetzwidrigen Handlungen beteiligt gewesen ist und die Nurse womöglich von Ihnen unter Duck zur Falschaussage verhalten wurde.

Dann wird allerdings geschehen, was Sie so entschlossen zu verhindern versuchen, Ihre Familie wird über ihre Tochter öffentlich ins Gerede kommen."

Lothar zu Stetten erstarrte förmlich.

„Was wäre die Alternative?", fragte er.

Bernauer sah das Mädchen an und wusste, dass er ins Schwarze getroffen hatte.

„Frigga", sagte er, „sagen Sie mir jetzt die Wahrheit. Wenn Sie keine strafrechtliche Tat begangen haben, wovon ich überzeugt bin, kommt ihre Aussage dorthin, wo sie von Anfang an hätte sein können, wenn Sie ehrlich gewesen wären, zu den Akten nämlich.

Ich würde dieses Wissen nur als Hintergrundinformation benutzen und es wird dadurch auch nichts an die Öffentlichkeit gelangen.

Wenn Sie natürlich auf die Beiziehung Ihrer Anwälte bestehen, können Sie ..."

Der Vater unterbrach ihn: „Nein", sagte er, „Frigga wird die Sache persönlich klären."

Frigga nickte, sah aber eher besorgt aus.

„Ich denke, Ihre Tochter würde diese Aussage lieber ohne Ihr Beisein machen", schlug Bernauer vor, „und meine Kollegin wird sich im Hintergrund halten."

Jetzt nickte ihm Frigga dankbar zu.

Daraufhin verließ der Vater den Raum und Bernauer hatte das Gefühl, dass er nicht unfroh war, Einzelheiten der Angelegenheit nicht anhören zu müssen.

Bernauer kam gleich zur Sache, um dem Mädchen diverse Peinlichkeiten ausführlicher Schilderungen zu ersparen.

„Darf ich Du sagen?", fragte er.

Sie nickte.

„Frigga", fragte er geradeheraus, „hat Dich der Joker vergewaltigt?"

Ihr Gesicht überzog sich mit heftiger Röte.

„Ja", flüsterte sie, „aber es gibt eigentlich nicht viel zu sagen.

Bernauer lächelte sie beruhigend an.

„Erzähle", sagte er nur, „dann ist es schnell vorbei."

Jetzt war endlich der Damm gebrochen und die ganze Last ihrer Seele brach aus ihr heraus.

„Dieser Joker hat mich ständig fotografiert", sagte sie, „und das gefiel mir natürlich.

Als Stadtrat Eigner, den ich gebraucht habe, um aus den spionierenden Augen der Verwandtschaft wegzukommen, an mir herumzufummeln begann, kam mir der Joker zu Hilfe und sagte, dass ich das schönste Mädchen sei, das ihm je vor die Kamera gekommen sei. Na, ja, ich war geschmeichelt und als er mir angeboten hat, Probeaufnahmen mit mir zu machen, habe ich sofort zugesagt.

Wir sind in den kleinen Ankleideraum hinter dem Badezimmer gegangen und er hat mich in verschiedenen

Posen fotografiert und dazwischen haben wir immer wieder Sekt aus der Flasche getrunken."

Diese Erinnerung schien sie allerdings zu amüsieren.

„Aber", fuhr sie fort, „unter der ganzen Maskerade kam meine Figur überhaupt nicht zur Geltung, also habe ich das Kleid ausgezogen."

Sie grinste.

„Das Korsett einer Kurtisane ist auch nicht ohne und manchmal hat er meine Haare und Klamotten ein wenig zurechtgerückt und mir gesagt, wie toll er mich findet."

Dann stockte ihre Rede.

„Nur bei den Aufnahmen, wo ich dann liegend posiert habe, hat er sich zu mir gesetzt und mit dem Finger mein Kinn gehoben. Als er mich dann richtig zu küssen begann, habe ich mich zu wehren versucht, aber da lag er schon auf mir."

Sie sah trostlos auf ihre verschränkten Finger.

„Es hat sehr weh getan", sagte sie, „obwohl ich ziemlich betrunken war."

„Hat er Dich misshandelt?"

„Ich weiß es nicht, wirklich."

In Bernauer keimte ein Verdacht.

„Bist Du noch Jungfrau gewesen?"

„Ja", flüsterte sie unsicher, „ist das jetzt sehr peinlich?"

„Peinlich?", fragte er.

„Ja, weil ich doch schon sechzehn bin."

Bernauer fühlte sich überfordert. Hatte er hier ein kleines Landei aus der adeligen Gesellschaft vor sich, das der Meinung war, es hätte den Einstieg ins Leben bereits versäumt, oder war es in jugendlichen Kreisen bereits so weit gekommen, dass ein sechzehnjähriges Mädchen ohne sexuelle Erfahrung schon als ranzig gehandelt wurde?

„Also, das ist doch kompletter Unsinn", sagte er, „es handelt sich hier nicht um ein Gesellschaftsspiel und schon gar nicht um eine Altersfrage. Du bist sträflich missbraucht worden, von einem gewissenlosen Menschen und es hätte danach ziemlich böse für Dich werden können. Warum hat ihn Dein Vater nicht angezeigt?"

„Das darf niemand erfahren", sagte er. „Und", sie zögerte etwas, „es hat ja dann Gott sei Dank doch keine Folgen gehabt."

„Hast Du gedacht, Du wärst schwanger?", fragte Bernauer entsetzt.

„Ja, ich war schon fast zwei Wochen über der Zeit, aber mein Vater wollte ohnehin alles regeln. Und das hat mich dann erst so richtig krank gemacht."

„Wie unmenschlich konnten Menschen eigentlich sein?", fragte sich Bernauer, musste aber trotzdem auf das Thema zurückkommen.

„Und übel geworden ist Dir dann, als Du aus dem Ankleidezimmer hinter dem Bad gekommen bist?"

„Nein", antwortete sie schicksalsergeben, „die Angst, die Schmerzen und der Alkohol. Mir war fürchterlich schlecht, also bin ich dort auf dem Sofa sitzen geblieben, dann ist die Nurse gekommen, hat mich angezogen und ins Krankenzimmer gebracht."

„Und der Kerl ist abgehauen, einfach so?“

„Ja, als ich zu kotzen anfing. Wahrscheinlich hat er die Nurse verständigt.“

„Diese Frau hat aber zu der ganzen Sache ebenfalls geschwiegen.“

„Natürlich, mein Onkel hätte sie sonst mit Sicherheit entlassen, ohne Referenzen. Die hätte keinen Fuß mehr auf den Boden gebracht.“

Ähnliches hatte Bernauer bereits vermutet.

Die Aussage der Frigga zu Stetten hatte also jetzt bestätigt, dass Stadtrat Eigner nach dem Mädchen noch mit einer anderen Person, der er vertraute, zusammen gewesen sein musste, bevor er getötet wurde, denn seine entspannte Haltung, als ihn der Tod ereilte, ließ keine andere Erklärung zu.

Im Falle der Ermordung Didi Moosbruggers hingegen erhärtete die Aussage Friggas jetzt mit ziemlicher Sicherheit den Verdacht, dass Didi nach der Ausstellung vorgehabt hatte, jetzt auch die kindliche Franzi zu missbrauchen. Nur wer dies verhindert und ihn vorher erschossen hatte, wurde damit nicht geklärt.

Die einzige Person, die ein Motiv hatte und als Schütze in Frage kommen konnte, wäre der Vater der vergewaltigten Frigga gewesen, aber dagegen sprach auch, dass er sich mit der Familie am Tag der Ausstellung Didis und den beiden nächsten in seinem Ferienhaus in Kitzbühel befunden hatte.

143

Im Bridgeclub verzögerte sich wieder einmal der Spielbeginn, da Nina den anstehenden Relaunch des eleganten Gesellschaftsmagazins CLOU ankündigte, für dessen Vorstellung sie die Conference übernommen hatte und der bereits in zwei Wochen stattfand. Nicht nur die Medien würden vertreten sein, es sollte auch einen Unterhaltungsteil im Sinne jeder Sparte des Journals geben.

So würden eine Modenschau, ein Showblock, zwei Fernsehkommissare und eine populäre Romanschriftstellerin die Vorstellung bereichern und natürlich auch weitere Prominenz, die zum Freundeskreis der Chefredakteurin Risa Walther zählte.

Nachdem die Angelegenheit ausgiebig besprochen worden war, überreichte Nina einigen ausgewählten Spielern persönliche Einladungen zu der Veranstaltung, worunter sich natürlich auch Bernauer und Iris Adler befanden.

Als Nina dann auch auf Konsul Köck zugesegelt kam, bleckte sie breit grinsend ihr tadelloses Gebiss und säuselte: „Du wirst doch hoffentlich zusammen mit Deiner lieben Braut kommen, Timo, darauf müssen Risa und ich nämlich unbedingt bestehen?"

„Ich danke Dir", sagte er, „aber wir sind zu diesem Termin leider nicht abkömmlich."

„Seid Ihr womöglich schon auf Hochzeitsreise und habt uns gar nichts davon gesagt?"

„Nein", antwortete er und der brüske Ton seiner Stimme ließ sogar Nina verstummen.

„Das tut mir leid", murmelte sie, „aber Ihr", sie wandte sich an Bernauer und Iris, „Ihr werdet doch kommen?"

„Ja", sagte Iris, „wir werden kommen."

„Ich dachte, Du magst sie nicht besonders?", fragte Bernauer etwas später.

Iris grinste.

„Richtig", erwiderte sie, „aber worauf soll ich warten? Erstens bist Du sonst ohnehin ständig irgendwie unabkömmlich und zweitens weiß ich genau, dass die Herrschaften aus der Pokerpartie ebenfalls anwesend sein werden. Da plaudert man doch gleich viel entspannter, Major Bernauer."

„Wo Du Recht hast, hast Du Recht, Mädchen."

Da sie etwas früher aufgebrochen waren, schlenderten Bernauer und Iris noch ein wenig durch die Straßen und stellten mit Verwunderung fest, dass sich die Natur bereits für den Frühling gerüstet hatte, sogar die Witterung war ausgesprochen mild.

„Die ganze Stadt ist im Aufbruch und auch ich fühle mich so unternehmungslustig", sagte Iris.

„Dann könnten wir den Abend schon einmal eröffnen", lachte er, „wie wäre es denn damit?"

Direkt vor ihnen blinkte im Stakkato über dem Eingang einer Bar ein blaues Dreieck, auf dem ein ebenfalls blauer Tukan schaukelte.

„Da sind wir richtig."

Das Lokal war laut, neonblau und offensichtlich angesagt, denn es war gesteckt voll mit Besuchern.

Sie arbeiteten sich zäh und ausdauernd bis an den
Tresen vor und hatten dann in erstaunlich kurzer Zeit
die bestellten Getränke bekommen. Hier schien es allerdings Sitte zu sein, Whisky automatisch mit Eis zu
servieren, aber bei dem Andrang wollte Bernauer nicht
Gefahr laufen, wegen einer Reklamation dann vielleicht endlos warten zu müssen.

Hinter ihm drängten die Gäste ständig nach vorne und
ein Mann versuchte sogar aus dieser schlechten Position dem Barkeeper seine Bestellung zuzubrüllen.

Nach dem drittem endlich gelungenen Versuch fühlte
sich Bernauer so gut wie taub.

„Pardon, ich weiß, dass ich ziemlich laut bin", nuschel-
te ihm der Kerl entschuldigend ins Ohr.

Bernauers Blick hing an dem Whisky, der in seinem
Glas über die Eiswürfel schwappte.

„Irrtum", sagte er, „Sie sind dezent wie ein Tornado."

Der große Veranstaltungsraum war, als Bernauer und
Iris eintrafen, bereits zu zwei Dritteln besetzt und beid-
seitig zum Bühnenaufgang befanden sich die Sitzgele-
genheiten für die Presse.

Im Entree stand an weißen Stehtischen, plaudernd
und an Champagnerflöten nippend, teuer und edel ge-
kleidetes Publikum, das außerdem überwiegend damit
beschäftigt war, Make-up schonende Luftküsschen

auszutauschen. Die Devise war eindeutig: Eindruck machen und beeindruckt werden.

Aufgrund der persönlichen Einladungen wurden Bernauer und Iris nun zu den vorderen Reihen geleitet, wo sich schon die zur Veranstaltung gebetenen Mitglieder des Bridgeclubs und der Pokerrunde eingefunden hatten.

Nach und nach kamen dann noch die späten Gäste und nahmen ihre Plätze ein.

Bernauer sah sich um. Der Saal war im Stil eines riesigen Schachbretts dekoriert worden. Von der Decke hingen schwarze und weiße Stoffbahnen, die sich künstlerisch ineinanderflochten. Diejenigen, die sich über der Bühne befanden, bündelten sich in der Mitte zu einer riesigen Kugel vor einer weißen Wand.

Übergangslos verdunkelten sich Saal und Bühne, dann fiel der Strahl eines Scheinwerfers auf Nina, die in einem engen Kleid aus tausenden Pailletten, glänzend wie goldene Schuppen, vor einer kristallschimmernden riesigen Champagnerschale im Hintergrund, am Mikrophon an der Rampe stand. Ein vollkommenes Bild makelloser Ästhetik.

„Sie ist noch immer so schön, dass sie keinen ihrer Drinks selbst bezahlen müsste", flüsterte Iris.

„Richtig", raunte Bernauer, „so lange sie den Mund hält."

Die Gäste verstummten und blickten auf Nina, die es wie immer wunderbar verstand, ihre einstudierte Nonchalance täuschend echt wirken zu lassen. Ihre Performance war wie immer großartig und zwischendurch erweckte sie sogar den phantastischen Eindruck, sie bewege sich innerhalb der glänzenden Schale.

Obwohl dieser Auftritt für sie zwar nicht mehr ganz in der erwünschten Liga war, hätte sie um nichts in der Welt darauf verzichtet und glücklich kostete sie die Situation aus. Eine Jägerin, auf der Pirsch nach Bewunderung.

Mit diskretem klassischen Charme begrüßte sie das Publikum, erläuterte launig den Hintergrund der Veranstaltung und gab dann das Wort an die Initiatorin des Abends, die Chefredakteurin des Glamour-Magazins CLOU, Risa Walther, ab.

Beifall brandete auf, Risa betrat die Bühne und ging auf die gigantische Stoffkugel zu.

Ihr schwarzes Kostüm schmiegte sich eng an den Körper und der arrogante Gesichtsschnitt, der sich durch die langen Augenlider noch verstärkte, wurde von dem blonden schulterlangen Haar etwas gemildert. Da sie nur mittelgroß war, trug sie extrem hohe High Heels, schwarz mit roten Plateausohlen, und fortan richtete sich Iris Augenmerk in erster Linie auf dieses herrliche Schuhwerk von Manolo Blahnik. Solche Schuhe wären der Traum der schlanken Iris mit dem Gardemaß gewesen. Den Wermutstropfen in der Sache bedeutete leider, dass Absätze in dieser Höhe für sie lediglich auf dem Laufsteg vertretbar gewesen wären, weil sie sonst jeden Begleiter allzu markant überragt hätte.

Risa Walther hielt eine kurze Begrüßungsrede, sonnte sich im Lichte ihrer Ehrengäste, die unter anderem aus Kommunalpolitikern, zwei Fernsehkommissaren sowie einer Romanschriftstellerin, die eben ihren ersten Bestseller geschrieben hatte, bestanden und fuhr fort: „Verehrte Anwesende!"
Mit einer eleganten Bewegung beider Hände wies sie über die Bühne auf die Stoffkugel und die üppige Dekoration.
„Tradition bedeutet nicht, die Asche aufzubewahren, sondern das Zündholz weiterzugeben."
Sie ließ schweigend einige Sekunden verstreichen.
„Und genau in diesem Sinne, liebe Gäste, werden Sie, obwohl CLOU bereits eine langjährige führende Rolle in Mode, Gesellschaft und Amüsement spielt, heute Ölporträts finster blickender Ahnen vergeblich suchen. Und sogar Marlene Dietrich ist nur noch im Rennen, wenn ihr Stil en vogue ist, denn CLOU liebt und vermittelt ausschließlich brandheißes Daydreaming."
Beifall machte sich im Saal breit und sämtliche Journalisten notierten sich diese unorthodoxe kleine Erklärung.
Lächelnd fuhr sie fort:
„Lassen Sie uns also eintauchen in die Lebensfreude der Moderne und sehen Sie sich um, verehrte Damen und Herren, denn es ist so weit. Begrüßen Sie mit uns den neuen Look von CLOU."

Im Raum war gleichzeitig das Licht ausgegangen und an der weißen Rückwand der Bühne leuchteten links

neben der Kugel die schwarzen Blockbuchstaben C und L und rechts davon ein U auf.
Applaus und beifälliges Murmeln wurde laut.

„Großartig", sagte Iris, „eine völlig neue Art der plastischen Präsentation."
Auch Bernauer erschien die Vorstellung sehr gelungen und Pfarrer Kranach, der mit Beppo neben den Journalisten saß, zeigte ebenfalls fachkundiges Wissen.
„Sehr gelungen", sagte er, „diese Abweichung vom Plakat zur Gegenständlichkeit."

„Ich danke Ihnen vielmals", sagte nun Risa mit einer leichten Verbeugung „und jetzt darf ich Sie recht herzlich zum Show-Teil der Geburtstagsveranstaltung des neuen CLOU-Magazins bitten, durch den Sie dann Top-Model Nina Herbst in Kürze rhetorisch begleiten wird."
Sie wies auf Nina, die sich von einem Spot angestrahlt, unerschütterlich lächelnd und publikumswirksam verbeugte.
„Aber in der Zwischenzeit", fuhr Risa fort, „erlaubt sich CLOU noch, Sie zu einer Stärkung am Buffet einzuladen, trinken Sie Champagner und genießen Sie ausgiebig den weiteren Abend. Ich wünsche gute Unterhaltung."
Sicherlich trug auch die Aussicht auf das nobel bestückte Buffet seinen Teil dazu bei, dass der Beifall geradezu ohrenbetäubend ausfiel.

Iris stand am Buffet und hatte, wie immer wenn die Auswahl groß war, das gleiche Problem. Sie wog bedächtig die Köstlichkeiten gegeneinander ab, disponierte wieder um und griff dann letztendlich zu den gewohnten kleinen Portionen aus der Hausmannskost. Neben ihr bediente sich eine rundliche kleine Dame im grünen Smoking aus Samt von der silbernen Schale mit so vielen Austern, dass sie den Teller übervoll bedeckten.

Interessiert sah Iris zu und wartete amüsiert auf den unausbleiblichen Balanceakt, den das rundliche Wesen zu einem der schwarz und weiß gedeckten Stehtische zu absolvieren hatte.

„Austern kommen sofort nach", sagte der hübsche junge Kellner, der für diesen Buffet-Abschnitt offensichtlich zuständig war.

Iris nickte abwesend und sah dabei auf die Lady in Grün, die jetzt den vollen Austernteller mit bemerkenswerter Eleganz durch die Menge steuerte.

„Geh Du schon vor zum Tisch", sagte Bernauer, „ich hole uns Gebäck."

Gleichzeitig mit ihm kam dann aber auch der Kellner von vorhin an den Tisch, verbeugte sich und servierte Iris in vorbildlicher Haltung eine Auster samt Zitronenscheibe.

Iris erschrak, sie hasste Austern. Seit dem sie in einem griechischen Restaurant eine Auster gegessen und dann erfahren hatte, dass diese Muschel noch gelebt hatte, als sie sie mit Zitronensaft beträufelt hatte, überfiel sie unweigerlich Übelkeit beim Anblick dieser angeblichen Köstlichkeit.

„Du hast eine Auster bestellt?", fragte Bernauer verwundert.

„Nein", versicherte Iris, „der Mann muss missverstanden haben, dass ich nur dem gierigen kleinen Frosch beim Anhäufen von Muscheln am Teller zugesehen habe. Nimmst Du sie mir ab?"

„Decken wir sie lieber zu", sagte Bernauer und legte eine Serviette über den Teller.

Doch gleich darauf tauchte der dienstbare Geist wiederum auf und brachte unter artiger Verbeugung ein weiteres Gedeck mit kleinen, täuschend lebendig aussehenden Garnelen, die sie zwischen zotenartigen Beinen aus starren kugeligen Augen anglotzten.

„Garnelen auf grünem Salat, an Sahne Sauce, gnädige Frau", sagte er, „ganz frisch."

Iris lächelte tapfer.

„Danke schön", quälte sie sich ab. Dann griff sie zur nächsten Serviette und drückte sie auch auf diesen unheilvollen Teller.

„Beinahe noch lebende Garnelen finde ich fast noch grässlicher."

Bernauer schmunzelte.

„Du musst den Jungen ja überaus beeindruckt haben", meinte er, „er bringt Dir dann sicher noch einen Strauß Seetang vorbei."

„Wie sexy", grinste Iris, „möchtest Du mir nicht noch schnell eine Szene machen, bevor ich verschwinde in des Meeres und der Liebe Wellen?"

Schließlich begann das Programm mit einer Einlage aus dem Musical „Ich war noch niemals in New York", gefolgt von einem Interview mit der hübschen jungen Autorin, die für einen Roman im Stile Rosamunde Pilchers einen Buchpreis gewonnen hatte.

Anschließend erzählten zwei Fernsehkommissare über ihre interessante Arbeit am Set und dann bat Nina die junge Schriftstellerin und die beiden Schauspieler zu einer kleinen Gesprächsrunde, in der sich die drei über ihr unterschiedliches Genre unterhalten sollten.

Geschickt lenkte Nina das Gespräch in eine Richtung, die den Roman der jungen Frau versteckt, aber unweigerlich, in die belächelte, seichte Unterhaltung abdrängte.

Da die beiden Schauspieler bekannt dafür waren, auf der modernen Welle des wichtigen Sendungsauftrages zur Belehrung des gewöhnlichen Volkes mitzuschwimmen, schien die böse Absicht Ninas aufzugehen.

Als aber dann einer der beiden Schauspieler überheblich begütigend erklärte, dass Herz-Schmerzliteratur sozusagen das heutige Opium kleiner Leute sei und damit zwangsweise einen gewissen Platz in der Literatur einnähme, gab die junge, eher schüchtern wirkende Autorin höflich aber bestimmt zur Antwort:

„Sachbücher haben natürlich den Vorteil, dass ihre Kritik, sollte sie ernst genommen werden, von Fachleuten kommt, während sich in der Belletristik jeder dazu berufen fühlt. Natürlich kann hier einiges gehobenen Ansprüchen nicht genügen und es wird eine ganze Menge literarischer Mist erzeugt."

Die beiden Schauspieler sonnten sich bereits zufrieden in der Rolle der hochwertigen Kunstkritiker und auch Ninas Gesicht strahlte vor Behagen über den kläglichen Rückzug der mindestens fünfzehn Jahre jüngeren, hübschen Frau.

Aber ohne sich unterbrechen zu lassen, setzte sich jetzt die Autorin mit Bestimmtheit durch.

„Absolut erschreckend finde ich nur, dass dann, zum trivialen Inhalt einer solchen Literatur, noch schlechtere Drehbücher geschrieben werden und sich trotzdem die Schauspieler, wie wir beinahe stündlich im Fernsehen erleben, darum reißen, gegen Geld diesen Mist, den sie später verteufeln, den Zuschauern vorzutragen. Das ist, meiner Meinung nach, das wirklich Schlimme an der Sache."

In die betretene Stille und die belämmerten Gesichter der beiden Klugscheißer erklang jetzt, wie ein Donnerschlag, Iris beifälliges Klatschen, und im Dominoeffekt setzte es sich auch im übrige Publikum fort, woraufhin aber Nina blitzschnell und professionell reagierte. Sie hob die Hand, und es trat Ruhe ein.

„Genau das ist der Punkt", resümiert sie mit streichelweicher Stimme und wies auf die Autorin.

„Es gibt nur eine Wahrheit, und die liegt immer im Auge des Betrachters."

In einer umfassenden Geste bezog sie das Publikum, die Autorin und die beiden Schauspieler mit ein.

„Schließlich haben wir alle das Recht darauf, für unser Geld angenehm und angemessen unterhalten zu werden" und unter symbolischem Applaus in die Richtung der drei Akteure hin, verkündete sie dann strahlend: „Das waren unsere lieben Gäste aus dem Reiche der Kunst und wir danken recht, recht herzlich für das interessante und aufschlussreiche Gespräch."

Wieder hatte es Nina fertig gebracht, aus einer kritischen Situation heftigen Applaus für sich selbst zu ernten.

Den Schluss der Veranstaltung arrangierte dann vergnüglich ein Illusionist, der nicht nur phantastische Visionen entstehen ließ, sondern bevor er zuletzt im Nebel verschwand, den erstaunten Ehrengästen sowie einigen Journalisten das neue Titelblatt von CLOU aus dem Sakko oder sonstigen Kleidungsstücken zog. Zuletzt nahm er Iris Abendtäschchen und entnahm auch ihm ein sorgfältig klein gefaltetes Exemplar dieses neuen Covers, dabei hätte sie schwören können, dass der Mann vorher nie auch nur in die Nähe ihrer Tasche gekommen war.

Nach dem gelungenen letzten Teil der Show bestand nun auch die Möglichkeit, die plastische Montage des neuen Titelbildes von CLOU mit der Riesenkugel aus schwarzen und weißen Tüchern näher zu begutachten und zu fotografieren.

Der Rest des Abends verlor sich dann in unterhaltsamen Gesprächen und diverser Fachsimpelei.

Jedenfalls durfte Risa Walther eine hervorragende Berichterstattung in den Medien erwarten.

„Wer hätte das gedacht?", schüttelte Bernauer ungläubig den Kopf, als die kleine Gruppe, auf Nina wartend,
im Entree stand. „Die kleine Dichtermaus hat tatsächlich die beiden Großtuer vom Fernsehen ziemlich alt
aussehen lassen."
„Und Nina als deren Steigbügelhalterin gleich mit",
grinste Iris.
„Na, Du bist gut", prustete Pfarrer Kronach, „schließlich
hat Dein Beifall laut und tatkräftig dazu beigetragen.
Ab diesem Moment hätte ich jede Wette angenommen, dass sich Nina niemals so geistesgegenwärtig
und derart nichtssagend aus der Patsche winden
könnte."
„Sie ist eben ein Profi", stellte Iris fest.
„Wer außerdem ständig bemüht ist, anderen Menschen Fallen zu stellen, muss auch im Abfedern unan-
genehmer Reaktionen gut trainiert sein", bemerkte
Bernauer aus Berufserfahrung.
Endlich erschien die strahlende Nina, wandte sich aber
plötzlich gedankenverloren um, machte einige Schritte
zurück und blickte noch einmal in den Veranstaltungsraum, wo aber nur mehr der Putztrupp unterwegs war.
Die Dekoration an den Wänden sollte vereinbarungs-
gemäß noch einige Tage hängen bleiben.
„Hast Du etwas vergessen?", fragte Iris.
„Eigentlich nicht, zumindest weiß ich es momentan
nicht mehr", meinte Nina gedehnt und mit dem ge-
stressten Gehaben eines Managers, „manchmal bin

ich schrecklich geistesabwesend, weil mir einfach zu viel durch den Kopf geht."

„Dann war es auch nichts wichtiges", stellte Iris beruhigend fest, „eine Sache der Überbeanspruchung. Du warst wirklich ausgesprochen gut und eine Augenweide dazu, eine goldene Meerjungfrau."

„Jungfrau bestimmt nicht, aber unser strahlender Goldfisch", grinste Beppo.

„Das klingt zwar nett, ist aber trotzdem beunruhigend", konstatierte Nina nachdenklich, „Goldfische erinnern sich angeblich immer nur an die letzten drei Sekunden, so wie ich eben."

Als dann mit leisem Piepton die Doppeltür des Lifts, dem aber niemand entstieg, aufging, zuckte sie zusammen.

„Wartet auf mich" sagte sie, „ich brauche noch ein Ticket für die Ausfahrt."

„Aber das hast Du doch bei der Einfahrt bereits gezogen."

„Ich weiß", grinste Nina nervös, „aber ich muss es tatsächlich irgendwie verlegt haben."

Da Nina am Nachmittag zu einer Zeit angekommen war, als sich auch viele andere Besucher im Haus aufhielten, hatte sie ihren Wagen, neben wenigen anderen, an der finsteren Innenseite der Garage geparkt.

„Beppo", sagte sie, „ich habe Angst vor dunklen Winkeln, würdest Du mit mir aussteigen und mich zum Wagen begleiten?"

„Aber selbstverständlich Mädchen, ist ohnedies merkwürdig, dass man die vorderen Garagenplätze nicht zwingend für weibliche Besucher freihält."
Er nahm ihr die umfangreiche Tasche ab, begleitete sie zum Wagen, blickte hinein und stieg erst wieder in den Lift, als sie bereits die Autotür zuzog.

Nina verriegelte die Türen und betrachtete sich mit zufriedenem Lächeln im Rückspiegel. Ein Lächeln, das dann rasch in sich zusammenfiel, denn die Müdigkeit zeichnete bereits Schatten in ihr Gesicht und irgendwie hatte sie das Gefühl, als würden sich die schönen Züge unter ihren Blicken langsam in Teig verwandeln. Trotzdem beschloss sie in Hochstimmung zu bleiben, denn der Abend war ein verzweifelt herbeigesehnter Erfolg gewesen. Man hatte sie allseits bewundert und mit Marilyn Monroe verglichen, und das, obwohl sie schon etwas älter als diese geworden war, dafür aber immer noch wesentlich schlanker und besser proportioniert.

Nur eine nicht voraussehbare Wermutspille hatte sie schlucken müssen. Trotz ihrer absolut gelungenen Conference war sie von der kleinen Autorin mit einer ironischen Behauptung ausgetrickst worden. Eine lächerliche Kitschtante hatte ihr das Wort im Mund umgedreht, sodass sie gezwungen war, zu improvisieren. Im Gedanken daran drehte sie jetzt doch etwas ärgerlich den Zündschlüssel, doch das erwartete tiefe Brummen des Turboladers blieb aus.

Da es ihr auch in den nächsten Minuten nicht gelang das Fahrzeug flott zu machen, blieb ihr nur die Möglichkeit auszusteigen und sich ein Taxi zu rufen.

Ängstlich strebte sie daher zwischen bedrohlichen Schatten dem Lift zu, denn die Beleuchtung der Garage war inzwischen auf Automatik umgestellt worden. Lediglich wo sie ging, flammte das Licht auf und erlosch hinter ihr sofort wieder. Es hatte den Anschein, als bewege sie sich in dunklen unbekannten Höhlen riesigen Ausmaßes und hoffte verzweifelt, dass die Richtung stimmen möge und der Lift noch in Betrieb wäre.

Nina hatte Glück, aber bereits beim Ping des anhaltenden Aufzugs fuhr sie wiederum eschrocken zusammen. Es schien dann auch noch eine Ewigkeit zu dauern, bis sich die Tür öffnete und hinter ihr wieder schloss. Innerhalb einiger Sekunden hatte sie ein dünner Film aus Angstschweiß und Gänsehaut überzogen, während sie ein Gebet zum Himmel schickte, dass auch der Empfang noch besetzt sein möge.

Was sie nämlich zuerst nur verwundert hatte, beunruhigte sie jetzt ganz enorm. Irgendjemand musste ihr im Laufe des Abends die Fotografie eines weiblichen Wesens in die Tasche gesteckt haben, dafür war ihr Parkticket verschwunden. Das Foto wirkte leicht verschwommen und der Aufnahmewinkel war viel zu steil, also vermutete Nina, dass das Bild ohne Wissen der aufgenommenen Person gemacht worden war. Aber so sehr sie sich auch bemühte, sie kannte diese Frau nicht. Vermutlich war sie ja selbst von diesem Jemand während der ganzen Zeit beobachtet worden, aber warum? Ihr graute förmlich bei dieser Vorstellung und die natürliche Folge davon war leider, dass ihr ständig ein unangenehmes Gefühl im Nacken saß.

Der Empfang war Gott sei Dank noch besetzt und Nina zückte ihr Handy und rief ein Taxi herbei.

Als sie dann im Wagen saß, fiel langsam die Spannung von ihr ab und sie begann sich über sich selbst zu ärgern. „Ich bin eine Diva", hielt sie sich vor Augen, „warum benehme ich mich dann wie eine Idiotin?"

Sie straffte sich, saß sehr gerade und verharrte in hoheitsvollem Schweigen, dafür gab sie reichlich Trinkgeld.

Als Nina dann durch die kurze Allee von Kegeltannen zum Haustor ging und von der Dunkelheit umfangen wurde, kehrte das unangenehme Gefühl zurück und sie bereute bereits, dem Taxichauffeur nicht aufgetragen zu haben, er solle warten, bis sie im Haustor verschwunden wäre. Bereits nach zehn Metern verkrampften sich ihre Schultern und mit starren Händen umklammerte sie den Schlüsselbund. Sie atmete tief durch, bekam aber noch immer nicht genügend Luft. Morgen früh würde sie als erstes dafür sorgen, dass der Weg von der Straße zum Haus hin zumindest einigermaßen vernünftig beleuchtet wurde.

Ninas Leiche wurde um sechs Uhr des darauffolgenden Tages vor dem Haustor gefunden. Sie trug noch ihr goldenes Paillettenkleid, die goldfarbenen High Heels und den schwarzen Rohseidenmantel. Da sie offenbar von einem Gewehrschuss auf kurze Distanz in den Rücken getroffen worden war und dadurch nach vorne fiel, war das getrocknete Blut auf dem dunklen Mantel kaum zu sehen.

Bernauer fuhr unter Umgehung seiner Dienstelle sofort an den Tatort, um sich dann ein erbittertes Match mit dem Hauseigentümer, einem Schönheitschirurgen, zu liefern, der nervtötend schrill darauf bestand, dass Ninas Leiche sofort wegegebracht würde, da seinen Besuchern dieser Anblick nicht zuzumuten sei. Bernauer versuchte seinen Ärger zu verbergen und möglichst wenig Aufsehen zu erregen. Als der Arzt allerdings von Bürokratie und Behinderung zu klagen begann sagte er schroff: „Allein im Hinblick auf den Tod Ihrer Mieterin ist Ihr Ton schon reichlich dreist." „Aber, ich habe zu arbeiten, Frau Herbst ist nun einmal schon ..", er unterbrach sich und setzte dann vorsichtig fort, „verunglückt. Ich würde nur bitten, kann man das ganze nicht ein wenig beschleunigen? Um Acht Uhr kommt bereits mein erster Klient." Nachdem die Spurensicherung ihre Arbeit bereits beendet hatte, erkundigte sich Bernauer beim Gerichtsmediziner, ob es seine Arbeit stören würde, wenn man die Tote hier abtransportierte. „Was mich anbelangt, nein, ich bin fertig." Er beugte sich näher an Bernauers Ohr.

„Aber, wenn es Dir entgegenkommt, kann ich das ganze noch verzögern."

„Nicht mehr nötig", schmunzelte Bernauer, „das Problem sind nur die sprachlichen Nuancen, und das scheint Dr. Jungbrunnen jetzt schon gecheckt zu haben."

„Und was haben WIR aus dem ganzen gelernt?", feixte der Mediziner.

Bernauer nickte wissend.

„Ein Schönheitschirurg hat keine Patienten. Hier geruht man schlicht und einfach Klient zu sein."

Die Wohnung Ninas war minimalistisch eingerichtet. Im Wohnzimmer ein graues Zweisitzsofa und ein Ledersessel, ziemlich geräumig und behäbig, ein schlichtes schwarzes Buffet vor einem weißen Teppich und in den Wänden eingelassene Bücherboards. Vor den Fenstern befanden sich anstatt Vorhängen Lamellenjalousien.

Die Schränke waren, wie erwartet, gefüllt mit hochwertiger Kleidung und unendlichen Reihen von Schuhen. In einem weiteren kleinen Raum stand ein Schreibtisch mit Computer, ordentlich beschriftete Ordner, auf einem Hängeregal, waren nach den Farben des Regenbogens sortiert und eine überdimensionale Stehlampe neigte sich bogenförmig über den Schreibtisch. Den Plafond entlang lief zusätzlich eine Leiste mit hängenden Spots.

Bernauer sah sich die Ordner der Reihe nach an und nahm zwei davon mit in sein Büro.

Dann gab er den Auftrag, genauere Einzelheiten aus dem Ablauf des Events zu recherchieren und bat Mölzer zu sich ins Büro. Der war schließlich der letzte gewesen, der Nina an diesem Abend lebend gesehen hatte.

Im Büro angekommen begann Bernauer die beiden Ordner zu durchforsten und fand, ärger als er es bei der ersten Durchsicht vermutet hatte, die erschreckende Sammlung einer Detektei.
Nina hatte seit Jahren sämtliche Personen, die sie als lohnend betrachtete, bespitzelt, sämtlichen Klatsch und die Unterlagen dazu katalogisiert und aufgehoben. Unter anderem lagen hier auch sämtliche Recherchen vor, die Nina über die zukünftige Ehefrau Dr. Köcks geführt hatte. Sie hatte leider auch herausgefunden, dass die Managerin aus Las Vegas in jüngeren Jahren als Girl in einem Escort-Ring tätig war und sich mit dem Kapital eine entsprechende Ausbildung verschafft hatte, mit der sie dann ins Hotelgewerbe einstieg. Zäh und verbissen hatte sie sich in dieser gnadenlosen Branche bis zur Chefin eines dieser riesigen Kästen hochgearbeitet, wo sie später Dr. Köck, der dort immer wieder gerne abstieg, kennengelernt hatte.
Was mochte Nina um Himmelswillen mit dieser Information angefangen haben? Hatte sie die Sache bereits in Umlauf gebracht, oder wollte sie Köck vielleicht

sogar damit erpressen? Konnte es sein, dass sie sich womöglich ihren eigenen Tod damit erkauft hatte?
Einige Blätter weiter hinten machte er eine Entdeckung, die ihn ehrlich erschütterte. Nina wusste, dass Frigga zu Stetten bei Pfarrer Kaplan gebeichtet hatte und ihre Eltern darüber sehr verärgert gewesen waren. Die Stadtratswitwe Eigner hatte es im Vertrauen durch die Ehefrau Altgrafs zu Stetten, der Tante Friggas, erfahren und es, unter anderem, Nina klatschsüchtig beim Friseur erzählt.
Nina vermerkte unter diesem peniblen Gedächtnisprotokoll in ihrer säuberlichen Schrift mit rotem Filzstift: Was war der Anlass für diese Beichte? Zusammenhang mit dem Maskenball?
Für Bernauer gab es hier nur eine Erklärung:
Frigga hatte den Rat des Pfarrers gesucht, entweder weil sie gezwungen werden sollte einen Schwangerschaftsabbruch vornehmen zu lassen, oder sie hatte, nachdem sich das Problem von selbst löste, gebeichtet, dass sie diesen Abbruch im Bedarfsfall hätte vornehmen lassen.
Jedenfalls war Nina mit ihrer Frage der Wahrheit bereits ziemlich nahe gekommen und hätte sicherlich alles daran gesetzt, die Lösung herauszufinden. Durch den Tod Ninas war wenigstens Frigga diese absolute Gemeinheit erspart geblieben.

Im Laufe des späteren Vormittags kam der Starfriseur Beppo ins Präsidium um seine Aussage zu machen.

„Ich war zwar ein wenig erstaunt", erklärte er, „als mich Nina gebeten hat, sie nach der Veranstaltung zu ihrem Wagen in die Garage zu bringen, da ich sie nicht als furchtsame Person kannte. Nie hätte ich vermutet, dass auch sie so etwas wie Angst, oder zumindest ein ängstliches Gefühl, haben könnte."

„Es musste also etwas für sie bedrohliches im Raum gestanden haben", mutmaßte Bernauer.

„Diese Bedrohung kann aber erst im Laufe des Abends eingetreten sein, denn zu dem Zeitpunkt, an dem Nina im Veranstaltungszentrum eingetroffen ist, waren die vorderen Stellplätze alle noch ziemlich besetzt, aber sie hat dann trotz dieser Tatsache ihren Porsche ganz hinten in der Garage, wo sie sich nach der Veranstaltung plötzlich fürchtete hingehen zu müssen, abgestellt, anstatt ins nächste Parkdeck zu fahren und einen der vorderen Plätze am Lift zu nehmen. Irgendetwas hatte ihr also inzwischen Angst gemacht."

„Aber sie war doch ständig im Blickfeld des Publikums, da wäre doch die geringste unangenehme oder beängstigende Szene sofort aufgefallen?"

„Da war nichts zu bemerken", sagte Beppo bestimmt.

„Auch kein etwas längeres Gespräch mit irgendeiner Person?"

„Nicht dass ich wüsste. Allerdings, es kann natürlich völlig bedeutungslos sein, war Nina zum Schluss, als wir auf sie gewartet haben, in einem etwas geistesabwesenden Zustand. Plötzlich blieb sie stehen, sah suchend zurück in den Veranstaltungsraum und behauptete dann, sie hätte vergessen, was sie eigentlich wollte."

„Etwas merkwürdig", bestätigte Bernauer. „Wissen Sie übrigens, ob Nina privat über eine Garage verfügte?"

„Ich glaube nicht. Wenn ich mich recht erinnere, hatte sie einen Parkplatz an der Privatstraße vor dem Haus, war aber sehr verärgert, dass ihr der Vermieter keine Stellfläche in seiner Garage zur Verfügung stellte."

„Vor dem Haus steht aber kein Wagen", sagte Bernauer.

„Aber wie sollte sie denn sonst heimgekommen sein?" fragte Beppo. „Als ich in den Lift stieg, saß sie ja bereits abfahrtsbereit in ihrem Porsche."

Bernauer überlegte.

„Ist Ihnen irgendjemand bekannt, mit dem Nina derartig im Streit lag, dass er ihr nach dem Leben trachtete? Sie war doch Kundin in Ihrem Salon."

„Oh ja, und sie war überaus präsent." Beppo lachte kurz auf.

„Ihre Animositäten waren breit gefächert und das zog Reiberein am laufenden Band nach sich. Sie war die neidische Eifersucht persönlich, so könnte man es ausdrücken, aber, ob ihr jemand nach dem Leben getrachtet hätte? Ich weiß es wirklich nicht, aber eher, nein. Schließlich erfordert die Verwirklichung eines solchen Planes neben tödlichem Hass auch noch ein gutes Stück Courage."

Er wiegte abschätzend die Schultern.

„Vermutlich auch ein nicht unbeträchtliches Geschick in dunklen Machenschaften."

Als Bernauer nickte, fügte Beppo grinsend an: „Ich persönlich hätte ihr da eher den Schwedentrunk verabreicht."

„Sie meinen die Methode, mit dem Trichter in den Mund?"

„Ja, genau diese", bestätigte Beppo genüsslich, „man hätte ihr die Scheiße, die sie ständig verbreitete, wieder in den Hals zurückstopfen sollen."

„Sehr anschaulich", stellte Bernauer fest.

„Könnte man sagen, aber dort wo ich herkomme, pflegte man die Dinge ganz natürlich zu handhaben und logischerweise auch, sich klar und verständlich auszudrücken."

Bernauer nahm die Fotografie, die man im Abendtäschchen Ninas gefunden hatte, und reichte sie Beppo.

„Kennen Sie diese Frau?"

„Ziemlich verzogen, das Foto", antwortete der Friseur und kniff ein Auge zu, „wer soll das sein?"

„Vermutlich eine Freundin oder Verwandte Ninas."

Beppo schüttelte den Kopf und gab das Bild zurück.

Überlegend pflügte er mit den Fingern durch sein dichtes Haar: „Aber vielleicht könnte der Wagen Ninas die Lösung bringen. Wer sie umgebracht hat, konnte ungehindert damit wegfahren, da sie ja die Schlüssel bei sich hatte. Das würde dann doch mehr nach einem Raubüberfall aussehen."

„Wäre im Moment ein guter Ermittlungsansatz, fragt sich nur, warum sie sich nach der Veranstaltung so merkwürdig benommen hat?"

„Ich sag es ja nicht gerne", konzedierte Beppo, „nur unter diesen Umständen muss ich wohl."

Aber ganz offensichtlich würgte ihn das folgende Zugeständnis doch ganz beträchtlich.

„Kann es nicht sein, dass ich durch den Schock im Nachhinein die Dinge etwas hysterisch gesehen habe? So cool, wie ich scheinen möchte, bin ich dann wohl auch wieder nicht. Sie war schließlich unser Paradiesvogel, wenn auch ein aasfressender."

Nachmittags war dann die Meldung gekommen, dass Ninas Porsche am Tag des Mordes die Garage des Veranstaltungszentrums nicht verlassen hatte, und auch der Grund für dessen Fahruntauglichkeit stand bereits fest. Der Auspuff war mit Weißbrot zugestopft worden.

Einen Tag später meldete sich auch der Fahrer des Taxis, das Nina nach Hause befördert hatte.

„Als ich in der Zeitung gelesen habe, dass eine Frau im goldenen Kleid ermordet worden ist, habe ich sofort gewusst, dass es sich um meine Kundin handelt. Wie schrecklich, eine wirkliche Dame, vom Scheitel bis zur Sohle eine Aristokratin. Und genau so schweigsam und in sich gekehrt."

„Ja", sagte Bernauer erheitert, „das war sie wohl."

Iris und Bernauer hatten sich vor dem abendlichen Bridgeturnier bereits im Cafè, das sich im selben Haus befand, getroffen.

„Weißt Du", sagte Iris, „ich bin fest davon überzeugt, dass die Tat von einem nahen Bekannten Ninas begangen wurde."

„Wieso glaubst Du das?"

Sie schob mit dem Ringfinger der linken Hand gedankenverloren ein übrig gebliebenes Kuchenbrösel auf dem Teller hin und her.

„Sicherlich gibt es auch für Dich keinen Zweifel, dass derjenige, der den Auspuff von Ninas Porsche zugestopft hat, auch die Person ist, die den Mord begangen hat."

Ohne sich seiner Zustimmung zu versichern führte sie weiter aus:

„Außerdem handelt es sich um einen Gast aus dem Event, Personal schließe ich eher aus, denn Semmeln, vermutlich vom Buffet, als Stopfmaterial zu verwenden, spricht für einen spontanen Entschluss. Wer auch immer Nina erschießen wollte, musste doch nur vor ihrem Wohnhaus auf sie warten, wie er es dann wahrscheinlich auch getan hat. Womit sie angefahren kam, spielte doch keine Rolle. Warum also ihr Auto vorher unbrauchbar machen?"

„Bei Deiner Auffassung vom Hergang, eine gute Frage", bestätigte Bernauer.

„Diese Notwendigkeit", sagte Iris", „lässt sich aber ganz einfach erklären. Wenn es nun einer der Gäste aus dem anwesenden Zirkel bei der Veranstaltung gewesen ist, brauchte er, ohne durch eine früheres Verlassen des Events aufzufallen, etwas Zeit um vor Ninas Haus anzukommen, und wie war das am einfachsten zu erreichen?"

Sie grinste und hob bedeutsam den Finger:

„Der Täter blockiert ihren Wagen und bis sie entweder das Fahrzeug wieder flott bekommt oder sich von jemandem fahren lässt, hat er bequem Zeit vorauszufahren und ihr aufzulauern."

Damit konnte sie genau richtig liegen, fand Bernauer, denn ob Nina mit dem eigenen Wagen zu Hause ankam oder abgesetzt wurde, spielte für die Tat an sich keinerlei Rolle, wichtig war nur der Zeitfaktor und da hatte während des Events jeder Gelegenheit gehabt, in die Garage zu fahren und den Wagen zu präparieren.

Aber, sollte auch Nina nur durch ihr unverträgliches Verhalten die Tat herausgefordert haben, so war es für Bernauer trotzdem Gewissheit, dass ihr Tod in einem sicheren Zusammenhang zu den übrigen Morden stand, und zwar mit demselben Täter. Leider ergab sich daraus in hohem Maße die Gefahr, dass das Ausmaß seines Feldzuges noch nicht erschöpft war. Aber vielleicht, wenn überhaupt, konnte das vorliegende Profil durch die Beurteilung eines Psychiaters näher ausgewertet werden.

Bernauer beschloss also, sich noch einmal mit Dr. Lombard zu unterhalten.

„Es ist erschütternd", sagte Lombard, „besonders nämlich unter dem Gesichtspunkt, dass die Möglichkeit einer internen Fehde nun doch nicht mehr weggedacht werden kann."
Ausdruckslos blickte er mindestens eine halbe Minute auf die Wand hinter Bernauer, wobei er sich langsam im Sessel nach hinten bewegte, so dass Bernauer bereits das Kippen des Stuhles befürchtete.
„Woran denken Sie?", fragte Bernauer „es ist doch gar nicht möglich, dass niemandem etwas auffällt, wenn man sich so gut kennt, wie Sie und Ihre Freunde.
Das labile Gleichgewicht Lombards stabilisierte sich wieder.
„Ohne sich über moralische Gesichtspunkte Gedanken zu machen, und unter der Prämisse, dass der Täter eine einzige Person ist, muss er grundsätzlich nicht soweit geistig gestört sein, dass es auffallen würde. Er geht schließlich nicht nur mit Präzision vor, er achtet sogar auf Publikum."
Dann kam die einschränkende Betrachtung.
„Trotzdem darf nicht fix ausgeschlossen werden, dass es sich um mehr als einen Täter handelt. Es würden dies allerdings Menschen mit den gleichen Wertvorstellungen sein."
„Sie denken an verschiedene Rächer mit identen moralischen Grundsätzen, von denen sich jeder einzelne auch zum Henker berufen fühlt?"

„Das wäre zu einfach, zu allgemein, nein, mehrere Täter müssten schon auch eine gemeinsame durchgehende Beziehung haben."

„Kennen Sie diese Frau?", fragte Bernauer übergangslos und legte das Foto aus Ninas Tasche vor ihn auf den Schreibtisch.

Lombard hob die Schultern zu einem halben Achselzucken.

„Nein, nie gesehen", sagte er ruhig, aber das Mitgefühl in seinem Blick, für eine offensichtlich fremde Frau, gab Bernauer zu denken.

Plötzlich richtete Lombard sich auf, hob den Kopf und blickte starr auf Bernauer.

„Verbohren Sie sich aber jetzt nicht zu sehr in meine Theorien, es sind lediglich die Folgerungen eines Arztes und rein hypothetisch gesprochen. Nicht jeder gleich scheinende Sachverhalt muss deswegen auch ins gleiche Profil passen."

„Ich glaube trotzdem, dass Sie mir sehr behilflich waren", sagte Bernauer.

Lombard verabschiedete sich steif und verschwand.

Dr. Lombard, Pfarrer Kranach und der Starfrisur Beppo saßen im Wohnzimmer des Psychiaters beim Single Malt und eben waren wieder riesige Pizzastücke geliefert worden.

Einige Zeit unterhielten sie sich kauend über den Mord an Nina Herbst, dann kamen unweigerlich Vermutungen über den Hintergrund der Mordserie an den Tag.

„Also, ich bin der Meinung, es handelt sich um einen Irren", mutmaßte Beppo. „Du jetzt", malmte er, „als Psychiater, bist Du ganz sicher, dass keiner Deiner Patienten einen verrückten Feldzug gegen Deine Freunde führt?"
„Ich möchte zwar nicht ins Detail gehen", antwortete Lombard, „aber diese Variante würde ich ausschließen."
„Etwas dünn im Ergebnis", meinte Pfarrer Kranach, „auch ein Arzt sollte sich nicht hinter seinen Pflichten verstecken, wenn es um Gefahr für Leib und Leben geht."
Lombard sah ungläubig auf.
„Auch wenn Gott den Sündern im stillen Kämmerlein verzeiht, wie steht es denn dann mit Deinen Kunden, Ron? Würdest Du uns einen potentiellen Mörder aus Deinem Beichtstuhl verraten? "
„Was erwartest Du denn jetzt?", parierte der Pfarrer.
„Jedenfalls nicht Deine ehrliche Antwort, aber ich gehe davon aus", bemerkte Lombard, „dass Du bei einem Verdacht gegen Deine Schäfchen nicht mehr ruhig in unsere Pokerrunde kämst, weil Du womöglich selbst abgemurkst werden könntest."
Er kniff überlegend ein Auge zu.
„Ein allerdings nicht einschätzbarer Risikofaktor bei Dir ist aber, dass in Deinem Kirchenkummerkasten in ers-

ter Linie Reich und Schön zu beichten pflegt und Du daher verschärfte Diskretion auch über das priesterliche Schweigen hinaus walten lassen würdest."
Pfarrer Kranach schüttelte gelassen den Kopf.
„Mein Schweigen erlaubt kein Ansehen der Person, aber, weiß man eigentlich bei der Polizei", fragte er, „dass es noch mehrere bisher nicht genannte Personen gibt, die zwischenzeitlich in unserer Pokerrunde mitspielen? Könnten die Ressentiments nicht auch aus dieser Richtung kommen und war es Zufall, dass Risa der guten Nina, mit der sie doch kaum Kontakt hatte, die Conference für ihren Relaunch übertragen hat? Unwiderleglich für mich ist nämlich, dass die Vorbereitung für den Mord an Nina bereits in der Garage am Veranstaltungsort des Events, wenn möglich nicht sogar schon früher, getroffen wurde."
„Also, wenn ich ängstlich wäre, würde ich Euch beiden jetzt die Freundschaft kündigen", lachte Beppo und griff nach einem weiteren Stück Pizza Margherita, „Ihr seid mir zu fantasiebegabt."
„Deine Fantasie ist mit den Köpfen Deiner Kunden und meiner Pizza ausgereizt, Figaro. Du kleiner, verfressener, liederlicher Kerl."
„Wieso liederlich?", empörte sich Beppo.
„Das fragst Du, mit einem als Friseurbetrieb getarnten Intrigantenstadel", sagte Lombard gelassen, „wieso bringt Dich eigentlich niemand um?"
Beppo lächelte abgeklärt.
„Weil es nur die betuchten Pinkel sind, die sich gegenseitig an die parfümierte Gurgel gehen."

„Und das wagst genau Du bei Deinen Preisen zu sagen, windiger Halsabschneider?"

„Heißen Dank", grinste Beppo amüsiert „aber Haarabschneider trifft schon eher den Kern. Und wenn ich bitten darf, reich mir noch einmal die Pizza herüber, die mit dem Fisch vielleicht."

Fröhlich kauend meinte er dann: „Und übrigens sind meine Rechnungen nicht höher als Deine Honorare."

„Wieder eine lügnerische Behauptung aus Deiner Gerüchteküche", konterte Lombard, denn des Friseurs Preise waren geradezu exorbitant.

Beppo stach mit dem Zeigefinger fröhlich nach ihm.

„Oho, Doktorchen, durch meinen Intrigantenstadel, wie Du ihn nennst, fliegt aber auch so manches Vögelchen und zwitschert gelegentlich über den Unterschied zwischen einem hart arbeitenden Coiffeur, wie ich einer bin, und der privilegierten Schicht wie der Deinen. Alles ziemlich augenfällig."

Er zeigte auf Lombard.

„Wenn Hochwohlgeboren nun doch einmal vom geraden Weg abweicht, kommt der Arzt für Geistesgestörte und stellt gerührt fest, dass das verfolgte vornehme Kerlchen ohnehin ein seelensguter Mensch wäre, dessen Schicksal es nur leider sei, von bösen Menschen fremdgesteuert zu werden."

Lombard schlug ihm schmunzelnd auf die Schulter.

„Der wahre Unterschied hier ist, Figaro, dass mir bei einem Spitzbuben wie Dir, das leider niemand glauben würde."

Beppo lachte meckernd: „Schon möglich, alter Knabe, aber Gift solltest Du darauf auch wieder nicht nehmen."

Dann wandte er sich an Kranach.

„Kommt es aber ganz dick, bleibt noch immer ein Besuch beim Vertreter Gottes auf Erden und schwupp di wupp, bist Du rein und sündenlos, wie ein Baby nach der Taufe."

„Im Unterschied zu Armands Horrorpraxis steht Dir aber mein Beichtstuhl unausgesetzt und kostenlos zur Verfügung", sagte Kranach salbungsvoll einladend.

„Da sei Gott vor", schüttelte sich Beppo, schenkte großzügig Whisky nach und kaute unerschütterlich an einem mit Fisch belegten Stück Pizza.

Dann schluckte er kräftig und dozierte selbstzufrieden: „Beim Friseur bekennt, ganz im Gegensatz wie bei Euch Trantüten nämlich, jeder Besucher ohne Skrupel seine Sünden und niemand kritisiert ihn oder will sie ihm abgewöhnen. Mit der Bezahlung der Rechnung ist er automatisch auch freigesprochen."

Er leckte sich genussvoll die Finger.

„Warum also sollte man einen Freudenspender wie mich umbringen?"

„Damit er endlich die Klappe hält."

Da Risa Walther bereits vor einer halben Stunde eingetroffen sein sollte, beschloss man jetzt, das Spiel vorerst zu dritt zu beginnen.

Beppo räumte eilig die restliche Pizza und die Getränke auf den Beistelltisch, Kranach leerte die Aschenbecher und Lombard holte die Spielutensilien.

Sie hatten jedoch kaum Platz genommen, als es heftig an der Tür klingelte.

„Albert", sagte Lombard, als er den Linzer Steuerberater erkannte, „Du heute schon in Salzburg? Komm herein, wir beginnen gerade mit dem Spiel."

„Wow", lachte Kellner, „die drei Musketiere, traulich vereint in Armands kuscheligem kleinen Salon."

„Mit Dir sind wir ja schon zu viert, aber wenn Risa, die längst da sein müsste, kommt, wird es schon weit weniger kuschelig sein."

„Unpünktlichkeit, dein Name ist Weib", sagte Kellner, „für ein Stück Pizza tausche ich alle Weiber dieser Welt ein."

„Verkaufe Dein Seelenheil in Gegenwart eines Papstanwärters nicht für Pizza oder ein Linsengericht", spottete Beppo, „hier tropft es nur so von Tugend und Moral."

Der Linzer bediente sich ungerührt vom Beistelltisch, stützte sich dann auf die Armlehnen und bemerkte mokant zu Beppo: „Dann werden wir zwei armen Sünder jetzt zusammenhalten und vorsichtig sein müssen, denn ob Dich ein Pfaffe oder der Klapsdoktor an den Eiern hat, im Arsch bist Du allemal."

Die Türglocke schellte wieder und nun traf Risa mit Jakob, einem Journalisten, der gelegentlich ebenfalls in der Pokerrunde spielte, ein.

„Entschuldigt die Verspätung", sagte sie, „ich musste Jakob erst glaubhaft machen, dass wir trotz allem ungefährliche Leutchen sind. Etwas Leben gehört einfach wieder in die Bude."

Während der ersten Spielpause folgte Risa Dr. Armand in die Küche.

„Weißt Du, dass die Braut von Dr. Köck einen Selbstmordversuch mit Schlafmitteln unternommen hat?", flüsterte sie.

„Ja, natürlich, aber wie kommst Du dazu?"

„Jakob hat es mir gesagt und es ist zu befürchten, dass es morgen in zumindest einer Zeitung steht."

„Und er, woher weiß er es?"

„Ron besuchte die Frau im Spital, vermutlich um ihr geistlichen Beistand zu leisten und außerdem hatte sich ja Nina schon fest in die Fersen der Unglücklichen verbissen. Anscheinend war aber auch das Personal des Krankenhauses geschwätzig."

Dr. Armand überlegte:

„Dann hat also Jakob heute Dich kontaktiert und nicht umgekehrt?"

„So ist es, eigentlich wollte er ja über Nina sprechen und kam unter den gegebenen Umständen zu mir."

„Ich wusste gar nicht, dass Du mit Nina so vertraut warst, erst als sie für Dein Fest die Conference machte, fiel es mir auf."

„Nein, nein. Wir standen uns bestimmt nicht nahe, Jakob hat sie mir empfohlen. Er sagte, er hätte mit ihr die besten Erfahrungen auf diesem Gebiet gemacht. Also

habe ich einer bereits engagierten Schauspielerin abgesagt und Nina genommen. Sie ist doch wirklich recht
gut angekommen?"

„Unzweifelhaft. Du hast sie also auf seine Empfehlung
hin engagiert, gut! Aber was glaubt er denn noch von
Dir zu hören?"

Sie blickte ihn zweifelnd an.

„Er hat es mir erst jetzt gesagt, dass Nina ihm eine gute Geschichte versprochen hat, wenn er sie dafür bei
meinem Event unterbringen würde. Offensichtlich spi-
onierte sie schon damals hinter Köcks zukünftiger Frau
her. Bis jetzt dürfte Jakob allerdings noch nicht erfahren haben, dass Nina diese gute Geschichte bereits
vorher beim Friseur ausgeplaudert hat."

„Und Du?"

„Ich habe überhaupt dazu geschwiegen."

„Aber trotzdem hofft er jetzt, von Dir etwas mehr zu
erfahren."

„Der Gedanke liegt nahe."

Lombard lehnte sich gegen den Türrahmen.

„Diese Frau ist übrigens gestern gestorben."

„Oh Gott", sagte Risa, „wie schrecklich."

Sie überlegte einen Moment und meinte dann:

„In diesem Fall sollten wir allerdings nicht vor Jakob
darüber sprechen, sofern wir nicht ernstlich riskieren
wollen, dass morgen eine gnadenlose Aufdeckung die
Titelseite seiner Zeitung schmückt."

„Das darf unter keinen Umständen passieren", stellte
Dr. Lombard kategorisch fest, „ich danke Dir."

„Also, wissen Sie, Bernauer", bemerkte Hofrat Sass-
mann, „um es milieugerecht auszudrücken, man kennt
ja den Spruch von der Faszination des Talons, aber
was Sie da so herauszaubern ist erschreckend."
„Ja", antwortete Bernauer, „diesmal kein strahlendes
Ass, sondern eine verblichene Dame."
„Soweit ich unterrichtet bin, war sie wenigstens nie-
mandes Herzdame."
„Nina? Um Gottes Willen, nein, eher eine Königin der
Nacht. Fatalerweise wurde sie aber nicht verjagt, son-
dern erschossen."
„Eine Berufsrevolutionärin wurde erschossen, die .."
Bernauer unterbrach ihn:
„Nicht Revolutionärin, eine Terroristin."
„Na, ja gut, sie soll bösartig gewesen sein. Das ist
zwar wieder eine ganz andere Sache, war aber viel-
leicht doch ein Grund für den Mörder, erneut zuzu-
schlagen."
Unvermutet streifte Hofrat Sassmann ein philosophi-
scher Hauch: „Die Vielfältigkeit seiner Motive ist leider
das Unverständliche im Menschen", stellte er fest.
„Vielleicht doch nicht ganz so unverständlich, da jedes
Motiv irgendwie menschlich ist, sogar das unmenschliche", beharrte Bernauer auf seiner eigenen Vorstellung.

Risa Walther war der Vorladung ins Präsidium gefolgt und hatte auf dem Stuhl neben Bernauers Schreibtisch, den vor kurzer Zeit noch Nina belegte, Platz genommen. Für Bernauer ein eigentümliches Bild.

Während Nina in divenhaftem Verhalten, gespannt wie eine Feder, verharrt hatte, saß Risa elegant, aber völlig entspannt neben ihm.

„Ich fürchte", meinte sie, „ich kann Ihren Erwartungen nicht entsprechen, da ich bei meiner Veranstaltung viel zu beschäftigt gewesen bin, um auf irgend etwas anderes zu achten."

„Das ist verständlich", gab Bernauer zu, „aber Sie dürften mit Frau Herbst näher bekannt gewesen sein.

Risa Walther überlegte kurz.

„So würde ich das nicht sehen", meinte sie. „Tatsächlich haben wir zusammen Karten gespielt, aber privaten Kontakt außerhalb der Pokerrunde hatten wir nicht. Ich wusste auch nichts über sie, außer den Geschichten die sie selbst in die Welt setzte und demnach müsste sie international beschäftigt gewesen sein."

„Las Vegas zum Beispiel?", schlug Bernauer vor.

„Ja, Las Vegas, auch. Aber ich kann mir gut vorstellen, dass Ihnen dieser Teil aus Ninas Biografie aus dem Bridgeclub ohnehin bekannt ist. Deswegen dürfte sie wohl niemand umgebracht haben."

„Nein", stimmte er zu, „das sicherlich nicht."

Er kniff leicht die Augen zu.

„Nur leider hat die Spurensicherung, auf deren Ergebnisse wir angewiesen sind, mit Opfern aus ihrer Poker-

runde so erdrückend viel zu tun, dass man deren Vorleben nicht so schnell ausloten kann."
Risa Walther überlegte und nahm den Faden wieder
auf.

„Dass ich Nina für meine Vorstellung engagiert habe,
hatte einen anderen Hintergrund. Der Anstoß kam von
Jakob Berner, einem Journalisten, mit dem ich seit
längerer Zeit gelegentlich zusammenarbeite. Eine
Hand wäscht die andere, Sie verstehen?"
Bernauer nickte.

„Also, ich hatte bereits eine Schauspielerin für die Präsentation meiner Show vorgesehen, als mir Berner
den Tipp gab, dass Nina die weitaus bessere Wahl
wäre. Er hätte sie des Öfteren schon als Kommentato-
rin gesehen und ihre Präsenz wäre absolute Spitze.
Da habe ich umdisponiert und Nina engagiert. Inzwischen weiß ich jedoch, dass Nina dem Berner exklusiv
eine Riesengeschichte versprochen hat, wenn er ihr
dafür den Auftritt bei meinem Relaunch verschaffen
würde. Wie Sie aber sicher bestätigen werden, bin ich
von ihr nicht enttäuscht worden"
Wieder nickte Bernauer.

„Haben Sie eine Ahnung worin diese Riesengeschich-
te bestanden hätte?"
„Na, ja."
Sie zögerte kurz.

„Es muss nicht so gewesen sein, man sollte nur, denke ich, diese Möglichkeit nicht von vorneherein ausschließen."
Wieder zögerte sie.

„Man darf überhaupt nichts ausschließen", bestätigte Bernauer.

Risa Walther zog ihre Unterlippe leicht durch die Zähne und schmunzelte ironisch.

„Außerdem, die Beweislast liegt ohnehin bei der Polizei."

„Wir werden alles durchsieben, darauf können Sie sich verlassen."

„Vor einigen Wochen hat Nina dem Journalisten Berner eine brisante Geschichte über die Braut Dr. Köcks in Aussicht gestellt, wenn er es fertigbringt, dass ich sie für mein Event engagiere. Wie ich aber gehört habe, ist auch im Bridgeclub bekannt, dass sich Köck verheiraten wollte."

„Ja, leider."

„Fatalerweise", fuhr sie fort, „hat er in Ninas Anwesenheit erzählt, dass seine Frau als Managerin in Las Vegas beschäftigt war, wo Köck sie auch kennengelernt hat. Daraufhin hat Nina alle Hebel in Bewegung gesetzt und herausgefunden, dass sich die zukünftige Frau Köck in der Jugend als Escort-Girl betätigt hat. So exklusiv wäre die Story für Berner allerdings nicht geworden, denn Nina hat bereits beim Friseur mit ihrem Wissen angegeben, und zwar so arg, dass es bereits auf Umwegen auch Dr. Köck erfahren hat, was vermutlich zum Selbstmord der Frau geführt hat. Jedenfalls hat Nina sich dann zusätzlich an die bedauernswerte Frau gehängt und wusste dadurch sehr bald über deren Selbstmordversuch Bescheid.

Diese Story hat sie dann Berner als Belohnung für seine Vermittlung mitgeteilt. Nur, durch den Tod Ninas ist er nicht mehr an die Beweise herangekommen, also hat er mich kontaktiert. Bis dahin wusste ich zwar nicht mehr als er, aber, jetzt habe ich von Dr. Lombard erfahren, dass die Braut Dr. Köcks den Selbstmordversuch nicht überlebt hat, aber davon wiederum wissen außer Dr. Köck nur Lombard und ich. Wir halten es aber auch weiterhin geheim, um kein Medienmaterial zu liefern."

Dies war allerdings eine Riesengeschichte auch für Bernauer, aber Nina hatte offensichtlich selbst dafür gesorgt, dass sie nicht mehr die Möglichkeit bekam, sie auch auszukosten.
„Kennen Sie diese junge Frau?", fragte Bernauer und schob ihr das Bild aus Ninas Tasche zu.
Sie betrachtete es eingehend.
„Kein gutes Bild, aber nie gesehen", sagte sie überzeugt.

Während Bernauer sich damit beschäftigte, den Papierberg aus kleineren und größeren Zetteln, auf denen er immer wieder kleine Notizen und Hinweise vermerkt hatte, zu ordnen, klingelte das Diensttelefon.
„Der Mann will seinen Namen nicht sagen, aber er behauptet, im Fall Nina Herbst eine Information zu haben", wurde ihm gemeldet.
„Stellen Sie durch."

„Bernauer."

„Sind Sie zuständig, wenn ich etwas über das Bild der Frau weiß, das man herumgezeigt hat?"

„Ja, bin ich. Mit wem spreche ich?

„Mein Name tut nichts zur Sache."

„Warum darf ich Ihren Namen nicht wissen?"

Bernauer befürchtete, dass der Anrufer bereits aufgelegt hatte, aber nach einigen Sekunden fragte die Stimme: „Wollen Sie, oder wollen Sie nicht?"

„Wer ist die Frau?"

„Die junge Evelyn Grabner, Braut von Dr. Köck."

Dann war die Leitung tot.

Nun war es für Bernauer höchste Zeit, sich auch mit Dr. Köck zu beschäftigen, denn im Zusammenhang mit dem merkwürdigen anonymen Anruf klang die Erzählung Risa Walthers absolut realistisch. Außerdem hatte Nina das unvorteilhafte Foto bei ihrem Tod in der Handtasche gehabt und Köck war auch schon mehrere Wochen im Bridgeclub nicht mehr gesehen worden.

Konsul Köck erschien eine Stunde später im Präsidium und Bernauer sprach ihm sein Beileid zu dem herben Verlust aus. Obwohl er nach einer Reaktion auf dem Gesicht Köcks gesucht hatte, nahm er keine wahr.

„Es hat sich also bereits herumgesprochen?", fragte der Konsul.

Bernauer nickte und sagte beruhigend:

„Dass es sich letztlich um einen Todesfall handelt, wissen bisher nur Dr. Lombard, Risa Walther und ich. Von unserer Seite her wird es auch dabei bleiben."
Dr. Köck nickte.
„Du kennst den Grund?", fragte er.
„Ich kenne ihn nicht näher", sagte Bernauer zögernd, „aber ist es vielleicht so, dass eine längst vergangene, anscheinend überbewertete Angelegenheit der Anlass gewesen sein soll?"
Als Köck nicht antwortete sagte Bernauer: „Aber das kann doch kein Grund sein, das Leben einfach wegzuwerfen."
„Für Evelyn war es der Zusammenbruch der ganzen Welt, die sie sich mühevoll geschaffen hatte."

„Möchtest Du Kaffee?", fragte Bernauer.
Köck nickte jetzt sichtlich dankbar und während Bernauer die Maschine bediente hatte sich Köck entschlossen weiter zu sprechen.
„Inzwischen weiß ich Bescheid. Evelyn wurde in Vegas achtzehnjährig von ihrem Manager geschwängert und dann sitzen gelassen."
Er zog die Stirn in Falten.
„Zu ihren Eltern, die in dem kleinen Nest Bunkerville leben, zurückzugehen, hätte für sie eine Katastrophe bedeutet und in dem knapp zweitausend Seelen zählenden Kaff hätte sie gerade einmal Hohn und Spott geerntet.
Also hielt sie den Schein der Karriere im Showbusiness aufrecht. Die Betreuung des Kindes übernahm

eine farbige alleinstehende Nachbarin und Evelyn tat, wofür sie das meiste Geld bekam, sie arbeitete in einem Escort Service. Sorgsam legte sie jeden Cent für eine solide Ausbildung beiseite. Als die Eltern durch Zufall Kenntnis von der Existenz ihres Enkelkindes erfuhren, bestanden sie darauf, den Jungen ab dem Schulanfang zu sich zu nehmen, da das Showgeschäft der Entwicklung eines Kindes nur abträglich sein könne.

Durch ihre Sparsamkeit, den enormen Fleiß und ihren Ehrgeiz ging Karriere Evelyns steil nach oben und so ergab es sich, dass ich sie später als Managerin meines Hotels in Vegas kennen lernte."

Er beugte sich vor um seinen Worten Nachdruck zu verleihen.

„Die Wahrheit kam auch für mich erst jetzt ans Tageslicht, aber wie Du siehst, hat derjenige, der den alten Kram ausgegraben und öffentlich gemacht hat, ihr Leben vernichtet und meines weitgehend ruiniert."

„Soweit ich informiert bin, dürfte es Nina Herbst gewesen sein."

Köck holte pfeifend Luft.

„Das habe ich zwar nicht gewusst, aber befürchtet."

„Gab es für dieses Debakel möglicherweise einen bestimmten Hintergrund? Nina muss sich doch enorme Umstände mit den Recherchen gemacht haben."

Köck nahm einen Schluck Kaffee um seine Verlegenheit zu überspielen.

„Wir hatten vor Jahren eine kurze Affäre. Ich habe es aber abgelehnt, sie zu heiraten."

Bernauer durchfuhr ein kalter Schauer.

„Welche unglaubliche Bosheit des Schicksals", dachte er, „wenn ein Mann haargenau eine Frau wie Nina herausfordert."

„Trotzdem", sagte er bedauernd, „die Sache ist doch längst Vergangenheit, vielleicht ein wenig unangenehm, ja, aber um Himmels Willen kein Grund sich aufzugeben. Ihr hattet doch noch so schöne gemeinsame Jahre vor Euch."

Als ihn Köck nun ansah, waren seine Augen erkaltet.

„Eine Ehe wäre unter diesen Umständen natürlich nicht mehr möglich gewesen", sagte er, „zumindest nicht in nächster Zeit, denn in meiner Position habe ich Rücksichten zu nehmen. Stell Dir bitte diesen Skandal vor, die Gesellschaft hätte Evelyn gnadenlos geschnitten. Also haben wir vereinbart, den Kontakt vorübergehend einzustellen bis Gras über die Sache gewachsen wäre."

„Dann ist die arme Seele jetzt das zweite Mal in ihrem Leben über einen miesen Kerl gestolpert", dachte Bernauer.

„Das hat sich ja dann jetzt wohl erübrigt", sagte er knapp und schob das Bild Evelyns zu Köck hinüber.

„War das Evelyn?", fragte er.

„Ja", antwortete Köck und nickte sichtlich unangenehm berührt.

Unter der Tür wandte er sich noch einen Augenblick um.

„Kann ich damit rechnen, dass die Polizei die Angelegenheit diskret behandelt?“
„Das kannst Du“, antwortete Bernauer ärgerlich.

Iris betrachtete sich ein letzte Mal prüfend im Spiegel, griff dann nach ihrem Handtäschchen und versicherte sich rasch, dass sie auch die Eintrittskarten dabei hatte. Es handelte sich übrigens um ein Geschenk Hofrat Sassmanns, der das Stück im Rahmen eines Jahresabonnements gebucht hatte, an diesem Abend jedoch nicht abkömmlich war.
Besonders freute sich Iris auf diesen Besuch im Landestheater, weil das Ballet Chanté, „Die sieben Todsünden“ von Kurt Weill, zu dem Bertolt Brecht den Text geschrieben hatte, so selten aufgeführt wurde.
Joschi hatte ihr zudem versichert, er würde gerne mitkommen und sie glaubte ihm ausnahmsweise, da sie sicher war, dass er sich bei der Musik im amerikanischen Stil der Zwanzigerjahre gut unterhalten würde.
Die kleinbürgerliche Doppelmoral in der Gesellschaft, von der das Stück lebte, kannte er außerdem zweifellos und bestens aus der Realität seines Berufes, denn sie war unausrottbar und damit Bernauers ständige Begleitung.
Außerdem würde Hofrat Sassmann bei Bernauer garantiert nachfragen, wie ihm denn die Aufführung gefallen hätte.

Da Bernauer diesmal bemerkenswert früh gekommen war um sie abzuholen, hatten sie noch Zeit für ein Glas Prosecco im Foyer.

„Es geht mir nicht aus dem Kopf", meinte Iris, „hat sich in der Mordsache Nina schon irgend etwas ergeben?"

Er stellte einen Fuß auf die Strebe zwischen den Beinen des Hockers an der Bar.

„Ich erzähle es Dir später."

„Ist es so schlimm?"

„Darum geht es nicht, ich möchte nur noch ein wenig Abstand gewinnen, bevor ich mich der Vorstellung widme", sagte er beiläufig.

„Entschuldige", brach Iris ab, „das habe ich jetzt nicht bedacht."

Der Vorhang ging auf und das erste Bild zeigte einen kleinstädtischen Raum, in dem einige Personen nörgelnd auf ein junges Mädchen einredeten.

Die Sicht zur Bühne war ausgezeichnet und beinahe augenblicklich nahm Bernauer und Iris das Leben und die Leiden der jungen Anna, die sich für die Familie aufopfert und durch diese, sowie ihre unmenschliche Umwelt, aber bereits zerbrochen war, gefangen. Die deutliche schizophrene Aufspaltung der Protagonistin in zwei sichtbare Personen, vollzog sich auf der Bühne und damit vor den Augen der schaudernden Zuschauer in Form einer beißenden Satire mit scharfer Kapitalismuskritik. Dass dabei immer deutlicher die Leidensstationen des Mädchens und seiner imaginären Doppelgängerin in Form der sieben biblischen Todsünden hervorgehoben wurden, machte besonders Bernauer betroffen.

Auch die erzwungene siebenjährige Reise Annas durch Nordamerika, insbesondere aber, dass ihr die Familie gemeinerweise ständig Faulheit vorwirft, stimmten ihn merkwürdig nachdenklich.

Iris konnte sich auch nach Ende des Stückes seinem Bann noch nicht entziehen und Bernauer wurde das Gefühl nicht los, auf irgendetwas gestoßen worden zu sein.

Noch war es aber nicht die Zeit um nach Hause zu gehen und so beschlossen sie, wiederum die Bar mit dem blauen Tukan aufzusuchen.

„Großartige Aufführung", sagte Iris, „aber ich hatte ständig einen undeutlichen Gedanken im Hinterkopf. Das Gefühl lässt mich einfach nicht los, es müsste alles auch irgendwie mit Nina zu tun haben.

„Gewisse Parallelen gibt es da, leider, ziemlich unerfreuliche allerdings."

„Was kann denn noch unerfreulicher sein, als das bereits Geschehene?"

Er zögerte etwas.

„Nina hat auch in der Vergangenheit herumspioniert."

Er dämpfte die Stimme.

„Sie hat in der Vergangenheit der Braut Timo Köcks herumgewühlt und war nun dabei, ihre erschnüffelten Weisheiten mit Hilfe des Journalisten Jakob Berner großartig hinauszuposaunen. Timo hat daraufhin die Hochzeit abgesagt und die Bedauernswerte stand vor den Trümmern ihres Lebens, schließlich hatte sie der Heirat wegen in Las Vegas bereits alle Zelte abgebrochen."

„Wieso sagst Du stand?"

„Weil sie eine Überdosis Schlafmittel geschluckt und dies nicht überlebt hat."

Iris schnappte erschrocken nach Luft.

„Das kann doch nicht sein."

Bernauer nickte bestätigend.

„Doch", sagte er, „sie war voller Zuversicht und glaubte an ein spätes Glück zu zweit mit einem respektablen Mann, jedoch dank Ninas Aktivitäten war sie als Frau eines Konsuls nicht mehr geeignet."

„Aber wieso denn? Ist sie mit dem Gesetz in Konflikt geraten?"

„Nein, ist sie nicht, aber das Geschwätz hätte lediglich spießbürgerliche Bösartigkeiten heraufbeschworen."

Als Iris dann genauer erfuhr, wie sich die Dinge tatsächlich abgespielt hatten, brach sich ihre Frustration über solche Gemeinheiten rigoros freie Bahn.

„Glattzüngige Schleimer", sagte sie verächtlich, „und Gratulation zu dem ehrenwerten Herrn Konsul. Moralische Werte gibt es scheinbar überhaupt nicht mehr, denn was hier geschehen ist, war kein Malheur, sondern ein Verbrechen."

Sie unterzog den Barkeeper, der, erschrocken durch ihren Ausbruch, dazu übergegangen war still und unauffällig einen weiteren Drink zuzubereiten, einer starren Musterung.

„Dinge", fuhr sie fort, „die den Menschen nicht in den Kram passen, sind heute lediglich diplomatische Zwischenfälle, die man sofort ausmerzt, sogar wenn ein Mensch dabei auf der Strecke bleibt."

Bedächtig bohrte sie den Strohhalm ihres Drinks in die Orangenscheibe und meinte dann nach einem Blick auf Bernauer nachdenklich:

„Es ist wahrhaftig unglaublich, dass Du noch so gut drauf bist, wo Du doch pausenlos diese schrecklichen Dinge miterleben musst."

„Das ist schnell erklärt", sagte er und schnitt eine schicksalsergebene Grimasse, „das Gehirn hat einen Schalter und wenn es ihm zu viel wird, knipst es aus."

Dass sein eigenes Gehirn diesen Schalter so gut wie nie fand, behielt er für sich. Stattdessen nahm er noch einen Schluck Whisky.

„Möchtest Du etwas essen?", fragte er.

„Eine Kleinigkeit vielleicht, was gibt es denn um diese Zeit noch?"

Nach einem Blick auf die Snacks in der Karte bestellten sie Roastbeef mit sauce tatare und getoasteten Weißbrotscheiben.

„Und, wie hat Ihnen das Stück gefallen?", fragte der Kellner, als er das Bestellte servierte und grinste Iris tapfer an.

„Das arme Mädchen, ich könnte mir allerdings gut vorstellen", sagte sie, „dass das Bühnendrama mit seiner herben Gesellschaftskritik zur Zeit der Machtergreifung Hitlers nicht eben der große Renner war."

„Nicht umsonst hat Brecht einen Tag nach dem Reichstagsbrand Berlin in Richtung Prag verlassen, noch bevor seine Bücher verboten wurden", meinte Bernauer.

Das Lachen des Barkeepers erinnerte an scheppernde Kieselsteine in einer Keksdose:

„Alles hat seine Zeit", sagte er und wischte mit einem Tuch über den Tresen, „wenig später ist dann ‚Mein Kampf' auf dem Index gelandet, nur Hitler schaffte es nicht mehr bis ins Exil.

Iris nickte knapp und grinste.

„Einen gewissen Nutzen haben wir Frauen wenigstens aus dieser Zeit gezogen, nämlich, dass Hitler die Mitarbeit der Frauen so dringend brauchte, wie einen Bissen Brot. Bis dahin mussten sich Frauen von einem Mann doch alles bieten lassen, da es für sie keine vernünftige Arbeit gab, durch die sie nach einer Trennung von Tisch und Bett, ohne zivile Ehe gab es ja nicht einmal eine Scheidung, leben konnten. Soferne sie nämlich überhaupt geheiratet worden waren und nicht lebenslang unter der Knute des Vaters standen. Wie auch immer, eine Frau ohne Mann stellte bis dahin nichts als ein peinliches gesellschaftliches Übel dar."

Iris hatte sich warmgeredet.

„Wenn man dazu noch bedenkt, dass weibliche Wesen bis heute sogar in der Oper meist lediglich durch Harfe und Holzbläser symbolisiert werden!"

Der Barkeeper grinste schief.

Aber Iris schloss ihre Anklage gegen die Vorrechte der Männer nicht kampflos.

„Und trotzdem ist es auf dem kapitalistischen Markt heute noch Usus, dass der Mann für seine Arbeit bezahlt wird, während man von der Frau erwartet, dass sie eine ganze Menge umsonst tut."

Bernauer grinste maliziös: „Natürlich werden die Guten nicht für ihre Beschränktheit bezahlt."

Die beiden Männer tauschten einen amüsierten Blick, aber Iris schniefte empört: „Ich kann nicht glauben, was ich da eben gehört habe."

„Wie man sich bettet, so liegt man", beharrte Bernauer, „Salome ließ den Mann einfach köpfen, der sie verschmäht hat. Offensichtlich war sie emanzipiert genug."

„Deshalb bin ich ja auch nicht, wie hier vermutlich erwartet wird, am Boden zerstört", antwortete Iris zufrieden, „dies ist nämlich das Ende einer Geschichte, wie es mir gefällt."

„Nina gefiel es leider auch", dachte Bernauer, schwieg aber, um Iris nicht den Abend zu verderben.

Dr. Köck war zwar nicht geköpft worden, hatte aber, wie Johannes in der Bibel, die Rache Ninas zu spüren bekommen.

Bernauer war dabei aus dem Büro zu gehen, aber die Unentschlossenheit war ihm deutlich anzusehen. Sollte er Hofrat Sassmann aufsuchen? Vor allem, was wollte er ihm sagen?

Dass er glaubte, einen so winzigen Faden gefunden zu haben, dass dieser von einem Realisten nicht einmal mit der Lupe wahrgenommen werden würde?
Er schloss die Tür wieder und kehrte an seinen Schreibtisch zurück.
Die ganze Nacht hatte er sein Gedächtnis bis in jeden kleinsten Winkel durchforstet, aber jedes Mal, wenn ihn im Hundertstel einer Sekunde eine elektrisierende Erkenntnis durchzuckte, verschwand sie mindestens ebenfalls so blitzartig im Dunkel wieder.

Er nahm also wieder Platz. Welchen Weg sollte er einschlagen, um durch ruhiges methodisches Aufarbeiten der Fakten vielleicht doch noch seiner unterschwelligen Empfindung für die Lösung an den Tag zu verhelfen?
Bernauer entschloss sich, manuell zu beginnen.
Er legte nebeneinander fünf Blätter vor sich auf den Schreibtisch, versah sie mit dem Namen des jeweiligen Opfers und begann methodisch zum Vergleich in waagrechten Zeilen ein Stichwortprotokoll für jeden der Mordfälle anzulegen.
Nach Namen und Todesart trug er auch den Charakter des Opfers ein, und darunter, was es sich möglicherweise zuschulden hatte kommen lassen, um von jemandem tödlich gehasst zu werden.
Die letzte Zeile versah er mit dem eventuell in Frage kommenden Täter.

Bei Nina fielen ihm die Beschreibung und die Beweggründe nicht sehr schwer. Sie bespitzelte jedermann, war sozusagen beinahe gelb und vor Neid zerfressen gewesen, hatte, uneinsichtig für ihre eigene Unzulänglichkeit, jeden, mit dem sie zu tun hatte, sogar um eingebildete Erfolge beneidet und absichtlich zerstörerisch agiert.

Das stärkste Motiv hatte möglicherweise Konsul Köck im Hinblick auf den Rufmord an der Frau, die er heiraten wollte.

Didi Moosbrugger hatte mindestens ein Mädchen vergewaltigt und wer weiß wie viele andere missbraucht. Hauptverdächtig schien bisher Lothar zu Stetten zu sein, der vielleicht Rache für die Vergewaltigung seiner Tochter nahm.

Ernie Sacher, überlegte er, war ein Lebemann gewesen, der auf Kosten seiner Tante vorzüglich gelebt hatte, Kokain geschnupft und verschiedenen Andeutungen nach auch gedealt haben sollte. Womöglich hatte er dabei Schäden bei jungen Menschen angerichtet, die einen Rächer auf den Plan gerufen hatten. Wenn es sich um Rauschgift handelte, war das Feld ziemlich groß. Explizit konnte Bernauer niemanden benennen und auch keinen Anlassfall.

Altgraf Walter zu Stetten war ein übler Geizhals gewesen, der alles und jeden ausgenutzt hatte. Eine besonders schlimme Sache hatte er sich in Bezug auf die alte Frau geleistet, der er das Grundstück zu einem Schandpreis abgeluchst hatte und sie dann vertragsbrüchig mit ihrem Wohnwagen von dort vertreiben wollte.

Konnte die geschädigte Frau in der Lage gewesen sein, den Altgrafen zu erschießen? Vermutlich nicht. Konnte Walter zu Stetten Dr. Lombard womöglich um ein getürktes Gutachten irgendwie erpresst haben? „Ziemlich unwahrscheinlich", vermerkte Bernauer.

Stadtrat Anton Eigner, ein Mann, ausgefüllt von Apathie und Paranoia, unzufrieden mit sich selbst und dem Leben, klagte die ganze Welt an. Sogar erfüllte Wünsche enttäuschten ihn und was er in seiner Position hätte tun müssen, tat er nicht. Sein Leben war eine einzige Aneinanderreihung von Versäumnissen, zu jeder Aktivität unfähig.

Was aber konnte ein plötzlicher Auslöser für seine Ermordung gewesen sein? Sein hinterhältiger Versuch, Dr. Lombard zu einem Gefälligkeitsgutachten zu überreden?

Auch dies wurde von Bernauer als unwahrscheinlich beurteilt.

Nirgendwo lag also ein auslösendes Ereignis für den Mord vor, außer vielleicht bei Nina, die den Tod von Konsul Köcks Braut verursacht hatte, oder bei Didi Moosbrugger, die Vergewaltigung. Und sogar hier passte alles nicht so richtig.

Bernauer reckte gähnend die Arme und lockerte nachdenklich seinen Schultergürtel.
Leicht abwesend stand er auf und machte sich daran, die Espressomaschine in Gang zu setzen. Erst als das rasselnde Mahlwerk seine Tätigkeit beendet hatte, nahm er auch das Schrillen des Telefons wahr.
Erst verstand er kein Wort, da genau jetzt die Maschine zu brummen und blitzartig aus zwei dezent verborgenen Düsen ihren flüssigen Inhalt zu speien begann. Leider hatte er die Schale in der Eile noch nicht richtig darunter platziert, sodass die Hälfte des Kaffees im Gitter der Halterung verschwand.
Hofrat Sassmann, sagte die Sekretärin, ließe sich erkundigen, ob Bernauer Zeit habe, jetzt bei ihm vorbeizuschauen?

Was sollte diese höfliche Verpackung? War es eine deutliche Anspielung auf die vertane Zeit bei mangelnden Ermittlungserfolgen, oder noch schlimmer, sollte er womöglich wieder ein Mal einem honorigen Beschwerdeführer entgegenkommen?

„Nehmen Sie doch Platz, Bernauer", sagte Sassmann und wies auf den enervierend niedrigen Lederfauteuil seiner Sitzgarnitur „ich habe Sie hoffentlich nicht gar zu sehr gestört."
Bernauer wiegte den Kopf.
„Sie meinen, wenn man so viele Tranchen in Händen hat wie ich?"

„Ich weiß, ich weiß", antwortete Sassmann friedfertig, „aber die Story macht seit Tagen Schlagzeilen."

„Wir reden über die Herbst?"

Sassmann nickte.

„Es dürfte mit hineinspielen."

„Das war nicht zu verhindern", gab Bernauer zurück, „sie selbst hat praktisch schon zu Lebzeiten für ihren Tod Reklame betrieben."

„Sie hat was?", Hofrat Sassmann blinzelte verständnislos.

„Sie hat einem Journalisten als Gegenleistung für ein Engagement, das er ihr verschaffen sollte, eine tolle Story versprochen. Als er dies geschafft hatte, bekam er von ihr sozusagen den ersten Teil des Artikels, nämlich das interessante Vorleben und den Selbstmordversuch einer illustren Dame, geliefert. Die Ursache der Verzweiflungstat sowie den Urheber der Tragödie kannte der Journalist Berner damals noch nicht. Auch dass die Frau nicht überlebte, ist zur Zeit niemandem außer Dr. Lombard, Risa Walther, Dr. Köck und mir bekannt."

„Und genau darum geht es, Bernauer", rückte Sassmann langsam damit heraus, „Konsul Köck ist nämlich in seiner Trauer jetzt auch noch zusätzlich damit belastet, dass womöglich die geliebte Verstorbene unfairer Weise mit verlogenem Dreck beworfen wird, man blickt ja auch überhaupt nicht mehr durch."

Hofrat Sassmann verharrte in leutseliger Pose.

„Kurz und gut, es wäre wesentlich menschlicher, den tieferen Sinn dieses Todesfalles nicht bekannt zu machen. Das finden Sie doch auch, nicht wahr?"

„Ich glaube, wir brauchen uns mit weiteren Erklärungen nicht aufzuhalten", antwortete Bernauer und fragte sich im Stillen, ob der Hofrat über diese Doppelzüngigkeit verärgert oder lediglich zufrieden war.

Nachdenklich ging er wieder an seinen Schreibtisch zurück. War womöglich soeben im Mordfall Nina Herbst ein ernst zu nehmender Täter in der Person Konsul Köcks aufgetaucht?

Aber leider, genau genommen gab es nicht einen Tatverdächtigen, der in mehr als einem einzigen Fall ein Motiv hatte.

Diese Überlegung mochte unter normalen Umständen absolut richtig sein, grübelte er weiter, nur, wie hatte Dr. Lombard erst kürzlich gesagt?

„Es muss sich bei dem Mörder nicht um einen Menschen handeln, der grundsätzlich geistig gestört ist."

Wenn ihn Bernauer also richtig interpretierte, hatte Lombard durchaus für möglich gehalten, dass es sich in allen Fällen um ein und dieselbe Person handelte, die keinen gemeinsamen Anlass brauchte, sondern lediglich einer gewissen Linie folgte.

Aber was wäre hier diese Linie, der direkte Zusammenhang, aus dem der Täter mordete?

Plötzlich stieg ein vager Verdacht in ihm auf und er wusste plötzlich, was ihn so versteckt und quälend irritiert hatte.

Ungeduldig schlug er auf die Maus seines Computers, und gab bei Google ‚die sieben Todsünden' ein. Umgehend erschienen Hochmut, Zorn, Trägheit, Völlerei, Geiz, Wollust und Neid auf dem Schirm.

Nahm man vergleichsweise die Charakterschwächen von Stadtrat Toni Eigner, Didi Moosbrugger, Ernie Sacher, Altgraf zu Stetten und Nina Herbst her, so konnten sie jedenfalls unter Trägheit, Wollust, Völlerei, Geiz und Neid eingestuft werden.

Jetzt wurde ihm auch klar, woher sein unbestimmbares Gefühl nach dem Besuch des satirischen Balletts von den sieben Todsünden gekommen war. Ähnliches musste auch Iris empfunden haben.

Bernauer schauderte. Wenn es nämlich tatsächlich einen Verrückten gab, der dieser These folgte, so war zu befürchten, dass er womöglich noch zwei weitere Morde verüben würde. Vorausgesetzt natürlich, es gab noch zwei potenzielle Anwärter, die er mit den Eigenschaften Stolz und Zorn identifizierte.

Dafür war aber der Umfang der in Frage kommenden Opfer schon einigermaßen überschaubar, zumindest was den harten Kern der Runde betraf. Nicht auszuschließen war allerdings, dass auch der Täter darunter zu finden war, aber es konnte natürlich auch ein Sonderling aus dem Umfeld zielstrebig seinen Glaubenskrieg führen.

Jedenfalls rückten jetzt die Spieler Dr. Armand Lombard, Pfarrer Ron Kranach, Beppo Möller und Risa Walther in den Gefahrenkreis. Eventuell kam auch noch der Journalist Jakob Berner in Betracht, da er ja oftmals die Runde vervollständigte.

Aber wer von ihnen kam speziell als Symbolfigur für Stolz und Zorn in Betracht?

Und wer wusste über die sieben Todsünden besser Bescheid als Pfarrer Kranach?

Andererseits, hatte ihn nicht Dr. Lombard bei Gelegenheit gefragt, ob ihm die sieben Todsünden bekannt wären? Wenn er sich recht erinnerte, hatte er selbst darauf geantwortet, er würde eine ganze Reihe mehr davon kennen.

Bei Dr. Lombard kam außerdem erschwerend hinzu, dass sich der Arzt oft ziemlich merkwürdig verhielt und offensichtlich auch an Gedächtnislücken litt.

Hier fiel Bernauer die Entscheidung schwer. War eher Dr. Lombard oder Pfarrer Kranach der Mordverdächtigere? Andererseits wieder konnten sogar alle beide auch als Opfer in Frage kommen.

Wo allerdings Risa Walther, Beppo Möller und Jakob Berner standen, war er sich völlig im Unklaren, denn sie zeigten weder Merkmale der Kategorie Täter, noch der eines Opfers oder Frömmlers.

Wenn er sie schon beurteilen musste, fielen sie in die graue Zone der Teilnahmslosen, deren Interessen sich lediglich auf ihre Geschäfte bezogen.

Konsul Köck käme bestenfalls für den Mord an Nina in Betracht, doch dies würde dann eher für die beinahe unvorstellbare Theorie von Einzeltäterschaften sprechen.

Vernichtend für Bernauer war jedoch der Gedanke, dass er sich womöglich im Irrtum befand, Tatmotive und Täter gänzlich anders gelagert waren und ein undefinierbarer Mörder seine Serie fortsetzen würde.
Letzten Endes war er aber doch gezwungen, die Entscheidung zu treffen, wie es nun weitergehen sollte.

Dass jeder der fünf Morde von einem einzelnen Täter verübt worden war, schied für ihn trotz aller Vorbehalte aus.
Aus dem Blickwinkel, es handle sich um einen einzigen Täter, war jedenfalls davon auszugehen, dass man es mit einem Psychopathen zu tun hatte. Diese Möglichkeit war insofern brandgefährlich, da solche Menschen irrational zu handeln pflegten und es beinahe unmöglich war, sich in ihre Sichtweise hineinzuversetzen.
Je länger Bernauer sich aber mit dem Thema der Todsünden befasste, umso mehr verdichtete sich sein Verdacht, dass er damit das generelle Motiv des Täters gefunden hatte.
Vielleicht beließ dieser es ja auch bereits bei fünf der sieben Todsünden, aber was war, wenn er seinen Wahn noch bis zur siebten ausleben wollte?

Ziemlich erschöpft und gefangen von der Verantwortung wusste er doch, dass er Hofrat Sassmann hier nicht konsultieren konnte.

Es gab, außer Iris natürlich, niemanden, dem er, ohne für verrückt gehalten zu werden, diese Theorie auftischen konnte, also lag die Entscheidung und deren Folgen einzig und allein bei ihm.

Bernauer ließ sich die Vorkommnisse noch einmal gründlich durch den Kopf gehen und beschloss dann, zuerst mit Dr. Lombard zu sprechen.
Er verzichtete auf eine Anmeldung und ließ sich kurz entschlossen zur Villa des Arztes bringen.
Zu seiner Verwunderung wurde ihm die Gartentür von Beppo Mölzer geöffnet.
„Major Bernauer", sagte er verwundert, „waren Sie mit Armand verabredet?"
„Nein", antwortete Bernauer, „ich war nur eben in der Nähe und da ich mit Dr. Lombard einiges zu besprechen habe, wollte ich ihm den Weg ins Präsidium ersparen. Spielen Sie Karten?"
Beppo schüttelte den Kopf.
„Das trifft sich jetzt leider schlecht", sagte er, „er fühlt sich nämlich überhaupt nicht wohl. Aber kommen Sie herein."

Dr. Lombard saß bleich auf der Couch im Wohnzimmer und hielt einen Cognac-Schwenker in der Hand.
Matt winkte er Bernauer mit einer Geste in den Raum, richtete sich etwas auf und streckte ihm die Hand entgegen.
„Entschuldigen Sie, wenn ich nicht aufstehe, ich hatte eben einen leichten Schwächeanfall."

„Leicht war er weiß Gott nicht", warf Beppo ein, „mich hast Du ganz schön erschreckt."

„Nehmen Sie doch Platz", sagte Lombard und wies auf einen Fauteuil, „darf ich Ihnen einen Cognac anbieten?"

„Vielen Dank", lehnte Bernauer ab, „ich bin im Dienst."

„Kaffee?"

„Das wäre sehr freundlich."

„Beppo verschwand in der Küche."

„Ich habe gehört, ich komme ungelegen", meinte Bernauer, „wir können das Gespräch aber gerne verschieben."

„Nicht nötig."

Lombard nahm einen anständigen Schluck aus seinem Schwenker.

„Es geht mir schon wesentlich besser. Beppo hat mich sozusagen wieder einmal gerettet."

„Was ist geschehen?", fragte Bernauer.

„Wir haben miteinander telefoniert", erklärte Lombard und fuhr sich etwas verkrampft über den Nacken.

„Dabei hat mich eine leichte Übelkeit überkommen."

„Nein", protestierte Beppo der mit dem Kaffee zurückkam, „es war einer Deiner Ausfälle und diesmal war er eher stärker als sonst."

Lombard grinste geniert.

„Ja", sagte er, „mir wurde schwarz vor Augen und anscheinend bin ich irgendwie ausgerutscht ..."

„Nein", protestierte Beppo wiederum, „Du hast plötzlich nicht mehr geantwortet und konntest Dich auch, als ich gekommen bin, nicht mehr auf den Beinen halten. Was ist mit Deinem Medikament?"

Lombard nahm noch einen Schluck und entzog sich damit einer Antwort, worauf sich Beppo unüberhörbar empörte:

„Glaubst Du allen Ernstes, ich lasse alles liegen und stehen, nur um Dich zu schaukeln, wenn das Ganze nicht höchst besorgniserregend geklungen hätte?"

„Du hast natürlich Recht", bestätigte der Lombard, „diesmal ging es mir gar nicht gut."

„Wie wäre es, wenn Sie bei Gelegenheit einen Arzt aufsuchen würden?" fragte Bernauer schmunzelnd.

„Danke, Ich brauche noch keine Sterbehilfe."

Lombard sah nun wieder etwas besser aus.

„Kommst Du denn zurecht, wenn ich Dich jetzt mit Dr. Bernauer zurücklasse?", fragte Beppo, „in Kürze erscheinen in meinem Salon nämlich zwei Damen, die persönlich von mir bedient werden wollen."

„Aber natürlich. Ich danke Dir Beppo."

„Was ist es, das Ihnen so zu schaffen macht?" fragte Bernauer, „falls man das fragen darf."

„Aber natürlich dürfen Sie", Lombard zeigte auf ein Fläschchen mit brauner Flüssigkeit, „Blutzucker und Durchblutungsstörungen, manchmal mehr, manchmal weniger, aber", er zeigte auf seinen Kopf, „da kann es schon mal schlimm werden. Deshalb setze ich mich nur mehr ungern und ganz selten ans Steuer."

„Ich möchte Sie aber jetzt nicht überfordern."

„Tun Sie auch nicht, ich bin sehr wohl wieder Herr meiner Sinne, also legen Sie los", lachte Lombard. Wenn Bernauer auch Psychiatrie und Psychologie als Wissenschaften immer sehr suspekt erschienen waren, so wusste er jetzt instinktiv, dass er Dr. Lombard nicht an der Nase würde herumführen können. Also beschloss er die Karten weitgehend offen zu legen.

„Dr. Lombard", sagte er, „ich weiß nicht, ob Sie sich daran erinnern, dass sie mir vor einiger Zeit im Spaß sagten, Ihre Klientel sei in sämtlichen der sieben Todsünden vertreten, zumindest jedenfalls in deren abgeschwächter Form."

„An den Anlass entsinne ich mich jetzt nicht, aber die Behauptung stammt eindeutig von mir. Ich pflege es gerne so zu formulieren."

Voller Gleichmut zog er die Augenbrauen hoch und schon, bevor er sich noch weiter äußerte, erkannte Bernauer, dass Lombard seine Taktik voraussah.

„Sie werden sich doch jetzt nicht auf dem psychologischen Kriegspfad befinden, Major? Oder suchen Sie nach einem Tatmotiv der anderen Art?" spöttelte er.

„Ich werde ja förmlich dazu gedrängt."

„Aber Sie fürchten, dann für verrückt gehalten zu werden?"

„So könnte man es ausdrücken."

„Vollkommen sicher wird man Sie dann für verrückt halten, da haben Sie Recht. Aber, es wäre sicherlich gefährlicher, würden Sie die Abscheulichkeiten der menschlichen Verirrungen deswegen außer Acht lassen."

Er griff wieder nach der Cognacflasche und nahm dazu aus der kleinen offenen Bar neben der Couch eine Flasche Single Malt und einen Tumbler. Ohne zu fragen, schenkte er ein und schob Bernauer das Glas hin.

„Den hatten Sie doch auch bei Risas Event getrunken", grinste er, „wenn nötig, schaue ich zur Seite."

Beobachtungsgabe und Gedächtnis des Psychiaters, zusammen mit der Art sein Gegenüber zu durchschauen, beeindruckten Bernauer sichtlich, schärften aber zugleich auch seine Vorsicht.

Wieder begann Lombard zu sprechen.

„Wenn ich das richtig sehe, fragen Sie sich, ob eine gewisse, auf den christlichen Werten basierende ideologische Geisteshaltung, einen Menschen tatsächlich dazu bringen könnte, seiner Meinung nach Zuwiderhandelnde der sieben Todsünden auszumerzen?"

„So ist es", bestätigte Bernauer, „doch dieser Mensch könnte abseits seiner psychopathischen Vorstellung im täglichen Leben durchaus vernünftig sein, sagten Sie damals."

Lombard hatte sich jetzt völlig entkrampft, stand auf und öffnete das Fenster.

„Das ist grundsätzlich richtig", sagte er, „denn jeder Mensch braucht eine feste Anschauung. Selbst ein Psychiater", fügte er an, „die Frage ist lediglich, wer dann sein Leben bestimmt, der Mensch selbst oder seine Anschauung?"

„Also kann er jenseits einer derartigen Störung ein ganz normales, moralisches Leben führen?", versicherte sich Bernauer nochmals.

„Natürlich, denn die Bedeutung jener Glaubenssätze liegt nur auf deren hypnotischer Wirkung, durch die er dann seinen Fanatismus umzusetzen versucht, aber davon muss seine normale Lebensführung nicht berührt werden."

Dr. Lombard spreizte die Finger seiner beiden Hände gegeneinander. Hatte er, als Bernauer ankam, eher den Eindruck eines ungemachten Bettes vermittelt, so war er jetzt vollkommen konzentriert und jeder Zoll eine kultivierte Persönlichkeit.

„Dann lassen Sie uns zur Sache kommen", sagte der Arzt. „Sie sind also der Ansicht, dass in unseren Mordfällen der Täter nach dem Prinzip vorgeht, denjenigen zu bestrafen, der gegen eine der sieben Todsünden verstößt?"

Bernauer nickte.

„Das befürchte ich."

„Dann muss es dazu aber immer einen fallrelevanten Auslöser geben. Fünf Elemente haben Sie bereits abgehakt, welche beiden sind noch übrig?"

„Es bleiben, wenn meine Zuordnung richtig sein sollte, noch Stolz und Zorn übrig."

„Und es geht jetzt um den Schutz zweier Personen mit diesen Eigenschaften", stellte Lombard sachlich fest.

Bernauer nickte.

„Das wird allerdings schwierig werden", bemerkte der Arzt, „da es sich um Eigenschaften handelt, von denen wir alle einigermaßen behaftet sind, zumindest von Hochmut vielleicht. Aber zornig? Ich weiß nicht recht. Am ehesten käme noch Pfarrer Kranach in Frage. Nicht dass er sich betont zornig geben würde, normalerweise ist er die Nachsicht in Person, nur wird er immer wieder zur Zielscheibe lästernder Religionsgegner und muss eine Menge Dinge hinnehmen, die normalerweise auch bei anderen Menschen Aggressionen auslösen könnten. Aber, unterdrückte Aggressionen führen zu Hass und Bitterkeit, vergiften in der Folge die Beziehungen zu anderen Menschen, wie eine Schlange, die Gift in die Seele träufelt, und fördern zornige Stimmungen.

Wie weit Kranach vielleicht als zornig zu bezeichnen ist, kann ich nicht beurteilen, besonders aufgefallen wäre es mir nicht. Aber, wenn schon eine Person aus unserem Kreis in Betracht käme, so wäre der Pfarrer für mich der Schutzwürdigste."

„Und die Möglichkeit, dass Pfarrer Kranachs Persönlichkeit vielleicht gespalten ist und er als Mörder in Frage käme, schließen Sie völlig aus?"

Dr. Lombard lächelte beinahe nachsichtig: „Ausgeschlossen", sagte er, „natürlich missbilligt er die Verstöße gegen die Gebote des christlichen Glaubens, aber sogar wenn er noch so sehr einer bigotten Einstellung verhaftet wäre, spricht alles gegen ihn als Täter. Erstens erfordert diese ausgeklügelte Art des Mordens auch ein enormes Maß an heimtückischer Intelligenz und bereits dies entspricht seinem Charakter in keiner Weise und zweitens ist er sehr auf Publikum und Wirkung bedacht. Was er tut, muss bedeutsam sein, bestmögliche Aufmerksamkeit erregen und vor allem sofort ihm selbst zuordenbar sein. Warum sollte er also Dinge tun, deren er sich nicht rühmen könnte? Nein, da liegen Sie völlig falsch."

Daraufhin genehmigte sich Bernauer nun doch einen Zug aus seinem Whiskyglas und nahm auch die Einladung zu einer zweiten Tasse Kaffee an.
Dann verließ er den Psychiater, der nun sichtlich wieder bei Kräften war.

Im Wagen überlegte Bernauer kurz und ließ sich dann zum Pfarrhof Kranachs chauffieren, denn die Beurteilung der Sache durch Dr. Lombard hatte ihn irgendwie aufgescheucht.
Leider traf er aber nur die Sekretärin des Pfarrers an, denn Kranach war zu einer Verabredung mit einem jungen Brautpaar, mit dem noch die Zeremonie der Trauung für nächsten Tag zu besprechen war, unterwegs.
„Das wird sicher etwas länger dauern", stellte Bernauer fest, „aber es ist auch nicht so wichtig, vermutlich treffe ich ihn ohnehin heute am Abend im Club."
Die Frau nickte und lächelte.
„Ja, so eine Besprechung braucht natürlich ihre Zeit und gerade heute fragen alle nach dem Pfarrer, aber kann ich ihm vielleicht etwas ausrichten?"

„Das wäre wirklich nett", sagte Bernauer und schob ihr seine Karte zu, „er möge mich bitte anrufen."
Sie warf einen Blick darauf und sah in interessiert an.
„Sehr gerne, Dr. Bernauer, Sie können sich darauf verlassen. Kann ich sonst noch etwas für Sie tun?"
„Eigentlich war's das schon", sagte Bernauer, „vielen Dank."

„Wenn die Dinge also so liegen", sagte Iris, als sie und Bernauer vor dem abendlichen Bridgeturnier im Cafè unter dem Spiellokal noch eine Kleinigkeit zu sich nahmen, „ist zu befürchten, dass sowohl Dr. Lombard als auch der Pfarrer gleichermaßen in Gefahr sind, sofern ein Wahnsinniger zu den sieben Todsünden ein komplettes Exempel statuieren möchte. Aber was könnte bei Hochmut und Zorn plötzlich ein derartig massives Vorkommnis sein, dass man einen Menschen dafür umbringt? Ich meine, was wäre der Auslöser? So ein Ereignis müsste doch überaus drastisch an die Öffentlichkeit getreten sein und wäre sicher bemerkt und selbstverständlich auch besprochen worden."
„Es gibt dazu meines Wissens keinen einzigen passenden Vorfall", stellte Bernauer fest, „also könnte es sich dabei nur um persönliche, rein dogmatische Rechthaberei handeln, aber da käme dann wiederum in erster Linie ein Geistlicher als Täter in Frage."
Beide schwiegen nachdenklich.

„Warten wir ab", sagte Bernauer, „Kranach hat mich zwar noch nicht zurückgerufen, aber sicherlich erscheint er gleich zum Bridgeturnier, dann werden wir weitersehen."

Noch ehe Bernauer die Rechnung bezahlen konnte, klingelte sein Handy.

Der Anruf kam von der Sekretärin aus dem Pfarrhaus Kranachs.

„Augenblick", sagte er, legte zwanzig Euro auf das Tischchen und eilte aus dem Lokal.

„Dr. Bernauer", verhaspelte sich die Sekretärin des Pfarrers beinahe, „es muss etwas geschehen sein, Vater Kranach ist nicht nur nicht zur Abendandacht erschienen, sondern auch die Verabredung mit dem Brautpaar hat er nicht eingehalten. Was soll ich tun?"

Bernauer überlegte.

„Könnte er vielleicht sonst irgendwo die Zeit übersehen haben?"

Er spürte aber selbst, wie unsinnig das klang.

„Nein, das ist nicht möglich, spätestens wenn er wusste, dass er die Abendandacht nicht hätte halten können, würde er angerufen haben, also wird er dazu nicht in der Lage gewesen sein. Es muss ihm etwas passiert sein."

„War er zu Fuß unterwegs?"

„Sein Wagen steht jedenfalls in der Garage."

„Und wann haben Sie den Pfarrer zuletzt gesehen?"

„So ungefähr zwei Stunden, bevor Sie heute gekommen sind. Er saß im Büro, erklärte mir, er hätte noch eine Erledigung zu machen und würde anschließend das Brautpaar aufsuchen. Ich weiß nicht, wann er dann weggegangen ist, aber bei den jungen Leuten ist er nie angekommen."

„Und was er vorher noch erledigen wollte, wissen Sie nicht?"

„Nein. Leider, nein."

Nun wurde es für Bernauer bereits höchste Zeit zum Bridgeturnier hinaufzugehen.

„Eigentlich erwarte ich ihn ohnehin in Kürze hier im Bridgeclub", sagte er daher, „dann wird sich sicher alles klären, kann ich Sie dann noch erreichen?"

„Glauben Sie wirklich, dass er kommt?"

„Ja sicherlich, denn er ist verabredet. Beruhigen Sie sich, es wird eine vernünftige Erklärung geben."

„Bitte, geben Sie mir Bescheid."

Kranach erschien aber nicht zum Turnier und auch seinem Partner hatte er nicht abgesagt.

Iris sah forschend auf Bernauer.

„Könntest Du Dir vorstellen, dass Ron absichtlich verschwunden ist?", fragte Bernauer.

„Du meinst er sei aus gutem Grund abgehauen?" meinte Iris.

„Das wäre eine Möglichkeit."

„Könnte dann Dr. Lombard jetzt nicht auch in Gefahr sein?"

„Es ist nicht auszuschließen."

Auch als Bernauer während eines Tischwechsels die Pfarrsekretärin anrief, war Kranach dort weder aufgetaucht, noch hatte er sich telefonisch gemeldet.
Was immer auch geschehen war, Bernauer musste Dr. Lombard einweihen, aber so oft er auch dessen Handynummer anrief, der Psychiater war nicht erreichbar. Auch eine Funkstreife, die er zum Haus des Arztes beorderte, hatte keinen Erfolg. Es herrschte völlige Dunkelheit und auch auf anhaltendes Betätigen der Türklingel kam keine Reaktion.

Um sieben Uhr Früh klingelte Bernauers Handy. Instinktiv dachte er sofort an Hofrat Sassmann, denn nur dieser rief erbost so früh an, um ihm vorwurfsvoll eine schlechte Nachricht zu präsentieren, nachdem er selbst damit belästigt worden war.
Diese Nummer war ihm aber unbekannt und er wollte den Anruf bereits wegdrücken, als ihm einfiel, dass es die Nummer der Pfarrsekretärin sein konnte. Und so war es dann auch.
„Dr. Bernauer, Pfarrer Kranach, es ist schrecklich", sie schnappte hörbar nach Luft.
„Ich höre", sagte er, „bitte jetzt ganz ruhig, was ist mit Pfarrer Kranach?"
„Er ist tot", stieß sie hervor, „er sitzt im Beichtstuhl und ist tot."
„Wieso ist er tot, was ist geschehen?"
„Wir glauben, er wurde erschossen."
„Wer ist wir?"

„Die beiden Frauen, die ehrenamtlich die Gesangsbücher auflegen, die Blumen betreuen und dafür sorgen, dass zur Messe alles in Ordnung ist, und ich natürlich, denn sie haben mich sofort geholt."

„Wohnen Sie im Pfarrhof?"

„Nein, aber gleich nebenan."

„Wieso wurde er im Beichtstuhl gefunden? Wollte so früh schon jemand beichten?

„Nein, aber manchmal bleibt etwas drinnen liegen, der Sitzpolster liegt schief oder das Bänkchen ist umgekippt. Darauf muss geachtet werden."

„Hat außer Ihnen und den beiden Frauen schon jemand die Kirche betreten?"

„Nein."

„Dann verschließen Sie jetzt rasch das Tor, bis in Kürze die Polizei eintrifft."

„Aber Sie, sind nicht Sie zuständig für ..", sie zögerte einen Augenblick, „eine solche Sache?"

Offensichtlich konnte sie das Wort Mord nicht über die Lippen bringen.

„Auch ich werde kommen", versprach er.

Bernauer gab seiner Abteilung die Anweisung, die nötigen Schritte zu unternehmen und machte sich fertig, um möglichst rasch an den Tatort zu kommen. Das wichtigste war wie immer der erste Eindruck und die unbeeinflussten Aussagen der Zeugen.

Er verzichtete daher darauf, sich, wie sonst, nass zu rasieren und schnitt eine Grimasse in den Spiegel, während der Krach des Rasierapparates, zusammen mit dem der Kaffeemaschine, seine Konzentration empfindlich störte. Immer wenn er glaubte, es könnte nicht schlimmer kommen, kam es auch schon schlimmer.

Hatte er gehofft, Dr. Lombard warnen zu können, um einen weiteren Mord zu verhindern, so wurde der Pfarrer, der als Täter vielleicht in Frage gekommen wäre, selbst ermordet. Hatte Nina seinerzeit womöglich Recht gehabt, als sie sagte, der Schuss hätte dem Pfarrer gegolten und nicht dem Steuerberater aus Linz?

Als Bernauer die Kirche betrat, rollten eben zwei Sanitäter unter dem gleichgültigen Blick des Gerichtsmediziners eine Trage mit dem Toten ins Kirchenschiff und die Spurensicherung nahm sich den leeren Beichtstuhl vor.

Bernauer betrachtete im Inneren des kunstvoll verzierten religiösen Möbelstücks das unversehrte Gitter mit dem Rideau davor.

„Er ist im Beichtstuhl gesessen?"

Der Gerichtsmediziner zuckte die Schultern.

„Aber ja, er saß im Beichtstuhl, nur wurde er erst nach dem Mord dorthin transportiert."

„Konnte er nicht selbst hineingeflüchtet sein?"

Der Pathologe grinste: „Würden die Toten zu wandeln beginnen, müssten wir die Särge mit Lebenden füllen."

„Ein grausiger Gedanke. Ist es also irgendwo im Kirchenraum geschehen?"

Der Mediziner sah zu den gotischen Verstrebungen empor, nickte knapp und sagte schicksalsergeben:

„Ja, hier muss es gewesen sein. Näher mein Gott zu Dir."

„Das hoffe ich für ihn, aber vorher kommst noch Du ins Spiel", bemerkte Bernauer, „lässt sich die Tatzeit schon begrenzen?"

Die Rüge kam postwendend.

„Was hetzt Du mich dauernd?", maulte der Pathologe, „statt es nur den Leichen recht zu machen, könntest Du auch etwas Rücksicht auf mich nehmen."

Ärgerlich folgte er den Sanitätern zum Wagen.

„Fünfzehn Stunden wird es schon her sein", knurrte er.

Dr. Lombard wurde blass.

„Sie haben also meinem Rat keinerlei Bedeutung beigemessen?"

„Doch", sagte Bernauer, „ich habe sofort versucht den Pfarrer zu erreichen, ich fürchte nur, dass er zu diesem Zeitpunkt schon nicht mehr am Leben war."

„Das könnte richtig sein", überlegte Lombard, „als ich ihn angerufen habe, konnte ich ihn auch nicht erreichen. Aber ich habe ihm auf das Handy gesprochen."

„Darf ich fragen, worum es da ging?"

„Ja, sicher. Ich hatte eine unwesentliche, private Sache mit ihm zu besprechen und wollte selbst vorbeikommen. Da mir aber meine Gesundheit wieder zu schaffen machte, habe ich über seine Mobilbox telefonisch vorgeschlagen, das Treffen auf nächsten Tag zu verschieben."

„Und haben nichts mehr von ihm gehört?"
„Nein, nichts."

Als Dr. Lombard seine Aussage beendet hatte, sah
sich Bernauer in die überaus gefährliche Lage versetzt, eine Entscheidung treffen zu müssen, die aber
den Tod eines weiteren Menschen verhindern oder
herbeiführen konnte.
Da der Pfarrer nun ebenfalls Opfer eines offensichtlich
gestörten Täters geworden war, rückte Dr. Lombard
bedrohlich aus dem bloßen Dunstkreis in den Mittelpunkt der Morde. War es also klug, ihn jetzt zu fragen,
wieso er am Abend des Tages, an dem Kranach ermordet worden war, nicht erreichbar gewesen war?

Obwohl Bernauer inzwischen keinen Zweifel mehr
hegte, dass er sich auf der richtigen Fährte befand,
wusste er doch, dass er aufgrund seines Verdachts,
der Mörder würde nach einer religiös moralischen Fik-
tion handeln, sicherlich die Ermächtigung, Dr. Lombard
in Untersuchungshaft zu nehmen, nicht bekommen
würde. Weder zu seinem eigenen Schutz, noch wegen
des Verdachts, er habe womöglich die nicht enträtsel-
ten Verbrechen begangen, war eine diesbezügliche
Verfügung durchzusetzen, nichts änderte die Situation.

Unter dem Druck der Ereignisse entschloss Bernauer
sich nun doch dazu, Hofrat Sassmann mit seiner Theorie bekannt zu machen.

Sassmann hatte aufmerksamer zugehört, als Bernauer erwartet hatte.

„Wissen Sie", sagte er, „wie sich die Geschichte anhört?"

„Ziemlich unglaublich?"

„Nicht unbedingt, aber man gewinnt in erster Linie den Eindruck, Sie hätten das Libretto zu einer fantastischen Oper geschrieben. Allerdings gebe ich Ihnen Recht, kein Jurist würde daraufhin auch nur einen Finger rühren, geschweige denn, Sie unterstützen."

Forschend sah er Bernauer ins Gesicht.

„Der Psychiater scheint aus meiner Sicht mit ziemlicher Sicherheit zumindest verwickelt in die Sache zu sein. Könnten Sie sich vorstellen, dass er, als gestörte Persönlichkeit, womöglich alle Dinge richtig beurteilt, aber dabei nicht weiß, dass er selbst der Täter ist, um den es sich handelt und dass womöglich Gefahr im Verzug besteht, sollte der Mann nicht festgenommen werden?"

Das sah Bernauer inzwischen sogar für sehr wahrscheinlich an.

„Ich halte alles für möglich und gefährlich, aber mir sind die Hände gebunden."

„Bernauer" entschloss sich der Hofrat, „ich kann noch keine feste Zusage machen, aber ich garantiere Ihnen, voll hinter Ihnen zu stehen, weil ich, ganz gegen meine Natur, Ihre imaginär scheinende Auffassung nachvollziehen kann. Sie stellt die einzig Möglichkeit für ein krankes Gehirn dar, um eine derartig wahnsinnige Ungeheuerlichkeit in die Realität zu verwandeln."

Inzwischen hatte der Gerichtsmediziner die Obduktion abgeschlossen.

„Der Pfarrer kann sich nach dem Schuss also definitiv nicht mehr selbst bewegt haben?", fragte Bernauer.

Dies tat der Gerichtsmediziner mit einem Kopfschütten ab.

„Wie ich schon gesagt habe, er muss ziemlich rasch nach seinem Tod in den Beichtstuhl hineinbefördert worden sein, also war seine Sitzhaltung auch ganz natürlich. Ein exakter Schuss, sonst nichts. Das ganze muss sehr schnell vor sich gegangen sein und es gibt keinerlei Anzeichen für Gewalt oder Abwehr."

Sichtlich bemüht das Fluidum zu veranschaulichen, setzte er an: „Es war ziemlich warm und muffig in der Beichtzelle, aber es roch nicht nach Angst, wenn Du verstehst, was ich sagen will."

„Ist mir schon klar. Und die Todeszeit?"

„Mindestens fünfzehn Stunden bevor er gefunden wurde."

Der Pathologe rang sich ein trockenes Lachen ab.

„Die Gemeinde scheint wohl ziemlich unbußfertig zu sein, wenn man ihn nicht früher entdeckt hat."

Er trat ans Waschbecken und drückte vorher seine Zigarette sorgsam in der Erde einer mickrigen Topfpflanze aus.

Die Tatsache, dass ein Priester in der Kirche umgebracht worden war, erregte die Öffentlichkeit in noch weitaus höherem Maße, als die ungelösten Morde zuvor und Bernauer sah sich plötzlich von Reportern und Presse belagert, beinahe hatte er das Gefühl, sie hätten ihn selbst gerne vor den Richterstuhl geschleift. Aber was sollte er tun, diesmal hatte der Mörder, abweichend von seiner sonstigen Gepflogenheit, dafür gesorgt, dass die Leiche erst am nächsten Tag gefunden worden war, wodurch Spuren noch schwerer verfolgt werden konnten und die Tat zu einem weiteren ungelösten Rätsel wurde.

„Betont einfühlsam, Dein Mörder", bemerkte Iris sarkastisch, als sie abends in ihrem Lieblingscafé in der Getreidegasse saßen, „er sorgt sogar dafür, dass Du die richtige Atmosphäre zur Verfügung hast. Eine Kirche gibt natürlich auch für das Publikum eine Menge her."
„Die Moral des Kerls hat entweder die Tiefe eines Teelöffels und es geht um nicht erkennbare materielle Werte, oder er ist wirklich verrückt", knurrte er ausweichend, „aber merkwürdigerweise verliert er nie die Kontrolle."
Bernauer verspürte keine Lust mehr, mit Iris auch noch die psychologischen Betrachtungen, die Dr. Lombard geäußert hatte, zu diskutieren.
„Ich würde beides nicht ausschließen", meinte sie und sah ihn interessiert an.
„Weißt Du übrigens, woran laut Medienberichten der Täter dieser Mordstory leidet?"
Bernauer zuckte die Achseln.

„Keine Ahnung.“

„Am Beichtstuhlsyndrom.“

„Grundgütiger! Was für ein Unsinn.“

Dies oder ähnliches hatte ihm gerade noch gefehlt, nur ein einziger Mord war in der Kirche geschehen, nachweislich nicht einmal im Beichtstuhl, aber mit einer zündelnden Bezeichnung wurden sofort alle Vorkommnisse in einen Topf geworfen.

„Journalisten besitzen bei Gott nicht die Gabe des Schweigens“, schmunzelte Iris, „und sie haben alle dichterische Fähigkeiten. Vielleicht findet schon bald Dein Name im Zusammenhang mit dem Beichtstuhlsyndrom sogar einen fixen Platz in der Kriminalgeschichte, mit Sigmund Freud auf Schulterhöhe, sozusagen.“

Aber Bernauer fand diese Schilderung nicht besonders witzig.

„Zum Totlachen“, sagte er, „Journalisten sind Geier und Aasfresser und wenn sie betrunken sind, halten sie sich sogar für Literaten.“

„Ich nenne das dann eher einen poetischen Akt von Missverhältnis und Wirklichkeit.“

Dabei lächelte Iris mild in ihre Kaffeetasse.

„Na, Bernauer, konnten Sie den Schleier schon etwas lüften?“, fragte Hofrat Sassmann, als er mit ihm am Eingang des Präsidiums zusammentraf.

Bernauer sah ihn überrascht an.

„Den Schleier vor dem Gitter des Beichtstuhls, meinte ich", erklärte Sassmann launig.

„Das nicht, Hofrat, aber kennen Sie das Beichtstuhlsyndrom?"

„Noch nie gehört."

„Dann haben Sie offensichtlich die Zeitungen noch nicht gelesen. Unser Mörder soll nämlich, nach Ansicht der Medien, an diesem Beichtstuhlsyndrom leiden."

Sassmann lächelte.

„Sicher eine progressive Erkenntnis der Medizin", sagte er süffisant, „in diesem Zusammenhang könnte Ihr Name in der Kriminalpsychiatrie unsterblich werden."

Der Druck auf Bernauer stieg kontinuierlich, denn es war zu befürchten, dass der Täter unmittelbar davor stand, einen weiteren, siebten Mord zu begehen und jede weitere Verzögerung spielte ihm dabei in die Hände.

Wie war Dr. Lombard jetzt einzustufen? Kam er als Mörder in Betracht oder als potentielles, weiteres Opfer und was war mit dem Rest der Pokerrunde?

Mit freundlichen Worten kam man leider nicht weiter, aber andererseits gab es keine juristische Rechtfertigung für eine schärfere Vorgangsweise.

Dazu kam noch, dass der Cousin des Pfarrers, der Steuerberater aus Linz, intensiv zu intervenieren begann. Als alleiniger leiblicher Verwandter hatte er die Angelegenheiten Kranachs übernommen und erkundigte sich laufend nach dem Stand der Ermittlungen. Dass Bernauer jegliche Beweise fehlten, schien ihn nicht sonderlich zu interessieren und so hatte er sich für den nächsten Tag im Präsidium angesagt, um, wie er es ausdrückte, nach dem Rechten zu sehen.

„Gibt es Neuigkeiten?", fragte er, als er zu Bernauer ins Büro geführt worden war.

„Meine einzigen Unterlagen liegen zusammen mit anderen Kleinigkeiten im Moment in den Erfolgen des Labors", war alles, was Bernauer ihm sagen konnte.

„Verdächtigst Du vielleicht einen unserer Freunde?"

„Ihr seid eine geschlossene Runde", erinnerte ihn Bernauer, „alles hat ohne Spuren zu hinterlassen stattgefunden und letzten Endes bin ich weitgehend auf Hinweise aus Eurem Kreis angewiesen, wobei Ihr nicht gerade hilfreich seid."

„Sag nicht, die polizeilichen Ermittlungen laufen jetzt bereits auf die passive Tour, unter völlig entspanntem Ansatz natürlich."

„Der da wäre?"

„Fatalistisch zum Beispiel."

Kellner breitete dramatisch die Hände aus.

„Setz Dich an den Rand eines Wadis und die Leiche unseres Mörders wird vorbeischwimmen, oder so ähnlich?"

„Jetzt mach mal halblang", unterbrach ihn Bernauer, „es gibt keinerlei Grund sarkastisch zu werden."

„Ich weiß ja", lenkte Kellner ein, „Du tust Dein bestes, aber auch ich muss mich langsam auf den Weg machen und die Dinge ordnen. Jedes Erscheinen in Salzburg kostet mich einen Arbeitstag und dreihundert gefahrene Kilometer."

„Unangenehm, aber so liegen die Dinge im Moment, ich kann Dir leider nicht helfen. Bleibst Du heute noch in Salzburg?"

„Ja, tu ich. Der Weg zum Gericht und zum Notar kommt zunächst und am Abend treffe ich mich dann mit Armand. Mal sehen, wie es ihm geht."

Ein Albtraum für Bernauer und seine gemischten Gefühle Dr. Lombard gegenüber. Was war, wenn er der Täter wäre?

Durfte Bernauer es jetzt überhaupt zulassen, dass der Steuerberater die Verabredung mit Dr. Lombard einhielt? Aber konnte er andererseits für die Folgen einer Warnung einstehen, wenn Dr. Lombard völlig unschuldig war?

Er beneidete plötzlich jene Menschen, deren Handlungsweisen in jeder Situation derart von ihrem unbedingten Selbstbewusstsein so bestimmt waren, dass sie sogar unsinnigste eigene Entscheidungen stets den Umständen oder anderen Personen anlasteten.

„Ein kleiner Tapetenwechsel wird ihm sicher gut tun", verblendete er seine Frage nach dem Ort der Zusammenkunft, „er geht ja wegen seines Gesundheitszustandes kaum mehr unter Leute."

„Na, diesen Eindruck machte er bei unseren Gesprächen eigentlich nicht", antwortete Kellner, „und er hat für heute Abend auch noch Risa und Beppo eingeladen. Das Leben muss einfach weitergehen, Joschi."

„Also, dann spielt mal schön, Ihr Unverbesserlichen",
sagte Bernauer jetzt etwas ruhiger, Kellner würde jedenfalls nicht mit Dr. Lombard allein sein.

„Es ist mir absolut unerklärlich", ereiferte sich Risa
Walther, „wieso die Polizei nicht aktiv wird und einfach
nur zusieht, wie jemand eine Reihe von Menschen
massakriert, grob ausgedrückt, ein menschliches Car-
paccio anrichtet?"
„Für komplexe Probleme gibt es selten simple Lösungen", antwortete Dr. Lombard, „der Mörder ist offensichtlich gewitzt in seinem abscheulichen Unterfangen.
Was uns allen so zusetzt, ist für ihn nur Strategie ohne
Empathie."
„Es gibt sicherlich Spuren an den Tatorten und in der
Pathologie, aber uns wird man davon noch nichts gesagt haben, weil wir nicht wirklich in Gefahr sind",
sprach Beppo aus, was alle hofften.
Der Journalist Jakob Berner, der Risa wiederum be-
gleitet hatte, mischte sich ein: „Du könntest schon
deshalb Recht haben, weil die vordergründigen Insze-
nierungskaskaden der Mordkommission, wenn sie
nicht weiterkommt, fehlen. Keine geheimnisvollen Andeutungen auf Spuren, denen sie folgt oder Ankündi-
gungen, man sei knapp vor einer Verhaftung. Das
ganze übliche Verschleierungsgefasel fehlt."
„Ach was, warum denn so hochgestochen? Niemand
kommt über sein beschränktes Gedankenfeld hinaus

und hier haben wir es leider mit Beamten zu tun",
meinte abschätzig der Steuerberater Kellner.

„Du bist ziemlich negativ eingestellt, vielleicht sogar
etwas zu abfällig", stellte Lombard fest.

„Na hör einmal, man hat schließlich den Kopf meines
Cousins in Fetzen geschossen und meinen beinahe
auch. Glaubst Du, es ist mir ein Trost, wenn ich weiß,
dass sich mein Körper bei Neumond sehr schnell ent-
giftet, während die Gefahr besteht, dass ich Bleikugeln
zu verdauen habe?"

Dr. Lombard nickte.

„Natürlich gibt es bei Mord andere Spielregeln, aber
der Polizei bei der sich sprunghaft ändernden Art der
Morde schuldhaftes Versagen anzulasten, finde ich
trotzdem nicht richtig."

„Du kannst mir glauben, wenn ich die Zeit erübrigen
könnte, da mitzumischen ...", mit einer schnellen Bewegung seiner rechten Hand schnitt sich der Steuerberater selbst den Satz ab, gab aber deutlich zu erkennen, dass dann bald ein völlig anderer Wind herrschen würde.

Da sich niemand dazu äußerte, setzte er noch hinzu:
„Wenn ich dürfte, könnte ich Euch Dinge erzählen, da
tickt die Uhr."

Beppo, der schon ungeduldig die Karten hin und her
schob meinte:

„Aber Albert, Du hattest in der Vergangenheit so gute
Geschichten, fang jetzt nicht an, sie durch die Wahrheit zu verderben."

„Herrgott", fiel Risa rügend in die Debatte ein, „wollen wir wirklich unser Leben überschatten lassen von den Taten eines Irren? Seht Euch doch an, zeigt auch nur einer von uns Anzeichen eines gefährlichen Psychopathen?"

„Von welchen erkennbaren Anzeichen sprichst Du eigentlich?", erkundigte sich der Linzer überheblich, „weißt Du übrigens, dass sogar Schlafmangel oder Migräne nicht nur den Weg zu Infektionen, sondern auch zu Gewalttaten ebnen können?"

„Was für ein Unsinn. Habe ich aber auch schon öfter gehört."

Der Journalist Jakob wandte sich an Lombard.

„Erkläre ihm Du als Arzt den Zusammenhang zwischen Krankheit und Verbrechen."

Dr. Lombard schluckte schwer.

„Ich kann bei diesem Geschrei sowieso nicht denken" murmelte er.

„Konzentrieren wir uns also auf das Spiel", lenkte Jakob schnell ab und legte seinen Einsatz auf den Tisch, „inshallah."

„Hat sich schon bewahrheitet", sagte der Linzer, „mein Cousin ist pfeilgerade über das Sakrament der Beichte zu Allah abgezischt."

Dr. Lombard hasste dieses Thema.

„Halte Dich zurück, Albert."

„Verteidigst Du etwa den Schützen?"

„Keinesfalls, aber dass Ron sich während seiner Ermordung im Zustand des Beichtsakraments befunden hat, ist nicht anzunehmen. Es dürfte sich nämlich um einen äußerst weltlichen Anlass gehandelt haben. Werde also nicht blasphemisch."

„Für einen Unbeteiligten scheinst Du eine Menge zu wissen", sagte Kellner aufmerksam, „aber vielleicht erinnerst Du Dich auch an meine Schussverletzungen am Kopf, als ich aussah wie Jesus nach der Geißelung. Damals war mein biblischer Vorgänger vermutlich auch nicht im richtigen Sakrament befangen."

Er fuhr sich mit der Hand über die Narbe an seiner rechten Backe.

„So etwas sagt man nicht einmal mit blutendem Gesicht", wies ihn Lombard zurecht.

„Vielleicht nicht, aber willst Du womöglich andeuten, Ron wäre selbst an seiner Ermordung Schuld gewesen?"

„Das hat er weder gesagt noch angedeutet", mischte sich jetzt Beppo ein, „aber jedem der Morde musste ein Anlass zu Grunde gelegen sein, der den Täter aufgebracht hat. Das heißt ja noch lange nicht, dass die Opfer den Zusammenhang erfasst und sich schuldig gefühlt hätten."

„Ja", bestätigte Dr. Lombard, „sehr oft fühlen sich Menschen angegriffen, obwohl es gar keinen Angriff auf sie gegeben hat. Das könnte allerdings auch auf den Mörder zutreffen."

„Wenn wir jetzt nicht anfangen zu spielen, sehe ich eigenhändig nach, ob noch irgendwo eine Leiche im Schrank liegt."

Damit übernahm Risa kampflustig das Kommando, denn derartige Gespräche langweilten sie zu Tode. Wenn man schon Leute herausforderte, und das hatten ihrer Meinung nach alle Ermordeten irgendwie getan, musste man sich eben in Acht nehmen. Aber wozu dann diese unappetitlichen Vorgänge noch ausgeschlachtet und am Leben gehalten werden mussten, sah sie nicht ein. Dafür war schließlich die Polizei da. Gegen Mitternacht beendeten sie das Spiel.

„Du wirst doch nicht jetzt noch nach Linz zurückfahren Albert?", fragte Risa.
„Werde ich wohl müssen, ist noch Kaffee da?"
„Das halte ich für unklug", stellt Dr. Lombard fest, „was ist, wenn Du in eine Polizeikontrolle gerätst. Du kannst gern in meinem Gästezimmer schlafen."
„Sehr lieb, aber ich habe kaum etwas getrunken. Dafür aber anständig gegessen."
Kellner ließ einen doppelten Espresso aus der Maschine laufen und holte sich dazu ein Stück Kuchen. Inzwischen hatte Lombard begonnen das Geschirr in die Küche zu tragen und die anderen verabschiedeten sich.
„Ich weiß nicht", überlegte der Steuerberater, als er gemütlich beim Kaffee saß, „ich bin eigentlich schon verdammt müde. Der Tag ist doch irgendwie lang gewesen."
„Dann bleib einfach hier."
Risa kam zurück und fasste ihn am Revers.

„Ihr Männer glaubt doch tatsächlich, dass ohne Euch die Welt untergeht. Was ist denn morgen früh so wichtig?"

Kellner rümpfte die Nase.

„Eigentlich wollte ich am gemischten Hundepinkeln teilnehmen, aber jetzt fürchte ich, dass ich das Bein nicht hochbringe."

„Du und Deine blöden Witze", antwortete Risa ungnädig, „willst Du Deinen Führerschein riskieren?"

Nun gab er sich geschlagen.

„Also gut Armand, wenn es Dir wirklich keine Mühe macht, würde ich die Einladung doch gerne annehmen. Außerdem könnten wir dann morgen noch über einen Deiner Aktienkäufe sprechen."

Dr. Lombard hatte nur eine dumpfe Vorstellung davon, um welche Papiere es hier ging, aber da er zu Spontankäufen neigte, war es immer gut, wenn diese von seinem Steuerberater überprüft wurden.

Kellner hatte sich gesetzt und war ziemlich blass geworden.

„Mein verdammter Blutdruck", sagte er, „ich muss mich hinlegen."

„Nimm einen Cognac, fahren brauchst Du heute ohnehin nicht mehr", ermunterte ihn Risa, die jetzt in der Tür stand.

Dr. Lombard reichte ihm die Flasche.

„Danke", sagte Kellner, „geht gleich wieder", nahm einen kräftigen Schluck und schickte sich an, im Gästezimmer zu verschwinden.

„Nimm den Rest gleich mit", rief Risa und kam ihm nach.

Aber Kellner hatte sich im Gästezimmer aufs Bett geworfen und atmete flach und krampfartig.

„Albert?", fragte sie, bekam aber keine Antwort.

Sie wiederholte: „Albert?"

„Armand", rief Risa beunruhigt, „komm her, ich glaube Albert geht es nicht gut."

Lombard kam ins Zimmer.

„Hypoventilation", murmelte er, und „die Notambulanz, schnell."

Der Patient hatte zwar überlebt, wurde aber im künstlichen Koma gehalten.

Nach der Blut- und Magenuntersuchung sowie der Messung des Plasmaspiegels stand die Diagnose fest: Atemdepression durch eine komatöse Dosis des Opiats Fentanyl in Verbindung mit hochprozentigem Alkohol.

Das Klinikum erstattete Anzeige.

Zwei Tage später hatte Bernauer den Akt Kellner auf dem Tisch.

Seine Finger sträubten sich beinahe, in der Sache noch tätig zu werden. Hatte er sich zu wenig bemüht, diesen weiteren Mordanschlag zu verhindern? Denn um einen solchen handelte es sich zweifellos.

Er zwang sich zur Ruhe und durchforstete langsam und methodisch die Unterlagen. Was war schief gelaufen? Auf jeden Fall hatte er nicht versäumt sich zu versichern, dass der Steuerberater nur gemeinschaftlich mit den anderen Spielern im Haus Dr. Lombards zu Gast sein würde. Hätte eine gewisse Vermutung, ohne jeden Beweis, ausgereicht, um bei Dr. Lombards Freunden einen womöglich folgenschweren Verdacht aussprechen zu dürfen?

Hätte ihm überhaupt jemand geglaubt? Jetzt allerdings rückte Dr. Lombard unausweichlich in das Zentrum der Ermittlungen.

Aus den ersten Erhebungen war hervorgegangen, dass der Steuerberater von Lombard eingeladen worden war, in seinem Haus zu übernachten, er hatte aber abgelehnt. Daraufhin musste ihm das Opiat irgendwie untergeschoben worden sein, sodass er müde geworden war und die Einladung annahm. War es dann bewusst oder unbewusst geschehen, dass ihm der Arzt Cognac, der die Wirkung der Droge gefährlich steigern musste, empfohlen hatte?

Dass nämlich Risa an der Tür stehen bleiben würde, und somit zur Zeugin der Wirkung auf Kellner wurde, konnte Lombard, falls es böse Absicht gewesen war, vorher nicht geahnt haben.

Aber sogar, wenn es sich bei dem Psychiater um eine Person handelte, die er selbst als geistig gestört bezeichnet hätte, und die diesen Mordanschlag sofort verdrängt hätte, würde sich die Theorie von den sieben Todsünden und ihrer Verfolgung ad absurdum führen.

Welcher Verfehlung hätte sich der Linzer denn schuldig gemacht? Er war Dr. Lombards Steuerberater, nichts weiter, und das war schwerlich als Todsünde zu betrachten. Auch einen unmittelbaren Anlass hatte es an diesem Abend nicht gegeben.

Trotzdem mussten jetzt intensive Ermittlungen gegen Dr. Lombard beginnen.

Bernauer und Iris spazierten langsam die Getreidegasse entlang, beschlossen dann aber in einem der Gastgärtchen Platz zu nehmen und den Besucherstrom an sich vorbeiziehen zu lassen.

„Genieße das freie Leben noch ausgiebig", sagte sie etwas resigniert, „die Festspiele stehen an, Hitze ist prognostiziert ...",

„Und meine Leichen modern immer schneller", unterbrach er sie, mit schiefem Gesicht.

„Tatsächlich", bestätigte sie, „vermutlich solltest Du Deine Strategie ändern."

„Auf die Strategie einer Frau?"

„Naja, vielleicht die einer Ärztin."

„Die da wäre?"

Sie kniff ein Auge zu und nickte.

„Wenn es auf meiner Station unvermutet einige Todesfälle gäbe, wäre ich äußerst misstrauisch. Ich würde das Personal überprüfen und die Patienten, und dann auch Personal und Patienten untereinander, denn es könnten sich da Bezugspunkte ergeben, die gewisse Folgen vermuten ließen.

„Und der Rest wäre ein Kinderspiel, meinst Du?"

Sie zuckte die Schultern.

„Kinderspiel nicht, aber auch Wühlarbeit kann zum Ziel führen."

„Wie ermunternd", knurrte Bernauer, „wer den Schaden hat, braucht für den Spott nicht zu sorgen."

„Wieso Spott?"

„Auch Albert hat meine Arbeitsweise schon kritisiert. Er fürchtet, dass ich nichts anderes mehr unternehme, als am Rand eines Wadis sitzend, darauf zu warten, dass die Leiche des Mörders vorbeischwimmt."

„Ich liebe geistreiche Menschen", sagte Iris seelenruhig.

Auch wenn Bernauer es nicht zugeben wollte, die Taktik von Iris hatte etwas für sich. Warum immer nur von der Sichtweise des Mörders ausgehen. Vielleicht hatte der Umgang der Ermordeten miteinander bereits Bedeutung.

Jetzt war es allerdings unumgänglich, Hofrat Sassmann wiederum einzuweihen, aber er konnte feststellen, dass er damit offene Türen einrannte. Der Hofrat war es endgültig müde, ständig den Torturen empörter Interventionen ausgesetzt zu sein, wobei die Beschwerdeführer zudem stets Angehörige einflussreicher Kreise waren.

„Kommen Sie mir nicht mit dem Datenschutz, der auf der ganzen Welt ohnedies nichts weiter als eine Farce ist. Sagen Sie nur, was Sie brauchen und machen Sie sich endlich ans Werk", grollte er.

Noch am selben Tag lagen dann Bernauer die persönlichen Unterlagen aller Beteiligten vor.
Zwei Tage später hatte er ein noch etwas löchriges, aber durchaus taugliches Dossier zusammengestellt.

Der Fotograf Didi Moosbrugger und Pfarrer Ronald Kranach hatten in Linz gemeinsam ein professionelles Knabengymnasium, besucht.
Didi Moosbrugger war nach Abschluss des Gymnasiums in Linz nach Salzburg gegangen und hatte dort Kunst und Fototechnik studiert.

Der Pfarrer Ronald Kranach, gerufen Ron, hatte in Salzburg Theologie studiert und in den Neunzigerjahren promoviert. Seit der Jahrtausendwende hatte er die Pfarrerstelle in der Gemeinde der bekannten und vielbesuchten Gnadenkirche in Salzburg inne. Er hatte sich also nie in den unteren Rängen der Kirchenhierarchie herumschlagen müssen. Das würde sicherlich auch einige Bedeutung haben.

Josef Mölzer, bekannt unter dem Namen Beppo, war in der Kiesgrube unterhalb des Knabengymnasiums, das Moosbacher und Kranach besuchten, in einer Baracke aufgewachsen. Sein Vater, der sich der Gerüchteküche nach in seiner Jugend sogar als Söldner hatte anwerben lassen, betrieb am Steinernen Brückl, einer übel beleumundeten Gegend an der Peripherie von Linz, eine Spelunke, die Mutter, von Beruf Friseurin, ging der Prostitution nach, verschwand aber eines Ta-

ges und wurde als vermisst geführt. Ob sich die Knaben Kranach, Moosbrugger und Mölzer aufgrund der geringen Entfernung des Gymnasiums zu Mölzers Wohnadresse gekannt hatten, war nicht zu eruieren.
Beppo jedenfalls erlernte den Beruf eines Friseurs, erhielt aber später, nach einigen beruflichen Auszeichnungen, die begehrte Anstellung als Theaterfriseur am Schauspielhaus in Salzburg.
In Kürze war es ihm dann gelungen, sich selbständig zu machen, denn die internationale Prominenz, die er bei den Bühnenauftritten zur besten Zufriedenheit betreut hatte, war zur unbezahlbaren Werbung für sein Geschäft geworden.
Vor einigen Jahren hatte er auch seinen schwerkranken Vater in ein privates Pflegeheim nahe Reichenhall geholt.

Kranachs Cousin, Albert Kellner, hatte zusammen mit seinem Bruder in Linz ein Wirtschaftstreuhänderbüro und eine Steuerberatungskanzlei aufgebaut, und war in seinem zweiten Beruf sozusagen ,Parteisoldat'. Eventuelle geschäftliche Streitigkeiten oder Differenzen auf politischem Gebiet spielten sich daher bestenfalls in Linz ab.

Nina Herbst, eine schöne, aber letztlich gescheiterte Glamour Lady, war von der Schauspielschule weg als Model engagiert worden, hatte dann international Karriere gemacht, kam aber wegen Unstimmigkeiten in

Las Vegas nach Österreich zurück und betätigte sich dann mehr oder weniger erfolgreich im Showgeschäft.

Dr. Lombard hatte in Wien Psychiatrie studiert und mit Unterstützung seiner Eltern die Praxis in Salzburg aufgebaut. Er bewegte sich vorzüglich in gehobenen Kreisen und konnte auf Kassenpatienten verzichten. Die einzige Auffälligkeit an dem Arzt, notierte Bernauer am Rande, war sein Gesundheitszustand. Er schien oft so abwesend zu sein, dass er die Orientierung verlor. Sollte es möglich sein, dass er innerhalb einer derartigen Abwesenheit Dinge tat, deren er sich dann nicht mehr erinnerte?

Was wäre zum Beispiel, überlegte Bernauer, wenn die Situation, in der er ihn am Tag des Mordes krank angetroffen hatte, nicht diejenige war, die sie zu sein schien? Wenn Beppo, mit dem er offensichtlich befreundet war, dem Arzt lediglich zu Hilfe gekommen war, da er die Wahrheit kannte?

Dr. Lombard zeigte allerdings keinerlei religiöse Ausrichtung und es schien ihm auch jedes Interesse an den Aktivitäten oder Charaktermängeln anderer Menschen zu fehlen.

Stadtrat Toni Eigner hatte den Beruf eines Drogisten erlernt und war später mit Hilfe seiner vermögenden Frau, die mehrere Drogeriemärkte besaß, und der Partei in die Position eines Stadtrates gekommen, in der er allerdings charakterlich völlig versagte.

Altgraf zu Stetten war von altem Adel und hatte eine Menge Ländereien und den Herrensitz in der Nähe Salzburgs ererbt. Studiert hatte er Welthandel in Wien, betrieb offiziell Forstwirtschaft und handelte mit Immobilien.

Ernie Sacher, ein nutzloser Hedonist, hatte die Handelsakademie besucht, betätigte sich als Profigolfer und lebte glänzend vom Geld seiner Tante. Sonst wurde er dem Ruf gerecht, nicht nur Drogen zu konsumieren, sondern auch damit zu dealen. Nach den Aussagen einiger Teilnehmer an seinem Geburtstagsfest, bei dem er dann erschossen wurde, hatte er jedenfalls ganz ungeniert an die Nachwuchsgolfer Rauschgift entweder ausgegeben oder verkauft. Kurze Zeit zuvor sollte ein junger Golfer an einer Überdosis gestorben sein.

Risa Walther war kurze Zeit in der Kreditabteilung eines Salzburger Warenhauses beschäftigt gewesen, als es ihr gelang, einen beinahe vierzig Jahre älteren, verheirateten Hauptaktionär des Betriebes für sich zu interessieren.
Als seine Geliebte konnte sie sich endlich ihren Traum erfüllen, die Übernahme eines kleinen Stadtteilwochenblättchens, das unter ständigem Kampf gegen die Pleite, Tratsch und Klatsch verbreitete. Unermüdlich arbeitete sie an der Verbesserung des Layouts, nutzte die gesellschaftlichen Verbindungen ihres Gönners und brachte es bis zur Verlegerin eines eleganten,

hochwertigen Glamourmagazins. Die seinerzeitige Hungerperiode des von ihr erworbenen Blättchens rechnete sie sich allerdings großzügig auf das langjährige, glorreiche Bestehen von CLOU an.

Von ihr wusste Bernauer zusätzlich, dass sie für ihren Charme, gutes Aussehen und unerbittliche Härte bekannt war. Abgesehen davon, dass sie mit Didi Moosbrugger eine gelegentlich gespannte berufliche Beziehung gehabt hatte und bei Beppo im Friseursalon verkehrte, war das Pokerspiel die einzige Gemeinsamkeit zu den Opfern gewesen.

Trotzdem schien für Bernauer die Vernehmung Risas zu Beginn sinnvoll.

Risa war über Didi Moosbrugger, der anfänglich die Aufnahmen für ihr Magazin geschossen hatte und mit dem sie in ein kurzes, aber intensives Verhältnis verstrickt war, in die Pokerrunde gekommen und war dadurch auch mit Beppo und seinem Salon bekanntgeworden.

Didi und der Pfarrer Kranach hätten sich von früher her bereits gekannt und hatten von jeher kein gutes Haar aneinander gelassen. Der Anlass musste also in der Jugend gelegen sein und es wurde auch gemunkelt, Kranach habe Didi einen ziemlichen Bärendienst geleistet, damals. Was es war, wusste auch Risa nicht. Beppo verhielt sich ihrer Erfahrung nach immer sehr neutral, zu allem anderen war er vermutlich viel zu sehr Geschäftsmann.

„Aber er ist einer der wenigen guten Menschen", bestätigte sie. „Er ist im Elend aufgewachsen, musste sich ohne Hilfe durchbeißen, ist anständig geblieben und hat seinen kranken Vater in einem teuren privaten Sanatorium in der Nähe von Reichenhall untergebracht. Die Kosten dafür trägt ausschließlich Beppo."

„Warum ist Ihre Beziehung mit Moosbrugger auseinandergegangen?"

„Didi war ein Schwein", stellt sie ungerührt fest, „nicht weil er bi war, sondern wegen seiner sadistischen Art mit Menschen umzugehen. Aber er verstand sein Handwerk."

„Und Pfarrer Kranach?"

„War ein Salbader. Musste aber einen guten Protektor gehabt haben, denn seine Karriere vom Studium zum Pfarrer der Gnadenkirche in Salzburg war durchaus respektabel. Könnte natürlich auch auf seine offen zur Schau getragene Rechtschaffenheit zurückzuführen gewesen sein. Vielleicht hat er auch jemandem einen Dienst durch Rufmord erwiesen und, nicht unmöglich, einen Konkurrenten schlicht und einfach aus dem Weg geräumt. Auch wenn er sich hinter priesterlicher Güte versteckte, er war ein aufbrausender, zorniger Typ und ich könnte mir vorstellen, dass er, in seiner bigotten Art, gegen jeden einzelnen in der Pokerrunde heimlichen Groll hegte."

Eine ähnliche Figur war der Altgraf zu Stetten. Ein Puritaner, geizig, blutleer und kleingeistig. Streng und dünkelhaft erhob er sich über jeden und ließ dabei keinen Hinterhalt aus, um sich zu bereichern."

Sie dachte nach.

„Dann Ernie, er war ein verwöhnter Trottel, aber nicht blöd genug, um einen schwunghaften Drogenhandel mit vorzüglich unreifen Heranwachsenden aufzuziehen, zumindest ein jugendlicher Drogentoter sollte bereits auf sein Konto gehen. Dies konnte vielen missfallen haben, besonders aber jenen Menschen, die sich der Jugend annahmen."

Dann begann Risa satt zu grinsen.

„Nina war eine Schlampe, schön, begabt, aber charakterlich eine Null. Absolut jeder, besonders aber die weiblichen Wesen, hätten sie abknallen können, denn es gab niemanden, dem ein Anlass dazu fehlte."

„Und wie stand es mit Stadtrat Eigner?"

Risa schüttelte sich.

„Toni war ein Arschloch, mit dem hätte man bei seiner Geburt bereits kurzen Prozess machen sollen, dann wäre wenigstens niemand zu Schaden gekommen. Eine Null auf allen Linien, ein Pantoffelheld und ständig auf der Jagd nach jungen Mädchen und zu jeder Gaunerei bereit, die ihm etwas eintrug. Wenn das Gerücht stimmen sollte, hat er den Mädchen immer die Ehe versprochen und eine davon soll sogar selbst einen Schwangerschaftsabbruch versucht haben, da sie von ihm ein Kind erwartete, und er sie natürlich nicht, wie versprochen, geheiratet, sondern sitzen gelassen hat."

„Wer war dieses Mädchen, weiß man das?"

„Keine Ahnung, aber es soll, wenn die Fama nicht irrt, eine Ausländerin gewesen sein."

„Und Dr. Lombard, wie würden Sie ihn beurteilen?"
„Ein ruhiger introvertierter Mann, besitzt aber ein groß-
artiges Einfühlungsvermögen. Ich habe immer wieder
erlebt, wie rasch er Dinge analysieren konnte und die
richtigen Schlüsse daraus zog, auch wenn sonst niemand aus einer Sache schlau wurde. Manchmal ist er
etwas zynisch aber nicht genug, um Vorurteile zu haben."
Risa sah Bernauer etwas unsicher an.
„Da ist doch noch etwas", sagte er.
Sie nickte.
„Es ist mehr weibliche Intuition, aber ich kann mich natürlich irren."
Als Bernauer schwieg, hob sie die Hand an die Schläfe, „Dr. Lombard ist krank, ich meine organisch, im
Kopf. Meine Lieblingstante hatte die gleichen Symp-
tome."
Nach einigen Sekunden fügte sie hinzu: „Sie hatte ei-
nen Gehirntumor."
„Ihre Tante? Das tut mir ehrlich leid."
Risa wehrte ab: „Nein, nein. Sie wurde operiert und
lebt heute noch frisch und fröhlich."
„Na Gott sei Dank", sagte Bernauer, „aber ich habe
das sichere Gefühl, dass Dr. Lombard noch nie einen
Spezialisten aufgesucht hat."
„Wie alle Ärzte eben. Man müsste sich da sicherlich
hinter Beppo klemmen, die zwei sind richtig gute
Freunde."

Nachdem Risa wieder aus dem Räumen der Kriminalpolizei hinausgeleitet worden war, zwinkerte Bernauer der ebenfalls noch anwesenden Kollegin zu und reichte ihr einen Zettel: „Das lief ja großartig", freute er sich. „Stellen Sie bitte diese Adressen fest und man möge mich dringend zurückrufen."

Die junge Frau nickte, wusste aber ganz offensichtlich nicht, was Bernauer in derartige Hochstimmung gebracht hatte.
Den Rest des Tages verbrachte er an seinem Computer, und als er eine Stunde nach Dienstschluss am Nachtportier des Präsidiums vorbei ins Freie schritt, erwiderte er den respektvollen Gruß des Mannes mit einem herzlichen: „Schönen guten Abend noch."
In den nächsten Tagen führte er dann eifrig und beschwingt einige überaus informative Telefongespräche.

„Bernauer", fragte Hofrat Sassmann, „ich hoffe, meine Interventionen haben uns auf Vordermann gebracht, also bitte, keine weitere Leiche zum Dessert."
„Ich denke das Plansoll des Mörders ist erfüllt."
„Diese Einstellung erscheint mir nun doch ein wenig leichtfertig. Schließlich haben wir keine fixe Abmachung mit dem Täter."
„Das stimmt natürlich, mir fehlen jetzt auch nur noch die Aussagen vom Journalisten Berner und dem Friseur Möller. Eigentlich geht es mehr um eine Bestäti-

gung", fügte er an und Hofrat Sassmann sah ihn halb zweifelnd, halb hoffnungsfroh an.

„Dann mal los, worauf warten wir noch?"

„Ich habe keine Ahnung, was ich zu diesem beschissenen Fall noch beitragen könnte", sagte der Journalist Berner ärgerlich und rieb sich nachdenklich die Schläfen, „letzten Endes bin ich es doch, der ausgebremst worden ist."

Bernauer schüttelte den Kopf.

„Ausgebremst, von wem?"

„Na, von Nina natürlich. Was sie mir als Exklusivstory anbot, hat diese verdammte Nutte vorher sogar schon beim Friseur herumerzählt und ich Hornvieh habe ihr dafür das Engagement bei CLOU verschafft. Wieso könnte also ausgerechnet ich Ihnen weiterhelfen?"

„Eigentlich interessiert mich die aktuelle Situation jetzt nicht, was ich wissen möchte, liegt in der Vergangenheit."

„Ich soll also wieder einmal angezapft und ausgenutzt werden. Was hätte ich davon?"

„Möglicherweise eine gute Story."

„Wir werden sehen, fragen Sie."

„Hat es Sie nach dem Tod Ihres Vaters nicht wieder zurück nach Linz verschlagen?"

„Ja, ich habe das Studium abgebrochen um meine Mutter und die Geschwister bei den Lebenshaltungskosten zu unterstützen."

„Und Sie haben als freier Journalist auch für den ‚Schrebergarten' Recherchen über Vereine zum Schutz gefährdeter Jugendlicher betrieben?"

„Ja, und man kann sagen, es war der Beginn meiner Karriere."

„Erinnern Se sich da an einen Fall, bei dem ein Erzieher abgezogen wurde und an sein Ordenshaus zurückbeordert wurde?"

„Na klar, typischer Fall von Vertuschung damals, diese Kerle kommen doch immer wieder davon."

„Was soll denn geschehen sein, damals."

„Der Professor hat sich an einen Schüler herangemacht."

Berner blickte etwas irritiert auf Bernauer.

„Anscheinend wissen Sie einiges darüber, aber nachdem beide tot sind, warum fragen Sie dann noch danach?"

„Wer ist tot?"

„Der Kranach und der Moosbrugger, den er verraten hat."

„Wie verraten?"

„Der Moosbrugger und der Professor, na, ja, Sie wissen schon. Der Professor war zusätzlich auch noch Leiter eines Jugendschutzvereins. Jeder andere wäre vor Gericht gelandet, den hat man nur versetzt."

„Es gab kein Verfahren?"

„Die haben alles abgestritten und es gab leider keine Beweise."

„Haben Sie darüber berichtet?"

„Darüber berichtet? Meine Mutter hätte mich umgebracht, aber diese Art von Menschen sitzt letztlich immer am längeren Ast, da gibt es keine Gerechtigkeit."
„Möchte man da nicht direkt selbst eingreifen?"
Der Journalist gab in pampigem Ton zurück:
„Dafür gäbe es Leute wie Sie, wenn sie nicht auch von oben her eingebremst würden."
Eine Frechheit, aber Bernauer sah es bereits als Positivum an, dass er nicht selbst der Bestechlichkeit bezichtigt worden war.
„Wieso sind Sie eigentlich so überzeugt davon, dass die Beschuldigung damals zu Recht erhoben worden ist?"
„In meinem Beruf bekommt man ein sicheres Gefühl für die Wahrheit, leider schützt unsere Justiz ausschließlich die Täter, die volle Härte des Gesetzes trifft nur die Rechtschaffenen, wenn sie sich das Geringste zu Schulden kommen lassen. Was ist jetzt mit meiner Story?"
„Ich werde mich melden, halten Sie sich bis dahin zu unserer Verfügung."
„Warum nicht? Aber ich melde mich zur Erinnerung lieber wieder selber."
Unter wissendem Grinsen zog der Journalist ab.

„Na, das ist doch ein Ding, ein Journalist", staunte Hofrat Sassmann, „da graben Sie, mir nichts dir nichts, einen weiteren Hochverdächtigen mit faschistoiden Ansätzen aus. Anscheinend herrscht bei den mutmaßlichen Tätern als auch Opfern in moralischer Hinsicht die Meinung vor, dass Recht und Gesetz kläglich versagen."

„Manchmal ist es auch so", bestätigte Bernauer, „leider. Aber wir haben uns trotzdem an die Rechtsordnung zu halten."

„Und sind tatsächlich alle Beteiligten einer gewissen, gefährlich exponierten Anschauung?"

Bernauer nickte zustimmend.

„Der Pfarrer zum Beispiel dürfte sich bereits wegen seiner Profession moralisch überlegen gefühlt haben und hat schon als Jugendlicher durch Verrat begonnen, seine eigene Ordnung herzustellen.

Albert Kellner teilt Pfarrer Kranachs rigide Ansichten und nun stellt sich plötzlich heraus, dass auch der Journalist Berner ein Sympathisant der beiden ist.

Nina spielte sich als Bibelkennerin auf und ging gnadenlos gegen alle und jeden vor, die ihr nicht ins Bild passten und zeigte damit charakterlich ebenfalls eine gewisse Nähe zum Pfarrer.

Dr. Lombard, dürfte, auch wenn er es nicht direkt ausspricht, ziemlich angeekelt von dem Zustand seiner Umwelt sein. Er besäße allerdings, trotz seiner gesundheitlichen Probleme, auch die geschliffene Intelligenz, unerkannt Morde zu begehen."

„Mordpläne zu entwickeln und sie dann auch durchzuführen?"

„Auf jeden Fall, auch die räumliche Nähe war immer gegeben."

„Also könnte er, Ihrer Meinung nach, auch der Wächter der sieben Todsünden sein?", fragte Sassmann zögernd.

„Kommt ganz darauf an, ob seine gesunde Intelligenz überwiegt oder nicht. Wenn nicht, wäre er nämlich in seiner Anschauung Ankläger, Richter und Rächer zugleich und dafür spräche, dass er selbst noch am Leben ist."

Hofrat Sassmann stützte die Arme auf und legte die Hände an die Schläfen.

„Die Moralisten der Truppe könnten sich aber auch gegenseitig umgebracht haben, das Zeug dazu hatten sie sicher. Also, was möchten Sie nun wirklich von mir haben, Bernauer."

„Da offensichtlich nur noch wenige Personen dieser unheilschwangeren Pokerrunde am Leben sind, benötige ich einen Durchsuchungsbeschluss für Dr. Lombard, Jakob Berner, Risa Walther und Beppo Mölzer. Wichtig wäre auch, im Zuge einer Amtshilfe, wenn Major Markovsky als Leiter der Mordkommission Linz eine Hausdurchsuchung bei Albert Kellner erreichen könnte."

Die daraufhin durchgeführten Hausdurchsuchungen verliefen leider insofern negativ, als nirgendwo die Spur eines Opiates, einer Waffe oder einschlägigen Materials, das auf die Nähe zum christlichen Glauben schließen ließ, gefunden wurde.

Bernauer und Iris saßen zum Frühstück in ihrem gemütlichen Cafè in der Getreidegasse und unterhielten sich über die nicht enden wollende Einbahn in den Ermittlungen.

„Es kann doch nicht möglich sein, dass bei dem Umfang dieser Mordserie jedes Beweismittel vernichtet wurde", ereiferte sich Iris, „vielleicht sucht Ihr nur nach den falschen Kriterien. Durchleuchte nicht die Häuser oder Wohnungen. Nimm Dir noch einmal, wie wir bereits besprochen haben, den Charakter der einzelnen Spieler vor, welches Prinzip liegt ihrer Natur am nächsten? Eine Hausfrau würde sicher ein anderes Versteck wählen, als ein Bankräuber und eine Nonne ein anderes als ein Psychiater. Ebenso verhält es sich bei der Art zu töten."

Bernauer überlegte und wirkte etwas unkonzentriert.

„Iris", sagte er plötzlich, stand auf und küsste sie flüchtig ins Haar, „ich fürchte fast Du bist ein Genie."

„Was heißt Du fürchtest? Ich bin ein Genie, Du Chauvinist. Wo gehst Du hin?"

„Telefonieren, mein Engel, lies inzwischen eine Zeitung oder tu, wie sonst, irgendetwas Kluges, ich bin gleich wieder hier."

Als Iris bereits zu überlegen begann, ob sie nicht doch wieder versetzt worden war, kam Bernauer zurück, nahm Platz und drückte erfreut ihre Hand.

„Iris, die Welt ist Dir zu Dank verpflichtet. Morgen wird sich zeigen, wie alles zusammenhängt und Du sollst als Zweite abseits der Beamtenhierarchie einen Orden kriegen."

„Und wer hat den ersten?"
„Kommissar Rex natürlich."
„Wie überaus großzügig, und wo bleibt jetzt die Wurstsemmel für mich?"
„Kriegst Du", grinste er, „aber zuerst ist Speck angesagt, erst fangen wir nämlich eine Maus."

An seinem Schreibtisch griff Bernauer zum Telefon um Dr. Lombard, Risa Walther, Beppo und den Journalisten Berner kurzfristig auf das Präsidium zu bestellen.
„Wollen Sie wirklich alle vier zusammen im Verhörzimmer haben?", fragte Sassmann entgeistert.
Bernauer lächelte kühl: „Schon der Volksmund sagt: Zehn Katzen fangen keine Maus, wenn durchlöchert ist das Haus, und hier versteckt sich offenbar eine Maus in verschiedenen Löchern, ist dort sicher, kann lügen, was das Zeug hält, braucht niemanden zu beschuldigen und wird selbst nicht beschuldigt, auch wenn Ressentiments gegeneinander vorliegen und sich privat alle ganz unverhohlen einschenken. Ich konzentriere mich jetzt zur Abwechslung einmal auf die Löcher und auf jeden, der vorgibt kein Mäuschen zu sein."
„Jetzt verstehe ich was Sie vorhaben", nickte Sassmann, „die Zivilisation hat nur Tünche über unsere Bösartigkeit gestrichen und die wollen Sie jetzt reißen lassen."
„So ist es."

„Grundsätzlich habe ich etwas gegen Massenveranstaltungen", wandte sich Dr. Lombard an Bernauer, „noch dazu, wo Sie sich schon einige Male von jedem aus unserer Runde die entsprechenden Aussagen haben vorbeten lassen. Ganz ohne Beleidigungsabsicht, aber das Ergebnis spricht nicht besonders für die segensreiche Wirksamkeit des Polizeiapparates."
Bernauer ließ sich nicht provozieren.
„Trotzdem werden Sie für die gute Sache noch etwas Zeit aufbringen müssen."
Lässig räkelte sich der Journalist in seinem Stuhl und meinte aufsässig: „Zeit hat der Ochse oder der Sklave. Bekanntlich lebt der Staat aber vom Steuerzahler."
„Dann klären Sie mich besser im Voraus auf", sagte Bernauer ungerührt und beschäftigte sich mit seinem Aufnahmegerät, „mit welchem von den dreien spreche ich im Moment?"

Beppo Mölzer, der als erster erschienen war und bereits eine Viertelstunde gewartet hatte, sah müde aus.
„Wird es lange dauern?", fragte er.
„Denke ich nicht", sagte Bernauer, „es geht nur um die Bestätigung einiger Aussagen. Gemeinsam ist das einfacher."
„Neue Ergebnisse?"
„Es läppert sich einiges zusammen."
„Na, endlich."
Bernauer blätterte in dem, mit dem Journalisten Berner bereits aufgenommenen, Protokoll.

Er wandte sich an Beppo: „Ist es richtig", fragte er, „dass Didi Moosbrugger von Pfarrer Kranach während der Schulzeit als schwul geoutet wurde?"

Beppo zögerte.

„Weiß ich nicht, aber gelegentlich hat Kranach derartige Andeutungen gemacht. Irgendwie war da immer ein gewisser Zwist vorhanden."

„Haben Sie sich als Junge in der Freizeit nicht sehr viel in einem Verein, der sich junger Menschen annahm, aufgehalten?"

„Ja, es war St. Severin."

„Stimmt es, dass damals einer der Erzieher diese Einrichtung verlassen hat und in sein Kloster zurückgegangen ist?"

Beppo überlegte.

„Das ist richtig, aber ich weiß nicht, aus welchem Grund, denn er war sehr beliebt."

„Dieser Erzieher soll auch derjenige Professor am Gymnasium gewesen sein, den Kranach mit Didi in sexuelle Verbindung gebracht und denunziert hat, woraufhin der Geistliche von der Schule und vom Jugendklub abgezogen wurde."

Beppo erstarrte.

„Das kann der Kranach nicht getan haben, das glaube ich einfach nicht."

Bernauer klopfte mit der Hand auf seine Unterlagen. Herr Berner behauptet es zumindest. Er selbst war damals mit einer Recherche über die Arbeit in Jugendklubs beschäftigt."

„Ich glaube es nicht, weil es nicht stimmen kann. So etwas müsste ich bemerkt haben, dafür lege ich meine Hand ins Feuer", wiederholte Beppo empört.
Hier mischte sich Risa ein.
„Berner ist allerdings ein Vertreter von Law and Order, zumindest urteilt er übereilt und sehr puritanisch. Außerdem ist er nicht von der Gerechtigkeit unserer Justiz überzeugt."
„Du verdächtigst doch nicht ….?
Risa unterbrach Beppo: „Das habe ich nicht gesagt."
Doch daraufhin erhob sich der Friseur und sah Bernauer an.
„Hören Sie Major", sagte er ernst, „meine Jugend war ein einziges Krisengebiet, bestehend aus Zank und Misshandlungen, daher hasse ich auch jeden Konflikt. Die Vergangenheit ist für mich tot und vorbei. Ich werde also nicht darüber sprechen, niemanden belasten und auch keine Meinungsäußerung dazu tun. Das ist mein letztes Wort."
Jetzt mischte sich Berner ein und wedelte geringschätzig mit der Hand: „Sollte das eben heißen, dass ich es gewesen wäre, der die anspruchsvollen Mordszenarien entwickelte, die Sünder publikumswirksam bestraft hat und jetzt, bumstrallala, plötzlich die letzte Klappe fallen ließ?"
Er sah höhnisch auf Risa.
„Mylady sucht wohl einen Prügelknaben und möchte mich madig machen? Hat sie vielleicht selbst etwas zu verbergen?"

Risas Ton war spitz wie eine Nadel: „Jedenfalls bin ich nicht die leichtgläubigste Kuh auf Gottes Erdboden, nur weil Du mich wieder einmal manipuliert und mir Nina aufs Aug gedrückt hast."

„Vielleicht nicht, aber anscheinend hältst Du alle anderen für leichtgläubig. Hast Du nicht seinerzeit Deinen verheirateten Sugar-Daddy ausgenommen, um Dir den maroden Zeitungsverlag zu krallen und konntest Du nicht mit meiner Hilfe Deine Schlagzeilen machen? Hattest Du nicht auch gleichzeitig mit Didi ein Verhältnis, sodass er Dir Fotos und Layout zulieferte? Denkst Du, niemand hätte gesehen, dass Dir der Stadtrat an den Poker-Abenden unter dem Tisch die Hand auf den Oberschenkel gelegt hat. Dafür wurdest Du in die Politschickeria eingeführt. Ernie hat zwar mit Dir getanzt, aber mit Nina ist er explodiert und dies leider gleich nach dieser peinlichen Schleichnummer, die Du mit ihm geliefert hast. Sieh Dich doch an: Du bist nichts als eine eingebildete Matrone."

Er grinste wie ein Schakal und in das betretene Schweigen hinein kam der krönende Abschluss: „Wäre doch eine ungeheure Wohltat für Dich, alle Deine Gönner und den ungalanten Ernie loszuwerden um als die reine, strahlende Diva aus eigener Kraft dazustehen? Möchtest Du wirklich noch mehr hören?"

Risa hatte es die Sprache verschlagen, nur Wut und Entsetzen lag in ihrem Blick.

„Woher wissen Sie denn, dass die letzte Klappe schon gefallen ist?", fragte Bernauer plötzlich völlig ruhig, an den Journalisten gewandt.

„Daran dürften wohl berechtigte Zweifel bestehen", war Risa jetzt offensichtlich wieder reaktionsfähig, „wir waren zwölf Spieler. Übrig geblieben sind bis jetzt sechs, wobei einer davon, wie wir wissen, in höchster Lebensgefahr schwebt. Der Mörder wird ihn sicher auch weiterhin im Auge behalten."

Sie stockte kurz. „Für Verrückte und Faschisten ist die Sieben eine magische Zahl, besonders wenn es sich um Todesfälle handelt."

„Wieso zwölf Spieler?", erkundigte sich Bernauer weiter, „ich zähle nur elf."

Lombard klärte ihn auf: „Der zwölfte Spieler ist Dr. Brunner, der aber für ein halbes Jahr in New York eine Gastprofessur inne hat. Spielt das eine Rolle?"

„Was ist sein Fachgebiet?"

„Theologie, das Alte Testament."

Als Bernauer keine Antwort gab, sagte Lombard plötzlich: „Geh ich richtig in der Annahme, dass Sie Ihre Ermittlungen jetzt ins Reich der Transzendenz verlegt haben? Etwa Zwölf Apostel und sieben Todsünden? Sollten Sie nun mich verdächtigen, weil ich von sieben Todsünden gesprochen habe und meine Pokerrunde aus zwölf Spielern bestanden hat?"

Der Journalist mischte sich genüsslich ein: „Wieso denn nicht? Ich persönlich stehe nämlich, im Gegensatz zu anderen, öffentlich zu meiner Meinung. Die Gesetze werden zwar von der Justiz missbraucht, aber ich morde deshalb nicht, ich berichte nur über Tatsachen und damit stehe ich unzweifelhaft ein wenig im Abseits.

Trotzdem, dies ist eine interessante Sache für Phantasten, Böswillige und Frömmler. Fragen Sie doch den Psychodoktor, Major Bernauer, womöglich kennt er den roten Faden längst."

Daraufhin war es wieder still geworden und die Bedrohung, die in diesem Schweigen lag, war sogar körperlich fühlbar.

Aber der Arzt schien jetzt der Sache endgültig überdrüssig zu sein.

„Auch in einem gesunden Körper steckt oft ein ziemlicher Blödian. Was soll außerdem plötzlich ein hochfahrendes Gefasel von Gerechtigkeit und Ideologie. Das Motiv könnte sich auch ganz anders ergeben, Mordlust aus purem Neid auf die Gesellschaft, zum Beispiel."

Dr. Lombard schwieg einen Moment und wandte sich dann an Bernauer.

„Haben Sie die Vermutung, dass ein Außenseiter die Taten begangen hat, völlig ad acta gelegt? Seit einer Stunde beschäftigen wir uns mit einem Schwall von belanglosen Ungenauigkeiten. Es ist zwar alles unbewiesen und doch hagelt es Beschuldigungen."

Bernauer widmete sich wieder seinem Computer.

„So unbedeutend, wie es scheint, war die letzte Stunde sicherlich nicht. Unser informelles Gespräch hat die beneidete Gesellschaft, die Sie ja gerade angesprochen haben, bis zu einem gewissen Grad charakterisiert."

„Ich bitte Sie Major", mischte sich Beppo ein, „keiner von uns trug bei der Geburt den goldenen Löffel im Mund, aber wir haben alle hart gearbeitet und repräsentieren zu Recht jetzt eine gewisse gehobene Schicht. Wenn Sie allerdings fleckenlose Moral erwarten, werden Sie diese nicht einmal in höchsten kirchlichen Kreisen finden. Warum fordern Sie also eine Gruppe von befreundeten Menschen heraus, sich zu beargwöhnen und zu denunzieren?"

„Das tun Sie ja in Wirklichkeit ohnehin nicht", antwortete Bernauer, „Sie alle haben mir so derartig unbedarft geantwortet, als wären Sie nicht einmal sicher, dass die Erde rund ist."

Nach einem neuerlichen Blick auf den Bildschirm, wiegte Bernauer den Kopf.

„Hoffen wir also, dass uns Herr Kellner endlich den erwünschten Erfolg bringt. Er gibt eben seine Aussage zu Protokoll."

Dr. Lombard atmete heftig ein.

„Er ist wieder bei Bewusstsein?"

Bernauer nickte.

„Aber man weiß doch, was geschehen ist, Risa und ich haben den gesamten Verlauf des Geschehens haarklein beschrieben. Das ist weit mehr als Kellner, der Betroffene, wissen könnte, da er doch zu diesem Zeitpunkt bereits schwerstens beeinträchtigt war."

Lombard wirkte nun mehr gequält als verärgert.

„Das ist richtig", mischte sich Risa ein. „Von dem Moment an, als er müde wurde, haben praktisch nur mehr Armand und ich für ihn gehandelt. Nur, ihm den Cognac anzubieten, das war Armands Idee."

Lombard unterließ es ihre Behauptung zu berichtigen, obwohl dies ziemlich bedeutend werden konnte.

Beppo griff zur Karaffe, die auf dem Sideboard stand, und schenkte sich Wasser nach. Langsam ließ er die Flüssigkeit im Glas kreisen und starrte ins Leere, wie um zu verdeutlichen, dass er niemanden wahrnehmen wollte.
Dann wandte er sich an Bernauer: „Es hat sich doch bereits erwiesen, dass sie die Gabe haben, die Dinge zu erspüren. Wurde hier von jemandem hoch gepokert oder folgte er blind einer Eingebung?"
Dr. Lombard sah ihn entgeistert an.
„Willst Du damit andeuten, dass es jemandem bei all den Morden schlicht und schäbig um Geld oder Geldeswert gegangen sein könnte?"
Bernauer schaltete den Drucker ein.
„Nein, Dr. Lombard", sagte er eisig, „es ging hier um Rache für ein missglücktes Leben, um Liebe, Hass und Ekel."
Das Rattern des Druckers zerrte zusätzlich an den Nerven der Anwesenden, als sie jetzt erschrocken auf den Psychiater starrten.
Lombard griff sich verwirrt an die Schläfen.
„Kann ich ein Glas Wasser haben?"

Auf einen Wink Bernauers hin goss der anwesende uniformierte Beamte Wasser ein und reichte das Glas Dr. Lombard, der bleich und zitterig auf seinem Stuhl saß. Doch dann erhob sich der Arzt plötzlich und ging auf die Tür zu.

Ruhig trat der uniformierte Beamte einen Schritt zur Seite und hinderte ihn dadurch am Verlassen des Raumes.

Bernauer nahm die wenigen Bogen, die der Apparat ausgespuckt hatte, zur Hand und fragte:

„Warum wollen Sie uns denn schon verlassen, Dr. Lombard?"

Schweigend nahm der Arzt wieder Platz.

Als sich Bernauer nun erhob und seinem uniformierten Kollegen zunickte, wurde Lombard noch käsegesichtiger und schwankte auf seinem Stuhl. Beppo, Risa und der Journalist Berner wussten sichtlich nicht, wie sie sich verhalten sollten. Der erste Impuls war, ihm zu Hilfe zu kommen, aber die Ungeheuerlichkeit der ganzen Szene hatte die Anwesenden geradezu paralysiert. Daher fand Bernauer auch kaum Beachtung, als er zu sprechen begann.

„Josef Mölzer", sagte er. „Ich nehme Sie hiermit unter dem dringenden Verdacht des sechsfachen Mordes und zweifachen Mordversuchs fest."

Der Polizist in Uniform fügte hinzu:

„Für die anderen Anwesenden ist das Gespräch beendet."

Dieser unvermutete Szenenwechsel hatte noch einmal die Wirkung eines Hammerschlags.

„Nein", ächzte Lombard, und sackte auf seinem Stuhl zusammen.

Risa fasste sich als erste und starrte Bernauer zornig an.

„Machen Sie sich doch nicht lächerlich", tat sie ihn ab und stand auf, „dieser Mann würde keiner Fliege etwas zu Leide tun."

Noch ehe ärztliche Hilfe eintraf, hatte sich Dr. Lombard wieder einigermaßen erholt und wurde hinausgeführt.

Nachdem Risa und der Journalist ebenfalls den Raum verlassen hatten, sagte Beppo Mölzer seelenruhig:

„Sie können Ihre Anschuldigen sicherlich auch beweisen?"

„Wünschen Sie einen Anwalt zu verständigen? Die Befragung wird jetzt zum Verhör."

„Wenn ich das möchte, werde ich es sagen. Vorerst fürchte ich für Sie, dass ihre bizarren Behauptungen mangels Beweisen ganz schnell zusammenbrechen werden."

„Werden sie sicherlich nicht", antwortete Bernauer, verließ für kurze Zeit den Raum, kam zehn Minuten später zurück und nahm wieder am Tisch Platz.

Während der Erledigung der formellen Dinge blieb Mölzer bemerkenswert ruhig.

„Sie bestreiten also, mit den sechs Morden und den Mordversuchen in irgendeinem Zusammenhang zu stehen", stellte er fest.

„Selbstverständlich", antwortete der Friseur, „und ich interessiere mich auch prinzipiell nicht für Dinge, die mich nichts angehen."

„Diesen Eindruck haben Sie bereits erfolgreich verteidigt, aber es ist sinnlos weiter darauf zu beharren. Inzwischen liegen nämlich die Aussagen Herrn Kellners, Ihres Vaters und Pater Ferdinands vor."

Beppos Blick kletterte schweigend über Bernauers Hände hinauf bis zu dessen Augen.

Dann lächelte er.

„Kommt nun die abgeschmackte Vorstellung des polizeilichen Klassikers?", fragte er. „Sie erklären mich kurzum für verrückt und machen sich daran, mir die Morde körpernah anzupassen?"

Er schüttelte den Kopf.

„Wie schade", schloss er überheblich, „wenn ein kluger Mann erfolglos mit der Zunge donnert."

„Nein, kein Donner nur für einen Heuchler, der in allen Dingen, ohne Selbstwertgefühl, wehleidig Beleidigungen sieht, sich aber feige nicht der Realität stellt", antwortete Bernauer kalt, „zur Rechtfertigung sehen Sie sich dann als Vollstrecker der Gebote Gottes."

Beppo nahm eine greifbar feindselige Haltung ein. Er schob den Kopf vor und sein Mund glich einem Schlitz, der mit dem Skalpell gezogen schien. Aber genau so plötzlich, wie er die Beherrschung verloren hatte, gewann er sie zurück.

„Sie dürfen mich keinen Heuchler nennen", sagte er ruhig, „und Sie sollten erkennen, dass Sie mich weder einschüchtern noch erpressen können."

Als Bernauer schwieg, fragte er: „Wie ziehen Sie aus Ihren erwähnten Gesprächen überhaupt eine Verbindung zwischen den Todesfällen und mir?"

„Ich spreche von Mord, nicht Todesfällen, Herr Mölzer, und ich spreche von Heuchelei, dann nämlich, wenn Sie sich auf Ethik und Moral berufen."

Daraufhin blieb Beppo stumm.

Bernauer sah in seine Unterlagen.

„Pater Ferdinand hat Ihnen als Halbwüchsigem in St. Severin privat Nachhilfeunterricht gegeben und sich mit Ihnen eingehend über Religion unterhalten, denn Sie hatten den Wunsch, die versäumte Schulbildung nachzuholen und Priester zu werden. Entsprechend hat es Sie getroffen, dass Ihr Mentor damals in seinen Heimatorden abgezogen wurde."

Beppo nickte kommentarlos.

„Außerdem hat Albert Kellner ausgesagt, dass Sie nach der Pokerrunde bei Dr. Lombard ebenfalls die Kaffeemaschine betätigten, und zwar knapp vor seiner geplanten Fahrt nach Linz. Also hatten Sie auch die Möglichkeit, das Gift in Kellners Tasse zu befördern, vermutlich, als er ein Stück Kuchen holen ging."

Beppo sagte ruhig und ohne Erregung:

„Da niemand mit einem Anschlag auf Kellner gerechnet hat, habe auch ich nicht darauf geachtet, wer zu welchem Zeitpunkt den Raum verließ, bevor ich selbst noch einen Kaffee nahm. Natürlich hatte ich da unbestreitbar auch die Möglichkeit, Kellners Tasse zu manipulieren. Aber Möglichkeiten sind keine Tatsachen, dazu müssten sie erst bewiesen werden. Gibt es noch eine weitere derartige Hypothese?"

„Nein", sagte Bernauer, „jetzt kommen Tatsachen. Das Gespräch mit Ihrem Vater."

„Meinem Vater?"

Beppo schüttelte höhnisch den Kopf.

„Verdächtigen Sie ihn womöglich auch? Einen schwerkranken Mann, der kaum weiß, was um ihn herum vorgeht und der vor Angst seine Blase nicht kontrollieren kann, wenn man ihn vor eine Entscheidung stellt. Das ist Terror, Major Bernauer, Sie sollten sich schämen."

„Ihr Vater hat sich nicht aufgeregt."

„Es würde mir zwar ganz und gar nicht gefallen, wäre er beunruhigt, aber ich habe Ihnen trotzdem bereits gesagt, erpressen lasse ich mich nicht. Dafür hätten Sie sich die Mühe, den alten Herrn zu belästigen, sparen können."

Er erhob sich.

„Außerdem kann mein Vater Zusammenhänge nicht mehr richtig erfassen", sagte er, „ich habe es ihm lediglich nicht angetan, ihn unter Kuratel stellen zu lassen, denn es nimmt dem Menschen seine natürliche Würde."

„Ein anständiges Verhalten, aber es dürfte den Zwecken, die sie verfolgen, nicht sehr dienlich gewesen sein."

„Wieso meinen Zwecken? Wir sprechen von meinem Vater."

„Den Sie hassen um der Vergangenheit willen und dessen Sie sich bedienen, indem Sie ihn sozusagen unter Verschluss halten."

Beppos Augen hatten sich geweitet und starrten wie die eines waidwunden Tieres auf ihn.

„Aber ich bin sein Sohn, ich bin ihm Ehre und Achtung schuldig, so etwas würde ich nie tun."

Bernauer entzog sich seinem Blick, stand auf und drehte beunruhigt eine Runde durch den Raum. Er musste sich irgendwie dagegen wehren, ein Gefühl des Mitleids für diesen Mann zu entwickeln, denn eines war sicher, hier hatte man einen Menschen immer wieder gezwungen, ein Leben gegen seine eigene Natur zu führen, so sehr er auch unter höchsten Anstrengungen darum bemüht war, sich aus dem Sumpf zu ziehen und der dann endlich durch seinen Lehrer Hoffnung auf Erfüllung seines Lebenstraums, Priester zu werden, schöpfte. Später litt er unter dem Zwang, Dinge hören zu müssen, die er zutiefst verabscheute und sollte er wirklich seinen Vater hassen, peinigte ihn noch mehr das Unrecht, das er dadurch beging. Bernauer brauchte etwas länger, um seine Fassung zurückzugewinnen, dann verwandelte er sich wieder in einen Polizisten.

„Herr Mölzer", kam er umgehend zum Kern der Sache, „Ihr Vater hat die Einwilligung zur Durchsuchung des Linzer Grundstücks mit dem kleinen Fischerhäuschen, das sich noch in seinem Besitz befindet, gegeben.
Man hat das Gewehr gefunden, mit dem auf die Opfer geschossen wurde."
„Sie haben meinem Vater gesagt ....", begann Beppo.
„Nein", unterbrach ihn Bernauer, „er weiß nur, dass es um die Suche nach verdächtigen Gegenständen aus einem Kriminalfall gegangen ist."

Beppos Züge hatten sich entspannt, er saß nun völlig bewegungslos im Sessel. Gelassenheit hatte sich wie läuterndes Schweigen über den Raum gelegt und Bernauer empfand sogar das leise Knacken seines eigenen Nackenwirbels, als er sich aufrichtete, als unpassende Defloration dieser greifbaren Stille.
Und dann begann Beppo zu sprechen.
„Ich bin kein Heuchler, Major", sagte er ruhig.
„Ich weiß", antwortete Bernauer.
„Vermutlich ist es hoch an der Zeit, die Dinge ins Rollen zu bringen", begann der Friseur wieder und sein etwas verknittertes, gegerbtes Rauchergesicht zeigte weder Angst, noch Berechnung.
„Meine Herkunft und Jugend sind Ihnen ja bereits bekannt", stellte er fest, „alles geprägt von Armut, kleinkriminellem Niveau und Prostitution.
Als ich in St. Severin Pater Ferdinand kennengelernt habe und er sich ganz vorurteilslos um mich annahm,

sah ich plötzlich eine Chance, in ein besseres Leben zu wechseln.

Bei Pater Ferdinand hatte ich die nötige Lernnachhilfe, er brachte mir Manieren bei und kultivierte vor allem meine schreckliche Sprache. Sogar Ministrant durfte ich bei ihm sein und lernte dafür mit Freude und Eifer die vielen lateinischen Texte auswendig, denn die Reinheit der christlichen Lehre übte eine ungeheuerliche Faszination auf mich aus. So ein Leben zu führen wäre mein sehnlichster Wunsch gewesen und mit Pater Ferdinand schien auch noch eine Priesterlaufbahn für mich möglich."

Unbewusst hatte Beppo seine Hände überkreuzt auf den Tisch gelegt.

„Dann kam die Katastrophe", sagte er und verschränkte die Hände vor der Brust.

„Pater Ferdinand wurde abgezogen und ich hatte keine Ahnung, warum. Es gab nicht einmal mehr die Möglichkeit, mit ihm zu sprechen."

Resigniert stellte er fest: „Dabei war er der einzige Mensch, der mich völlig selbstlos respektierte, für ihn war ich, trotz meiner Herkunft, keine stinkende Brut aus der Hefe der Gesellschaft. Er wollte mir helfen und ich habe mein ganzes Herz an ihn gehängt. Für mich ist daraufhin die Welt zusammengebrochen."

Nun ahnte Bernauer bereits was geschehen war.

„Können Sie sich vorstellen", fragte Beppo, „was in mir vorgegangen ist, als ich bei einer Pokerpartie aus Kranachs eigenem Mund, im Zuge seiner üblichen Bemerkungen, hören musste, was er Pater Ferdinand angetan hatte, und damit auch mir? Dabei war er noch unendlich stolz auf seine Gemeinheit, denn er fühlte sich als absolute moralische Autorität, wusste aber seine Wut über jeden Widerspruch durch augenfällige Milde zu kaschieren.

‚Mir ist kein Ansehen der Person erlaubt‘, sagte er, aber die Empörung in seinen Augen, wenn ihm etwas nicht gefiel, strafte ihn eindeutig Lügen. Bestätigt wurde er in seiner schäbigen Gesinnung auf höhnische Weise postwendend von seinem Cousin aus Linz.“

„Sie haben dann vor der Villa Lombards also auf den Pfarrer geschossen?“

Beppo nickte.

„Woher kam denn das Gewehr?“

„Mein Vater hat einige Zeit bei der Fremdenlegion gedient und dieses Gewehr mitgebracht. Ich hatte es im Zuge der Wohnungsauflösung, als ich Vater ins Heim mit nach Salzburg nahm, gefunden und es lag auch noch immer im Kofferraum meines Wagens. Nachdem ich also en passant die schockierende Wahrheit erfahren hatte, bin ich zwischendurch auf die Straße hinunter zum Wagen geeilt und habe das Gewehr im Garten bereitgelegt. Nach dem Spielabend brauchte ich dann nur noch auf Kranach zu warten. Mein Schmerz war grenzenlos, mein Innerstes war gestorben.“

„War es ein Versehen, dass Sie vorerst Kellner angeschossen haben?“

„Ja, das war es, aber es hat mir trotzdem ehrlich leid getan, dass ich ihn verfehlt habe. Er ist selbstgefällig bis zum Exzess, während Kranach sich anmaßend als Werkzeug des zürnenden Gottes sah."

„Dann hatte Nina doch nicht ganz unrecht gehabt, als sie behauptete, der Schuss hätte Kranach verfehlt, auch wenn sie auf falschem Weg zu dieser Schlussfolgerung gekommen war", dachte Bernauer.

„Und dieser Schock, den Sie erlitten haben, als Sie plötzlich den Grund für das Verschwinden Ihres Mentors erfahren haben, war er der Anstoß für die Bestrafung der sechs anderen Sünder?"

Beppo nickte.

„Mit einem Mal lag mir alles klar und deutlich vor Augen. Die Schlimmsten hatten kein Recht darauf, Profit aus ihren Taten zu ziehen und weitere Unschuldige mussten geschützt werden", erklärte er.

„Was haben Sie denn dann Stadtrat Toni Eigner vorgeworfen?"

„Trägheit und ekelhafte Gleichgültigkeit im Umgang mit allen Menschen."

Beppo winkte teilnahmslos mit der Hand ab.

„Der Stadtrat war ein stinkender Lurch, träge, gewissenlos und hinterhältig."

„Und das war Grund genug für Sie, ihn umzubringen?" fragte Bernauer verständnislos.

„Nein, er war damit nur einer der vielen miesen Parteigünstlinge, die sich ohne Leistung ein gutes Leben ergaunern", erklärte Beppo gleichgültig.

„Tatsächlich war es so: Eine meiner Pediküren hatte sich an ihn gewandt in der Hoffnung, er könnte ihrer Cousine, die illegal mit einem Reisevisum in Österreich lebte, helfen, eine fixe Aufenthaltsgenehmigung zu bekommen. Eigner sagte zu und begann dafür mit dem Mädchen ein Verhältnis, doch Aufenthaltsgenehmigung bekam sie natürlich keine, denn er hätte für niemanden auch nur einen Finger krumm gemacht. Doch erpresste er jetzt die junge Frau mit ihm weiterhin ins Bett zu gehen, da er sie sonst anzeigen würde. Meine Angestellte hat sich mir anvertraut und ich versprach, die Angelegenheit in die Hand zu nehmen. Eigner hat mir dann auch versprochen, das Mädchen in Ruhe zu lassen, aber auch das war gelogen, er verfolgte sie weiterhin. Diese Sache war für ihn ganz ungefährlich und kostete vor allem nichts.

Beim Ball im Schloss Stetten war ich dann nicht nur Zeuge, dass er mit Frigga, der Nichte des Altgrafen, verschwand, sondern überraschte ihn später dabei, als er betrunken im Stiegenhaus seine Hand zwischen ihre Beine drängelte. Da Didi vor mir aus der Toilette trat, befreite er das Mädchen aus den Fängen des Stadtrates.

Ich verfolgte jetzt den verärgerten Toni noch bis ins Raucherzimmer, um ihm eindeutig klarzumachen, dass er seine Finger von der Verwandten meiner Pediküre zu lassen hätte.

Doch ich kam nicht zu Wort. Der Stadtrat hatte nach der Whiskyflasche gegriffen und saß, mir den Rücken zuwendend, auf einem Sofa. Er schenkte sich großzügig ein und schüttete den Whisky in einem Zug hinunter."

„Ihr habt die kleine Nutte verscheucht", schimpfte er anklagend, nahm eine Zigarre aus dem Humidor und säbelte dann, mangels eines passenden Gerätes, mit dem Sägeblatt seines Schweizer Offiziersmessers daran herum.

„Halt den Mund", sagte ich, „ich muss mit Dir reden."

„Aber leck mich doch."

Er soff wütend weiter.

„Was willst Du denn dauernd von mir, Ringellöckchen?"

„Ich habe es mit Dir zwar schon im Guten versucht", sagte ich, „aber jetzt bin ich stinksauer. Du lässt sofort die Finger von der kleinen Ausländerin und von jedem anderen Mädchen auf dieser Veranstaltung ebenso", erklärte ich ihm eindringlich, „sonst kriegst Du es ernstlich mit mir zu tun."

„Hu, hu, mit Beppo, dem Ritter der Fotzen, bekomme ich es zu tun und noch dazu persönlich?", dröhnte er und lachte abstoßend: „Holst Du dazu die Stielbürste aus Deinem Hosenschlitz."

Er legte die Zigarre und das Messer seitlich auf die Ablage: „Mehr hast Du ohnehin nicht zwischen den Beinen", stichelte er bösartig weiter.

Da die Situation zu eskalieren drohte, wollte ich den Raum verlassen.

Aber jetzt angelte er nach dem Handy, drehte langsam den Kopf nach hinten und seine boshafte Fratze grinste mich an.

„Mach das Maul zu Figaro und hör genau hin, wie Deine Pussi gleich hochgeht."

Dabei betätigte er den Ruf einer gespeicherten Nummer. Ich wollte ihm das Handy entreißen, griff aber ins Leere.

„Servus Spezi", sagte er breit, „ich habe da eine richtig interessante Sache für Dich."

Jetzt fasste ich nach dem Messer und hielt es ihm drohend vors Gesicht.

„Leg sofort das Handy weg."

Toni lachte verächtlich: „Willst Du meine Zigarre köpfen, kleiner Schwanzlutscher?"

Da zog ich ihm die Klinge durch die gespannte Kehle und sein Lachen ging in ein blubberndes Gurgeln über. Mehr gibt es dazu nicht zu sagen."

Ungläubig hatte Bernauer der Schilderung zugehört und auch der uniformierte Beamte an der Tür konnte sein Schaudern nicht verbergen. Was für eine ekelerregende Szene.

Nachdem einige Minuten Schweigen geherrscht hatte, fragte Bernauer: „Und was hat Ernie Sacher getan, dass er sterben musste?"

Beppos Gesicht verzog sich zornig.

„Ernie war wie eine blutsaugende Wanze, führte auf Kosten anderer ein grelles Leben und hielt nicht nur Kranachs gemeine Tat an Pater Ferdinand für völlig richtig, er vertrat auch die Meinung, dass Jugendliche aus tristen häuslichen Verhältnissen Abfall wären und auch blieben, daher sollte man sie beizeiten ausmerzen."

Beppo fasste sich mit beiden Händen an den Kopf.

„Und dies gab ein Mensch von sich, der zu Lasten anderer, insbesondere seiner Tante und vieler junger Menschen, die er mit Rauschgift versorgte, in vollen Zügen lebte. Dieser Mann verachtete nicht nur unverhohlen sozial Schwache, er zeigte vielmehr bei seiner Geburtstagsfeier deutlich, dass er sogar willens war, alle Jugendlichen mit Drogen für seinen übertriebenen Lebensgenuss zugrunde zu richten. Letztlich war in dieser Nacht die ganze Gruppe high, deshalb hielten sie sich dann auch vor der Polizei versteckt.

Und das schlimmste daran war, dass alle diese jungen Leute Ernie für supercool hielten und sein wollten, wie er.

Ich habe dann in meinem Wagen auf ihn gewartet. Als er einsteigen wollte, drückte ich ab. Diesmal war es ganz einfach, da die anderen bereits im Wegfahren waren und er als letzter noch den Parkplatz verlassen wollte."

„Aber Sie hätten auch geschossen, wenn er zugleich mit den anderen gefahren wäre?"

„Natürlich, an diesem Tag war das Maß voll. Kein Jugendlicher ist dadurch je wieder das Opfer seiner sündhaften Völlerei geworden. Gott hat es so gewollt."

„Und Altgraf zu Stetten? Bei ihm ging es offensichtlich um Geiz und Habgier? Aber wie ist es Ihnen gelungen ihn vor dem Haus Dr. Lombards zu erschießen, wo er doch bereits weggefahren war?"

„Ihn zurückzuholen, war kein Problem. Ich rief ihn über das Handy an und sagte, ich wäre eben dabei, Lombard zu überreden, für ihn das erwünschte Gutachten zur Einweisung der Alten aus dem Wohnwagen in eine Anstalt auszustellen, aber er wäre nur unter einer bestimmten Bedingung dazu bereit, über die er allerdings nur mit Stetten persönlich sprechen wolle. „Ich weiß nicht", sagte ich, „was er da mit Dir bereden will, aber schmiede das Eisen, solange es warm ist."

Daraufhin ist er umgekehrt und zurückgefahren. Vor Lombards Haus habe ich dann auf ihn gewartet und anschließend erschossen. Sein Handy und meines liegen im Seerosenteich."

„Aber man hat Sie doch über Ihr Handy noch laufend erreicht?"

„Über mein eigenes ja, aber mit ihm habe ich über ein Wertkartenhandy mit Restguthaben telefoniert."

Ganz offensichtlich wartete Bernauer nun darauf, dass Beppo weitersprach.

„Warum ich das ausgerechnet an diesem Tag getan habe?", fragte jetzt Beppo.

„Ganz einfach, der Mann verhielt sich wie ein Schwein gegen die alte Frau, betrog sie beim Grundstückskauf und wollte sie auch noch ihres Heims berauben. Niemand versuchte ihn aufzuhalten, nicht einmal dann, als Stetten sich in unserer Gesellschaft seiner Gemeinheit brüstete, die alte Frau lügnerisch zum fahrenden Volk zählte und Lombard zur Beihilfe überreden wollte. Ich war es dieser armen Person schon dadurch schuldig, ihr zu helfen, dass mein Salon leider eine Art Informationszentrum darstellt, in dem keine Verschwiegenheit gilt und jeder stolz mit seinen Übeltaten auftrumpft. So kommt jede Boshaftigkeit dann auch noch zur Belustigung der anderen an die Öffentlichkeit. Wie sollte ich das verhindern?"

Nun stand allerdings der Mord an Didi Moosbrugger im Raum.
„Und Moosbrugger?", fragte Bernauer, „wessen haben Sie ihn denn beschuldigt, warum musste er Ihrer Ansicht nach sterben?"
„Nur meiner Ansicht nach?" Fragend zog Beppo die Augenbrauen hoch.
„Er hat Frigga zu Stetten vergewaltigt und war im Begriff es bei einem weiteren halben Kind wieder zu tun." Bernauer fragte überrascht:
„Woher wollen Sie das gewusst haben?"
Beppo schüttelte indigniert den Kopf: „Nachdem sich die vom Stadtrat befreite Frigga mit Didi entfernt hatte, habe ich dem ganzen keine Bedeutung mehr beigemessen und war eingehend damit beschäftigt, dem Stadtrat zu folgen und ihn zur Rede zu stellen. Also habe ich Didi und Frigga aus den Augen verloren. Als aber das Mädchen letztendlich so derangiert und gebrochen im Krankenzimmer aufgefunden wurde, habe ich sofort gewusst, was tatsächlich vorgefallen ist und Sie hätten es auch wissen können, wenn Sie und Ihre Männer Ihre Arbeit sorgfältiger getan hätten. Aber nein, Sie schluckten ohne jedes fallrelevante Interesse die klägliche Version des Mädchens und ließen bequemerweise fünf gerade sein. Ich selbst habe dann Didi zur Rede gestellt, aber er hat nur gelacht und mich an Sie verwiesen. Sie wären ein Mann von Welt,

der schon wisse, wie die Dinge zu beurteilen seien, ohne sinnlos Staub aufzuwirbeln."

Jetzt fühlte Bernauer zu dem vorwurfsvollen Blick Mölzers auch den forschenden des uniformierten Kollegen auf sich, und er empfand beinahe realistisch den Schlag einer Faust in der Magengrube.

Hatte er wirklich schuldhaft versagt, als er seinerzeit Friggas Aussage ungeprüft akzeptierte? Hätte er vielleicht sogar ein Menschenleben retten können, wenn er nicht Rücksicht auf die Gefühle des Mädchens genommen hätte? War er möglicherweise befangen gewesen?

Er räusperte sich und fragte mit rauer Stimme: „Warum haben Sie dann so lange mit Ihrem Sühnefeldzug gewartet?"

„Sie verstehen nichts", sagte Beppo, „es war kein Sühnefeldzug, ich habe lediglich das Mädchen, das er auf seiner Ausstellung bereits wieder geködert hatte und vermutlich viele weitere nach ihm, vor schwerem Schaden an Körper und Seele bewahrt, so, wie es eigentlich die Pflicht von Justiz und Exekutive wäre. Hätte ich dieses ahnungslose Kind nur gewarnt, es hätte mir nicht geglaubt. Niemand hätte mir geglaubt."

Dieser Behauptung hatte auch Bernauer nichts entgegen zu setzen. Frauenhelden wurden stets bewundert und Übergriffe als Kavaliersdelikte belächelt.

„Und Nina Herbst", fragte Bernauer müde.

„Ihr Neid und ihre Eifersucht waren schwer erträglich, aber wir waren alle daran gewöhnt. Leider war es nicht zu vermeiden, dass sie meinen Salon dazu missbraucht hat, ihre Bösartigkeiten zu verbreiten, beziehungsweise dort zu spionieren, aber dann hat sie sich gegen das Leben selbst versündigt."

„Was meinen Sie damit?"

Natürlich wusste Bernauer, wovon Beppo sprach.

„Sie hat die Braut Köcks in den Selbstmord getrieben und war dabei, auch Friggas Leben zu zerstören."

„Wieso Frigga?", hakte Bernauer nach, obwohl er sicher war, dass es so gekommen wäre.

„Nina hat von Friggas Beichte bei Kranach erfahren und war dabei herauszufinden, was ich längst wusste. Nämlich die Vergewaltigung durch Didi und die möglichen Folgen für das Mädchen, die es zu beichten hatte. Auch zu dieser Veröffentlichung hätte sie natürlich meinen Salon benutzt. Auf dem Fest von CLOU habe ich dann erfahren, dass Dr. Köcks Braut einen Selbstmordversuch gemacht hat. Jakob Berner hat es Risa geflüstert."

Bernauer stand auf und nahm seinen Gang durch den Raum wieder auf.

„Dann waren Sie es auch, der die Aufnahme von Köcks Braut Nina in die Handtasche gesteckt hat?"

„Ja und ich habe auch den Auspuff ihres Wagens zugestopft, um Zeit dafür zu gewinnen, mich vor ihrer Wohnung zu postieren."

„Woher hatten Sie das Foto?"

„Das habe ich vergessen."

Natürlich glaubte ihm Bernauer nicht, aber diese Lüge musste einen tieferen Sinn haben, den er noch herausfinden würde.

„Und wie bewerkstelligten Sie dann den Mord am Pfarrer?", wich er ab.

„Ich wusste, dass Kranach an diesem Tag eine Verabredung mit Lombard hatte. Also fuhr ich einige Zeit vorher zum Pfarrhof, parkte den Wagen neben dem Gotteshaus, winkte dann Ron durch das Fenster seines Büros zu und ging in die Kirche. Gleich darauf ist er natürlich nachgekommen. Ich stand versteckt hinter der Tür und während er sich suchend im Kirchenschiff umblickte, holte ich das Gewehr aus dem Wagen und ging ihm entgegen. Er kam mir genau so nahe, dass er hören konnte was ich ihm sagen wollte, nämlich dass er Pater Ferdinand mit Dreck beworfen und auch mich damit vernichtet hatte. Wieder einmal wurde er rot vor Zorn.

‚Du wagst es, mich zu kritisieren und Deinen Schmutz hier in der Kirche auszubreiten?'

Nach dieser Ungeheuerlichkeit war der Rest für mich ein Kinderspiel, er bekam, was er verdiente. Dann rief ich bei Lombard an, als wäre ich im Geschäft. Ihm war aber sehr übel geworden und er hatte sich bereits Sorgen gemacht, weil er das Treffen mit dem Pfarrer nicht absagen konnte, da dieser telefonisch nicht zu erreichen war, sagte er. Natürlich, der Mann saß zu diesem Zeitpunkt bereits tot im Beichtstuhl. Ich erklärte mich daher bereit, diese Sache zu übernehmen. Alles andere kennen Sie ohnehin."

„Ja", sagte Bernauer, „das kenne ich, leider."

„Bringen wir es zu Ende", sagte Beppo müde, „unser Linzer Steuerberater hat sich zwar schon immer extrem hochmütig betragen, aber an dem besagten Abend hat er nicht davor zurückgeschreckt, Gott zu lästern und sich dann mit ihm zu vergleichen.

Meine Nerven waren am Ende, niemals hätte ich vermutet, dass er so weit gehen würde, also musste ich improvisieren. Ich habe, bevor ich Dr. Lombards Haus verließ, ebenfalls noch eine Tasse Kaffee genommen. Dabei knipste ich von einem eben erst für meinen Vater besorgten Schmerzpflaster ein wenig ab, gab es in meinen Kaffee und habe, während sich Kellner den Kuchen geholt hat, die beiden Tassen vertauscht. Die lähmende Wirkung sollte ihn erst auf der Autobahn überraschen, aber in der Eile habe ich vermutlich etwas zu stark dosiert. Beinahe sofort, nachdem ich weggegangen war, begann das Fentanyl zu wirken und Kellner entschloss sich, im Gästezimmer Lombards zu übernachten. Der Alkohol, den er danach zu sich nahm, verstärkte die Wirkung zusätzlich und er legte sich sofort nieder. Niemand hätte so seinen Tod mehr verhindern können, aber da Risa noch anwesend war, kam es nicht so weit. Sie hatte seinen Zustand zu früh entdeckt."

Beppo schlug mit der rechten Hand ein Kreuz über Gesicht und Brust.

„Meine Schuld ist, dass ich keinem von ihnen vergeben konnte, aber der Herr ist gütig", flüsterte er, „er beschützt sogar diejenigen noch, die ihn verhöhnen."

„Sie haben sechs Menschen getötet, diejenigen sollten Sie um Vergebung bitten und nicht umgekehrt", sagte Bernauer verständnislos.

Beppo richtete sich auf.

„Es geht hier nicht um diejenigen, die ich getötet habe. Aber, ist es denn nicht mein Salon, in dem Menschen tagtäglich, ohne sich dessen bewusst zu sein, ihre Sünden gestehen", fragte er mit Überzeugung, „und tun sie es nicht aus einem ureigenen Bedürfnis ihre Schuld zu offenbaren, zu beichten? Aber bereuen sie auch oder denken dabei an Sühne oder Umkehr? Nein, sie erleichtern ihr Gewissen und rühmen sich anschließend ihrer Schwächen und dies auch noch unter dem Beifall der übrigen. Nur Gott ist groß genug, um in seiner umfassenden Güte dies zu verzeihen. Ich habe sie verabscheut, allesamt."

Dann ließ er sich ohne jede Regung abführen.

Hofrat Sassmann war fassungslos, obwohl er auf eine ziemlich diffuse Lösung vorbereitet war.

„Es scheint es also doch zu geben, dieses Beichtstuhl-syndrom", meinte er verwundert. „Was muss dieser Mann in seinem Wahn gelitten haben, wenn ihm stän-dig schwere Verstöße gegen die kirchlichen Gebote geoffenbart wurden und er tatenlos zuhören musste, bis er es eben nicht mehr aushalten konnte. Aber, trotzdem, verstehen Sie das alles auch wirklich, Ber-nauer?"

Hofrat Sassmann zog irritiert an seinen Manschetten.

„Auch wenn er seinen Salon als Beichtstuhl gesehen

hat, er war doch an kein Beichtgeheimnis gebunden, es hätte doch andere Lösungen gegeben?"
Bernauer deutete eine vage Bewegung der Zustimmung an.
„Das ist für Betroffene oft recht schwer zu verstehen, Hofrat, denn leider sind Recht und Gerechtigkeit keine Zwillinge", sagte er, „sehr oft schlüpft nämlich das Unrecht durch die Maschen des Gesetzes, weil eine Tat zwar unmoralisch, aber nicht gesetzwidrig ist, oder es gibt keine Beweise. Genau in diese Kategorie fielen die Vorgänge in Beppo Mölzers Salon, das konnte er in seinem Zustand wohl nicht mehr verkraften."
Nach ein paar Sekunden des Schweigens sagte Hofrat Sassmann nachdenklich: „Ganz unrecht haben Sie ja nicht, Bernauer, die Opfer vieler Vergehen können wahrhaftig nur auf die göttliche Gerechtigkeit nach ihrem Tod hoffen, sonst müssten sie im irdischen Leben verzweifeln."
Aber trotz dieses heroischen Zugeständnisses war Sassmann noch nicht zufrieden.
„Es will mir einfach nicht in den Kopf", grübelte er. „Dieser Mölzer schien doch in seiner Lebensführung völlig normal zu sein."
„Und abseits seiner Zwangsvorstellungen auch anständig", stellte Bernauer fest, „aber nach Dr. Lombards Beurteilung muss ein Mensch nicht vollkommen geisteskrank sein. Er kann auch nur manchmal und unter bestimmten Umständen vom Wahnsinn getroffen werden."

Dr. Lombard saß nach der Operation bleich und traurig in seinem Spitalsbett.

„Alles in Ordnung?", fragte Bernauer.

„Es war ein gut zu operierendes Gewächs über dem linken Auge", antwortete Dr. Lombard, „aber was ist nun mit Beppo? Wie geht es ihm?"

„Den Umständen entsprechend", antwortete Bernauer, „aber er ist sehr gefasst."

Der Arzt sah ihm jetzt direkt in die Augen.

„Und Sie fragen sich nun, wie weit ich beteiligt war?"

Bernauer nickte.

„Natürlich hatte ich Bedenken, genau wie Sie", meinte Lombard, „aber wirklich Verdacht habe ich erst geschöpft, als das schlechte Bild meiner zukünftigen Schwägerin, das mein Bruder bei mir liegen gelassen hat, nach Beppos Besuch verschwunden war. Erinnern Sie sich? Sie haben mir das Foto gezeigt und sagten, es wäre in Ninas Tasche gefunden worden."

Bernauer nickte.

„Nur Beppo konnte es in Ninas Tasche geschoben haben und natürlich gaben mir auch die sieben Todsünden zu denken", sagte Lombard leise, „da ich Beppos Jugendtragödie kenne. Daher habe ich Sie auch wegen des Pfarrers gewarnt und hoffte, sie würden ihn schützen."

Er lehnte sich gegen den Polster.

„Natürlich empfand ich meine eigene Handlungsweise als ziemlich grenzwertig und habe mich besorgt dazu entschlossen, selbst zu Kranach gefahren, aber dann wurde mir hundeübel. Leider konnte ich ihn nicht einmal mehr telefonisch erreichen."

„Es wäre zu spät gewesen, er hat zu diesem Zeitpunkt nicht mehr gelebt", versicherte Bernauer. „Offensichtlich habe ich Sie auch nicht richtig verstanden und dann nicht mehr näher danach gefragt. Aber", er hob verständnislos die Schultern, „warum haben Sie mir Ihre Besorgnis denn nicht deutlicher mitgeteilt?"

Dr. Lombard atmete tief durch: „Es gab in meinem ganzen Leben nie eine Menschenseele, die auch nur annähernd an mir interessiert gewesen wäre."

Seine Gestalt straffte sich: „Beppo ist der einzige Freund, den ich je hatte."

Iris kämpfte sich über den Alten Markt auf das Kaffeehaus zu. Es goss in Strömen und weder Schirm noch Regenmantel konnten sie vor der Nässe schützen. Ihre fünfhundert Euro Prada-Schuhe waren vollkommen aufgequollen und drohten verdächtig, sich in Kürze von den dünnen Ledersohlen zu trennen. Man musste schon mehr als verrückt sein, die guten Stücke bei diesem Wetter zu tragen und noch nie hatte sie sich mehr nach wetterfesten, soliden Gummistiefeln gesehnt, als in dieser nassen, unfreundlichen Hölle. Schwankend betrat sie das Lokal und wurde zugleich von heftigem Ärger erfasst.

Warm und geborgen saß Bernauer bereits an einem der schmucken, marmornen Tischchen und fuchtelte mit dem Arm, um auf sich aufmerksam zu machen. Endlich stand er auf.

„Du siehst nass aus", sagte er, „bist Du gelaufen?" Bernauer nahm den tropfenden Schirm und half ihr aus dem Burberry.

„Was sonst", schnappte sie, „soll ja besonders gut für die Haut sein."

Dann schob sie anklagend einen Fuß mit dem ramponierten Schuh nach vorne.

„Ich hasse Dich."

„Etwas zu früh, mein Engel", stellte er friedfertig fest, „man muss die Leute erst heiraten um zu erkennen, dass man sie nicht mag."

„Das hieße Gott versuchen", grinste sie, „ich werde mich jetzt nur schnell etwas auffrischen und Du bestellst mir inzwischen Kaffee und Apfelkuchen."

„Nie errätst Du, was ich eben gesehen habe", schmunzelte Iris, als sie zurückkam.

„Noch mehr duschnasse Leute?"

„Nein, die da drüben sind offensichtlich schon vor dem Regen gekommen und zweifellos planen sie eine Reise."

Bernauer zuckte die Schultern. „Wer ist es, muss ich sie kennen?"

Iris nickte und stach mit dem Finger nach ihm.

„Sie sitzen rechts vorne im Erker, wenn Du neugierig bist, geh und begrüße sie."

„Wer ist es?"

„Na, geh schon."

Bernauer blieb nichts anderes übrig, er erhob sich und tatsächlich saßen dann Risa Walther und Dr. Armand Lombard einträchtig zusammen in der Fensterecke. Vor ihnen lagen sorgfältig aufgefächert, bunte Reiseprospekte.

„Darf ich kurz stören", trat Bernauer neben ihren Tisch.

„Kommen Sie nur Major", lachte Risa, „Dr. Adler hat uns bereits begrüßt, ich freue mich."

Bernauer sah auf die Prospekte.

„Planen Sie womöglich zu verreisen?"

Lombards rechtes Auge schien noch etwas trübe und verklebt zu sein, die Haare waren erst wieder millimeterlang, aber sonst wirkte er ziemlich aufgekratzt.

„So ist es und Madame Risa hat das Kommando", grinste er etwas verlegen, hauchte aber gleichzeitig ein Küsschen auf ihren Handrücken.

„Kommandieren liegt mir nicht", sagte sie, „aber das Management werde ich wohl übernehmen müssen."

Dr. Lombard nickte zufrieden und Bernauer war sprachlos.

„Vom Tantalus zum Eros", dachte er amüsiert, „eine geradezu göttliche Metamorphose."

Weitere Buchtitel der Autorin:

„DIE FÄLLE DES MAJOR JOSCHI BERNAUER":

Band 1   Mörderischer Kontrakt   ISBN 9781530831760

Band 2   High Heels und Pisse   ISBN 9783741267437

Band 3   Zum Sterben schön   ISBN 9783752877007

Band 4   Vater unser   ISBN 9783749433339

Band 5   Laurins Zorn   ISBN 9783750415386

Band 6   Die Wurzel aller Übel   ISBN 9783752684209

DIE HONIGFLIEGE – Ein Erotikroman

ISBN 9783752685305